직업으로서의
소설가

직업으로서의
소설가

무라카미 하루키
자전적 에세이

양윤옥 옮김

H
현대문학

차

례

소설가는
포용적인 인종인가

소설에 대해서 이야기하겠다, 라고 하면 처음부터 얘기의 범위가 너무 넓어질 것 같아서 우선은 소설가라는 것에 대해서 이야기하도록 하겠습니다. 그편이 더 구체적이고 실제로 눈에 보이기도 하고, 비교적 얘기가 술술 풀려나가지 않을까 생각합니다.

내가 본 바를 아주 솔직히 말하자면, 소설가 대부분은—물론 모두가 그런 건 아니지만—원만한 인격과 공정한 시야를 지녔다고 하기는 어려운 사람들입니다. 또한 보아하니, 그리 큰 소리로 할 얘기는 아니지만, 칭찬하기 힘든 특수한 성향이며 기묘한 생활 습관이며 행동 양식을 가진 사람들도 적지 않은 것 같습니다. 그리고 나를 포함해 대부분의 작가는(대략 92퍼센트일 거라고 나는 예상하는데) 그걸 실제로 입 밖에 내느냐 마느냐는 제쳐두고, '내가 하는 일, 내가 쓰는 글이 가장 올바르다. 특별한 예외를 제외하고 다른 작가들은 많든 적든 모두 틀려먹었다'고 생각하고 그러한 생각에 준하여 하루하루를 살아갑니다. 이런 자들과 친구나 이웃이 되기를 바라는 사람은, 극히 조심스럽게 표현해서, 그리 많지 않은 거 아닐까요.

작가들끼리 돈독한 우정을 쌓고 있다는 말이 이따금 들려오는데 나는 그런 얘기를 들으면 대체적으로 '깜빡 속지 말아야 할 말'이라고 생각합니다. 그런 일이 어쩌면 있을지도 모르지만 정말로 친밀한 관계는 그리 길게 이어지지 않을걸, 이라고 말이죠. 작가란 기본적으로 이기적인 인종이고 역시 자존심이나 경쟁의식이 강한 사람이 많아요. 작가들끼리 붙여놓으면 잘 풀리는 경우보다 잘 풀리지 않는 경우가 훨씬 더 많습니다. 나 자신도 몇 번 그런 경험을 했습니다.

잘 알려진 사례지만, 1922년에 파리의 어느 디너파티에서 마르셀 프루스트와 제임스 조이스가 동석한 적이 있습니다. 그런데 그 두 사람은 바로 옆자리에 있었는데도 끝까지 거의 한 마디도 나누지 않았습니다. 주위에서는 20세기를 대표하는 두 작가가 어떤 이야기를 나눌 것인가, 마른침을 삼키며 지켜봤지만 완전히 허탕을 쳤습니다. 서로 자부심 같은 게 강했던 것이겠지요. 뭐, 흔한 얘기입니다.

하지만 그럼에도 불구하고 각 직업에서의 영역 배타성이라는 점에 관해서 말하자면—쉽게 말해 '내 구역' 의식에 대해서 말하자면 그렇다는 얘기인데—소설가만큼 넓은 마음을 갖고 포용력을 보이는 인종은 그리 많지 않은 것 같습니다. 그리고 그건 소설가가 공통적으로 갖고 있는 몇 안 되는 장점 중의 하나가 아닐까라고 나는 늘 생각합니다.

좀 더 알기 쉽게 구체적으로 설명해볼까요.

예를 들어 어느 소설가가 노래를 잘해 가수로 데뷔했다고 합시다. 혹은 그림에 소질이 있어 화가로서 작품을 발표하기 시작했다고 합시다. 그 작가는 거의 틀림없이 여기저기서 적지 않은 저항을 겪고 야유와 비웃음도 뒤집어쓰게 될 것입니다. '괜히 우쭐해서 아무 데나 끼어든다' '아마추어 취미 수준, 이름을 내걸 만한 기능도 재능도 없다'라는 말들이 틀림없이 나올 것이고, 프로 가수와 화가에게서는 냉랭한 대접을 받지 않을까요. 어쩌면 은근한 따돌림 정도는 당할 수도 있습니다. 최소한 여기저기서 '네에, 잘 오셨습니다' 하고 따스한 환영을 받는 일은 거의 없을 겁니다. 만일 있다고 해도 그건 지극히 한정된 장소, 지극히 한정된 분들의 환영이겠지요.

나는 소설을 쓰는 한편으로 지금까지 삼십여 년 동안 적극적으로 영미 문학 번역을 해왔지만, 처음 한동안은(혹은 지금도 그런지 모르지만) 반발이 상당히 심했습니다. '번역이란 아마추어가 손댈 만큼 간단한 일이 아니다' '소설가가 번역이라니, 민폐 끼치는 취미다'라는 식으로 여기저기서 말들이 많았던 모양입니다.

그리고 『언더그라운드』라는 책을 썼을 때는 논픽션 전문 작가들에게서 대체로 혹독한 비판이 쏟아져 나왔습니다. '논픽션 작성법을 모른다' '눈물을 구걸하는 값싼 글' '새미 삼아 하는 짓' 등등 다양한 비판이 쏟아져 나왔습니다. 나는 이른바 장르적 '논픽션'이 아니라 어디까지나 내 나름대로 생각하는, 문자 그대로 '비非픽션'이라고 할까, 요컨대 '픽션이 아닌 작품'을 써보려고 했던 것인데, 결과적으로 아마 '논픽션'이라는 '성역'의 파수꾼 호랑이들의 꼬리를 밟아버린 모양입니다. 그런 것이 존재한다는 건 알지도 못했고, 애초에 논픽션에 '고유한 작성법'이 있다는 건 생각해본 적도 없어서 처음에는 상당히 당황스러웠습니다.

그처럼 어떤 일이든 전문이 아닌 쪽에 손을 대면 그 분야의 전문가들이 일단 달가운 얼굴은 하지 않습니다. 백혈구가 체내의 이물질을 배제하려고 하듯이 접근을 거부하려고 듭니다. 그래도 위축되지 않고 끈질기게 하다 보면 나중에는 차츰 '에이, 어쩔 수 없지'라는 식으로 묵인하고 동석을 허락해주는 모양이지만, 적어도 처음에는 상당히 반발이 심합니다. '그 분야'가 좁을수록, 전문적일수록, 그리고 권위적일수록, 사람들의 자부심이나 배타성도 강하고 거기서 날아오는 저항도 커지는 것 같습니다.

그런데 그 반대의 경우, 이를테면 가수나 화가가 소설을 썼다면, 혹은 번역가나 논픽션 작가가 소설을 썼다면, 소설가는 그것에 싫은 얼굴을 할까요? 아마 그렇지 않을 거라고 생각합니다. 실제로 가수나 화가가 소설을 쓰고, 번역가나 논픽션 작가가 소설을 쓰고, 그런 작품이 높은 평가를 받는 경우도 적잖이 눈에 띕니다. 하지만 그걸로 소설가들이 '아마추어가 당치 않은 짓거리를 한다'고 화를 냈다는 얘기는 들은 적이 없습니다. 험담을 하거나 야유하거나 심술궂게 발을 걸어 넘어뜨리는 일도, 적어도 내가 보고 들은 한에서는 별로 없었던 것 같습니다. 그보다는 오히려 전문 이외의 사람을 향한 호기심이 발동해서 기회가 닿으면 마주 앉아 소설에 대해 얘기하고 때로는 격려도 해주고 싶다고들 생각하지 않을까요.

물론 뒤에서 작품에 대해 험담하는 일쯤은 있을지도 모르지만 그건 소설가들끼리도 일상적으로 하는 짓이고, 말하자면 통상 영업 행위지 다른 업종의 참여와는 딱히 관계가 없습니다. 소설가라는 인종은 수많은 결함이 눈에 띄기는 하지만, 누군가 자신의 영역에 들어오는 것에 관해서는 대체적으로 대범하고 포용적인 것 같습니다.

그건 어째서일까요?

내가 생각건대 그 답은 아주 확실합니다. 소설 따위—'소설 따위'라는 말투는 약간 난폭하긴 합니다만—쓰려고 마음만 먹으면 서의 누구라도 쓸 수 있기 때문입니다. 이를테면 피아니스트나 발레리나로 데뷔하려면 어릴 때부터 길고 험난한 훈련이 필요합니다. 화가가 되는 데도 어느 정도 전문 지식과 기초적인 기술이 필요합니다. 애초에 그림 도구 일습을 장만해야 합니다. 등산가가 되는 데는 남다른 체력과 테크닉과 용기가 요구됩니다.

그런데 소설이라면 문장을 쓸 줄 알고(대개의 일본인은 쓸 수 있지요) 볼펜과 노트가 손맡에 있다면, 그리고 그 나름의 작화作話 능력이 있다면, 전문적인 훈련 따위는 받지 않아도 일단 써져버립니다. 아니, 그보다 일단 소설이라는 형태가 만들어져버립니다. 인문계 대학에 다닐 필요도 없습니다. 소설을 쓰기 위한 전문 지식 따위, 있으나 마나 한 것이니까.

재능이 좀 있는 사람이라면 처음부터 뛰어난 작품을 써내는 것도 불가능하지 않습니다. 내 경우를 실례로 들고 나서는 건 약간 면구스럽기는 한데, 이를테면 나만 해도 소설을 쓰기 위한 훈련이라고는 전혀 받아본 적이 없습니다. 일단 대학 인문학부 영화연극과라는 곳에 다니기는 했지만, 시대적인 상황도 있어서 공부는 거의 하지 않고 머리 기르고 수염 기르고 지저분한 꼴로 그 근처를 빈들빈들 돌아다닌 것뿐입니다. 작가가 되겠다는 작정도 딱히 없었고 미친 듯이 습작을 써본 적도 없이, 어느 날 불현듯 생각이 나서 『바람의 노래를 들어라』라는 첫 소설(같은 것)을 썼고 그걸로 문예지의 신인상을 탔습니다. 그리고 뭐가 뭔지 잘 알지도 못한 채 직업적인 작가가 되어버렸습니다. '이렇게 간단해도 되는 거야?' 하고 나 자신도 저절로 고개를 갸웃거렸을 정도입니다. 아무리 그래도 이건 너무 간단하잖아.

이런 말을 하면 '문학을 대체 뭘로 보는 거냐'라고 불쾌하게 생각하실 분이 있을지도 모르겠지만, 나는 어디까지나 이 일의 기본적인 양상에 대해 말하려는 것뿐입니다. 소설이라는 건 누가 뭐라고 하든 의심할 여지 없이 매우 폭이 넓은 표현 형태입니다. 그리고 생각하기에 따라서는 그 폭넓음이야말로 소설이 가진 소박하고도 위대한 에너지의 원천의 중요한 일부가 되기도 합니다. 그러니까 '누구라도 쓸 수 있다'는 건 내가 보기에는 소설에게는 비방이 아니라 오히려 칭찬입니다.

즉 소설이라는 장르는 누구라도 마음만 먹으면 쉽게 진입할 수 있는 프로레슬링 같은 것입니다. 로프는 틈새가 넓고 편리한 발판도 준비되었습니다. 링도 상당히 널찍합니다. 참여를 저지하고자 대기하는 경비원도 없고 심판도 그리 빡빡하게 굴지 않습니다. 현역 레슬링 선수도—즉 이 경우는 소설가에 해당하는데—그런 쪽으로는 애초에 어느 정도 포기해버린 상태라서 '좋아요, 누구라도 다 올라오십쇼'라는 기풍氣風이 있습니다. 개방적이라고 할까, 손쉽다고 할까, 융통성이 있다고 할까, 한마디로 상당히 '대충대충'입니다.

하지만 링에 오르기는 쉬워도 거기서 오래 버티는 건 쉽지 않습니다. 소설가는 물론 그 점을 아주 잘 알고 있습니다. 소설 한두 편을 써내는 건 그다지 어렵지 않아요. 그러나 소설을 오래 지속적으로 써내는 것, 소설로 먹고사는 것, 소설가로서 살아남는 것, 이건 지극히 어려운 일입니다. 보통 사람은 일단 못할 짓, 이라고 말해버려도 무방할지 모릅니다. 거기에는 뭐랄까, '어떤 특별한 것'이 점점 필요해지기 때문입니다. 그 나름의 재능은 물론 필요하고 그만그만한 기개도 필요합니다. 또한 인생의 다른 다양한 일들과 마찬가지로 운이나 인연도 중요한 요소입니다. 하지만 거기에 더해서 어떤 종류의 '자격' 같은 것이 요구됩니다. 이건 갖춰진 사람에게는 갖춰져 있고, 갖춰지지 않은 사람에게는 갖춰져 있지 않습니다. 애초에 그런 것이 갖춰진 사람도 있는가 하면 후천적으로 고생 고생 해가며 습득하는 사람도 있습니다.

이 '자격'에 대해서는 아직 많이 알려지지 않았고 정식으로 거론되는 일도 거의 없었던 것 같습니다. 그건 대체로 시각화도 언어화도 안 되는 종류의 것이기 때문입니다. 하지만 어찌 됐건 소설가로 계속 살아남는다는 것이 얼마나 냉엄한 일인지, 소설가는 뼈저리게 잘 알고 있습니다.

바로 그렇기 때문에 소설가는 다른 전문 영역의 사람이 로프를 넘어 소설가로 등단하는 것에 대해 기본적으로 포용적이고 대범한 게 아닐까요. '자, 올 테면 얼마든지 오시죠'라는 태도를 많은 작가들은 취하고 있습니다. 혹은 누군가 새로 들어와도 그리 신경 쓰지 않습니다. 만일 새로 들어온 사람이 얼마 안 돼 링에서 밀려난다면, 혹은 스스로 내려간다면(그 두 가지 경우가 대부분인데), "아, 가엾게도"라든가 "그럼 안녕히"라고 할 것이고, 만일 그/그녀가 노력해서 끝까지 링에 남는다면 그건 물론 경의를 표할 만한 일입니다. 그리고 대체적으로 공정하고 정당하게 경의를 표할 것입니다(라고 할까, 그러기를 바랍니다).

소설가가 포용적인 태도를 취하는 데는 문학계가 제로섬 사회가 아니라는 점도 얼마간 관계가 있는지 모릅니다. 즉 신인 작가가 한 명 등장한다고 해서 그 대신 현역 작가 한 명이 직을 잃는다는 식의 일은 (거의) 없다는 얘기입니다. 최소한 눈에 보이는 명백한 형태로는 그런 일은 일어나지 않습니다. 프로스포츠 세계와는 그런 점이 결정적으로 다릅니다. 신인 선수 한 명이 팀에 들어오는 바람에 고참이나 좀체 주목받지 못하는 신인 한 명이 자유계약 선수가 되고 등록 명단에서 빠지는 식의 일은 문학계에서는 일단 보이지 않습니다. 그리고 어떤 소설이 10만 부가 팔리는 바람에 다른 소설의 매출이 10만 부 떨어졌다는 등의 일도 없습니다. 오히려 새로 등장한 작가의 책이 잘 팔려서 소설 전체가 활황을 보이고 업계 전체에 윤기가 도는 경우도 있습니다.

　하지만 그럼에도 불구하고 긴 시간 축을 놓고 보면 어떤 종류의 자연도태는 적절히 진행되는 것 같아요. 아무리 널찍하다고 해도 그 링에는 아마 적정 인원이라는 게 있는 것이겠지요. 주위를 한 바퀴 죽 둘러보면 그런 느낌이 듭니다.

　나는 그럭저럭 삼십오 년여를 소설을 쓰면서 전업 작가로 생계를 꾸려가고 있습니다. 즉 '문학계'라는 링 위에서 그럭저럭 삼십여 년을 머물렀다, 옛날식으로 표현하면 '붓 한 자루로 먹고살아왔다'는 얘기입니다. 뭐 좁은 의미에서는 하나의 달성이라고 해도 좋겠지요.

그 삼십여 년 동안 아주 많은 사람들이 신인 작가로 등단하는 것을 지켜봤습니다. 적지 않은 수의 사람들 혹은 작품들은 그 시점에 상당히 높은 평가를 받았습니다. 평론가의 상찬賞讚을 받고 다양한 문학상을 타고 세간의 화제가 되고 책도 잘 팔렸습니다. 장래가 촉망되기도 했습니다. 즉 각광을 받으며 장려한 테마뮤직을 깔고 링에 오른 것입니다.

그런데 이십 년 전, 삼십 년 전에 등단한 신인 작가 중에 과연 어느 정도가 지금까지 실질적인 현역 소설가로서 활동하고 있느냐고 한다면, 그 수는 솔직히 그리 많지 않습니다. 아니, 실제로는 극소수입니다. 아무도 모르는 사이에 많은 '신인 작가'들이 조용히 어딘가로 사라져갔습니다. 혹은―오히려 이런 분이 사례로서는 더 많을지도 모르겠는데―소설 쓰기에 싫증이 나서, 혹은 소설을 계속 써내기가 귀찮아서, 다른 분야로 옮겨 갔습니다. 그리고 그들이 써낸 작품 대부분은―당시에는 나름대로 화제가 되고 각광을 받았지만―이제 아마도 일반 서점에서 입수하기 어려울지도 모릅니다. 소설가의 정원은 한정이 없지만 서점의 공간은 한정이 있기 때문입니다.

내가 생각하기에, 소설을 쓴다는 건 너무 머리가 좋은 사람에게는 적합하지 않은 작업인 것 같습니다. 물론 어느 정도의 지성이나 교양이나 지식은 소설을 쓰는 데 필요합니다. 나 같은 사람도 역시 최저한의 지성이나 지식은 갖추고 있다고 생각합니다. 필시, 라고 할까, 아마도. 정말로 틀림없이 그러냐고 정색하고 물으신다면 약간 좀 자신이 없긴 합니다만.

하지만 너무 머리 회전이 빠른 사람, 혹은 특출하게 지식이 풍부한 사람은 소설 쓰는 일에는 맞지 않을 거라고 나는 항상 생각합니다. 소설을 쓴다는—혹은 스토리를 풀어간다는—것은 상당히 저속의 기어로 이루어지는 작업이기 때문입니다. 실감實感으로 말하자면, 걷는 것보다는 약간 빠를지도 모르지만 자전거로 가는 것보다는 느리다, 라는 정도의 속도입니다. 의식의 기본적인 작동이 그런 느린 속도에 적합한 사람도 있고 적합하지 않은 사람도 있습니다.

소설가는 많은 경우, 자신의 의식 속에 있는 것을 '스토리'라는 형태로 치환置換해서 표현하려고 합니다. 원래 있었던 형태와 거기서 생겨난 새로운 형태 사이의 '낙차'를 통해서, 그 낙차의 다이너미즘을 사다리처럼 이용해서 뭔가를 말하려고 하는 것입니다. 이건 상당히 멀리 에둘러 가는, 손이 많이 가는 작업입니다.

자신의 머릿속에 어느 정도 윤곽이 선명한 메시지를 갖고 있는 사람이라면 그것을 일일이 스토리로 치환할 필요가 없습니다. 그 윤곽을 그대로 곧장 언어화하는 게 훨씬 더 빠르고, 또한 일반인이 받아들이기도 훨씬 쉽겠지요. 소설이라는 형태로 전환하자면 반년씩이나 걸리는 메시지나 개념도 그걸 그대로 직접 표현하면 단 사흘 만에 언어화할 수 있을지도 모릅니다. 혹은 마이크를 향해 생각나는 대로 말해버린다면 단 10분이면 끝날지도 모릅니다. 머리 회전이 빠른 사람은 물론 그런 것도 가능합니다. 듣는 사람도 '아하, 그렇구나' 하고 공감할 수 있습니다. 요컨대 그런 게 바로 머리가 좋다는 것이니까.

또한 지식이 풍부한 사람이라면 일부러 스토리라는 애매모호한fuzzy, 혹은 뭔가 정체를 잘 알 수 없는 '용기容器'를 꺼내 들 필요도 없습니다. 혹은 제로에서부터 가공의 설정을 만들어낼 필요도 없습니다. 자신이 가진 지식을 최대한 논리적으로 조합해서 언어화하면 사람들은 수월하게 납득하고 감탄하겠지요.

적지 않은 수의 문예평론가가 어떤 종류의 소설이나 스토리를 이해하지 못하는—혹은 이해했더라도 그 이해를 유효하게 언어화, 논리화하지 못하는—이유는 아마도 그런 점에 있는지도 모릅니다. 그들은 일반적으로 말해, 소설가에 비하여 머리가 지나치게 좋고 두뇌 회전이 지나치게 빠른 것이겠지요. 때때로

스토리라는 느린 속도의 비이클vehicle에 몸을 제대로 맞춰나갈 수가 없는 것입니다. 그래서 때때로 텍스트가 되는 스토리의 속도를 일단 자신의 속도로 번역하고 그렇게 번역된 텍스트에 따라 논리를 펼쳐나갑니다. 그런 작업이 적절한 경우가 있는가 하면 그다지 적절치 않은 경우도 있습니다. 잘 풀리는 경우가 있는가 하면 그다지 잘 풀리지 않는 경우도 있습니다. 특히 그 텍스트의 속도가 그저 느리기만 한 게 아니라 느린 데다가 중층적이고 복합적일 경우에 그 번역 작업은 더욱더 힘들어지고 번역된 텍스트는 왜곡되어버립니다.

그건 어찌 됐든, 머리 회전이 빠른 사람들이나 총명한 사람들이—그 대부분은 다른 업종의 사람들인데—소설 한두 편을 써 놓고 그대로 어딘가로 옮겨 가는 모습을 나는 몇 번이나 목격했습니다. 그들이 써낸 작품은 대부분의 경우 '아주 잘빠진' 재기 넘치는 소설이었습니다. 몇몇 작품에는 신선한 놀람도 있었습니다. 하지만 그들이 소설가로서 링에 길게 머무는 일은, 극소수의 예외를 별도로 하고, 거의 없었습니다. '잠깐 구경 좀 하고 휑하니 떠나버렸다'는 인상까지 받았습니다.

어쩌면 소설이란 약간 글재주가 있는 사람이라면 평생 한 권쯤은 비교적 술술 써지는 것인지도 모릅니다. 또한 그와 동시에 총명한 사람들이라면 아마 소설 쓰는 작업에서 기대한 만큼의 메리트를 찾지 못했겠지요. 한두 편 써보고 '아, 이런 것이었구나'라고 납득하고 곧장 다른 분야로 옮겨 간 것이라고 추측합니다. 소설이 이런 거라면 차라리 다른 일을 하는 게 더 효율적이겠다, 라고 생각하면서.

　나도 그런 기분은 이해가 됩니다. 소설을 쓴다는 것은 아무튼 효율성이 떨어지는 작업입니다. 이건 '이를테면'을 수없이 반복하는 작업입니다. 하나의 개인적인 테마가 있다고 합시다. 소설가는 그것을 다른 문맥으로 치환합니다. '그건요, 이를테면 이러저러한 것이에요'라는 이야기를 합니다. 그런데 그 치환paraphrase 속에 불명료한 점, 애매모호한 부분이 있으면 다시 그것에 대해 '그건요, 이를테면 이러저러한 것이에요'라고 다시 이야기가 시작됩니다. 그러한 '그건요, 이를테면 이러저러한 것이에요'가 끝도 없이 줄줄 이어집니다. 한없는 패러프레이즈의 연쇄지요. 꺼내도 꺼내도 안에서 좀 더 작은 인형이 나오는 러시아 인형 같은 것입니다. 이토록 효율성이 떨어지는, 멀리 에둘러 가는 작업은 이것 말고는 달리 없는 게 아닌가, 하는 마음까지 듭니다. 맨 처음의 테마를 그대로 척척 명확히, 지적으로 언어화할 수 있다면 '이를테면'이라는 치환 작업은 전혀 필요 없으니까. 극단적으로 말하면 '소설가란 불필요한 것을 일부러 필요로 하는 인종'이라고 정의할 수 있습니다.

하지만 소설가의 입장에서 말하자면, 바로 그런 불필요한 면, 멀리 에둘러 가는 점에 진실, 진리가 잔뜩 잠재되어 있다, 라는 것입니다. 어쩐지 강변強辯을 늘어놓는 것 같지만 소설가는 대체로 그렇게 믿고서 일하는 사람입니다. 그래서 '이 세상에 소설 따위는 없어도 상관없다'라는 의견이 있어도 당연한 것이고, 그와 동시에 '이 세상에는 반드시 소설이 필요하다'라는 의견도 당연합니다. 그건 각자 염두에 둔 시간의 스팬span을 어떻게 잡느냐에 따라서, 그리고 세상을 바라보는 시야의 틀을 어떻게 잡느냐에 따라서 달라집니다. 좀 더 정확히 표현하자면, 효율성 떨어지는 우회하기와 효율성 뛰어난 기민함이 앞면과 뒷면이 되어서 우리가 사는 이 세계가 중층적으로 성립합니다. 그중 어느 쪽이 빠져도(혹은 압도적인 열세여도) 세계는 필시 일그러진 것이 되고 맙니다.

어디까지나 내 개인적인 의견이지만, 소설을 쓴다는 것은 기본적으로는 몹시 '둔해빠진' 작업입니다. 거기에 스마트한 요소는 거의 눈에 띄지 않습니다. 혼자 방에 틀어박혀 '이것도 아니네, 저것도 아니네' 하고 오로지 문장을 주물럭거립니다. 책상 앞에서 열심히 머리를 쥐어짜며 하루 종일 단 한 줄의 문장적 정밀도를 조금 올려본들 그것에 대해 누군가 박수를 쳐주는 것도 아닙니다. 누군가 "잘했어, 잘했어" 하고 어깨를 토닥여주는 것도 아닙니다. 혼자 납득하고 혼자 입 꾹 다물고 고개나 끄덕일 뿐입니다. 책이 나왔을 때, 그 한 줄의 문장적 정밀도를 주목해주는 사람이라고는 이 세상에 단 한 명도 없을지도 모릅니다. 소설을 쓴다는 것은 바로 그런 작업입니다. 엄청 손은 많이 가면서 한없이 음침한 일인 것입니다.

이 세상에는 일 년쯤 시간을 들여 기다란 핀셋으로 병 속에 세밀한 배 모형을 만든다는 사람도 있는데, 소설 쓰기는 작업상 그것과 비슷한지도 모릅니다. 나는 손재주가 별로 없어서 그런 까다로운 배 모형은 도저히 못 만들지만, 그래도 본질적인 부분에서는 공통점이 있을지도 모른다고 생각합니다. 더구나 장편소설 작업에 들어가면 그런 세세한 밀실에서의 작업이 날이면 날마다 계속됩니다. 거의 끝없이 계속됩니다. 그런 작업이 원래 성품에 맞는 사람이 아니라면, 혹은 그게 그리 고생스럽게 느껴지지 않는 사람이 아니라면 도저히 오래 지속할 수 있는 일이 아닙니다.

어렸을 때 어떤 책에서 후지산을 구경하러 간 두 사람에 대한 이야기를 읽은 적이 있습니다. 두 사람 다 그때까지 후지산을 본 적이 없었습니다. 머리 좋은 사람은 산기슭에 서서 몇 가지 각도로 바라보고 '아, 후지산이란 이런 곳이구나. 그래, 역시 이러이러한 점이 멋있어'라고 납득하고 돌아갔습니다. 매우 효율성이 뛰어나지요. 얘기가 빨라요. 그런데 머리가 별로 좋지 않은 사람은 그렇게 쉽게는 후지산을 이해하지 못하니까 혼자 남아서 실제로 자기 발로 정상까지 올라갑니다. 그러자니 시간도 걸리고 힘도 듭니다. 체력을 소모해 녹초가 됩니다. 그리고 그런 끝에야 겨우 '아, 그렇구나, 이게 후지산인가'라고 생각합니다. 이해한다고 할까, 일단 몸으로 납득합니다.

소설가라는 종족은(적어도 그 대부분은) 어느 쪽인가 하면 후자, 이렇게 말하면 좀 미안하지만, 머리가 그리 좋지 않은 사람 쪽에 속합니다. 실제로 내 발로 정상까지 올라가보지 않고서는 후지산이 어떤 것인지 이해하지 못하는 부류입니다. 아니, 그러기는커녕 몇 번을 올라가도 아직 잘 모르겠다, 혹은 올라가볼수록 점점 더 알 수가 없다, 라는 게 소설가의 천성인지도 모릅니다. 그러니 이건 뭐, 효율성을 논하고 말고 할 것도 없는 문제지요. 아무튼 머리 좋은 사람이라면 도저히 못 할 일입니다.

그래서 소설가는 다른 업종에서 어느 날 천재적인 인물이 홀쩍 찾아와 소설을 쓰고 그것이 평론가나 세상 사람들의 주목을 받고 베스트셀러가 된다고 해도 그리 놀라지 않습니다. 위협을 느끼거나 하는 일도 거의 없어요. 하물며 화를 낸다든가 하는 일은 없죠(라고 생각합니다). 왜냐하면 그런 사람들이 소설을 장기간에 걸쳐 지속적으로 써내는 경우는 아주 드물다는 것을 소설가는 잘 알고 있거든요. 천재에게는 천재의 속도가 있고 지식인에게는 지식인의 속도가 있고 학자에게는 학자의 속도가 있습니다. 그리고 그런 사람들의 속도는 대부분의 경우, 긴 스팬을 두고 보면 소설 집필에는 적합하지 않습니다.

물론 직업적인 소설가 중에도 천재라고 불리는 사람이 있습니다. 두뇌 명석한 사람도 있습니다. 다만 세간에서 말하는 두뇌의 명석함뿐만 아니라 소설적으로도 머리가 좋은 사람입니다. 그런데 내가 본 바로는 그런 두뇌의 명석함만으로 일할 수 있는 햇수는—알기 쉽게 '소설가로서의 유통기한'이라고 말해도 무방하겠지요—기껏해야 십 년 정도입니다. 그 기한을 넘어서면 두뇌의 명석함을 대신할 만한 좀 더 크고 영속적인 자질이 필요합니다. 말을 바꾸면, 어느 시점에 '날카로운 면도날'을 '잘 갈린 손도끼'로 전환하는 게 요구됩니다. 그리고 좀 더 지나면 '잘 갈린 손도끼'를 '잘 갈린 도끼'로 전환하는 게 요구됩니다. 그 같은 몇 가지 전환 포인트를 제대로 뛰어넘은 사람은 작가로서 한 단계 거물급이 되고, 아마도 시대를 뛰어넘어 살아남을 것입니다. 뛰어넘지 못한 사람은 많든 적든 도중에 자취를 감추게—혹은 존재감이 희미해지게—됩니다. 혹은 머리가 뛰어난 사람이 원래 안착했어야 할 곳에 쏙 자리를 잡게 됩니다.

그리고 소설가에게는 '원래 안착했어야 할 곳에 쏙 자리를 잡는다'는 것은, 솔직히 말하게 해주신다면 '창조력이 감퇴한다'는 것과 거의 동일한 의미입니다. 소설가는 어떤 종류의 물고기와 같습니다. 물속에서 항상 저 앞을 향해 나아가지 않고서는 죽고 마는 것입니다.

그런 까닭에 나는 오랜 세월 지겨운 줄도 모르고(라고 할까) 소설을 지속적으로 써내는 작가들에 대해—즉 나의 동료들에 대해, 라는 얘기인데—한결같은 경의를 품고 있습니다. 당연한 일이지만 그들이 써내는 작품 하나하나에 대해서는 개인적인 호감이나 비호감은 있습니다. 하지만 그건 그렇다 치고, 이십 년 삼십 년에 걸쳐 직업적인 소설가로 활약하고, 혹은 살아남아서 각자 일정한 수의 독자를 획득한 사람에게는 소설가로서의 뭔가 남다르게 강한 핵core 같은 것이 있을 거라고 생각하기 때문입니다. 소설을 쓰지 않고서는 견딜 수 없는 내적인 충동drive. 장기간에 걸친 고독한 작업을 버텨내는 강인한 인내력. 이건 소설가라는 직업인의 자질이자 자격이라고 딱 잘라 말해버려도 무방할 것입니다.

소설 한 편을 쓰는 건 그리 어렵지 않습니다. 뛰어난 소설 한

편을 써내는 것도 사람에 따라서는 그리 어렵지 않습니다. 간단한 일이라고까지는 하지 않겠지만, 못 할 것도 없는 일입니다. 그러나 소설을 지속적으로 써낸다는 것은 상당히 어렵습니다. 누구라도 할 수 있는 일이 아닙니다. 그렇게 하려면 앞서 말씀드린 것처럼 특별한 자격 같은 것이 필요하기 때문입니다. 그건 아마도 '재능'과는 좀 다른 것이겠지요.

자, 그런 자격이 있는지 없는지, 그걸 분간하려면 어떻게 해야 하는가. 대답은 단 한 가지, 실제로 물에 뛰어들어 과연 떠오르는지 가라앉는지 지켜보는 수밖에 없습니다. 난폭한 말이지만, 인생이란 원래 그런 식으로 생겨먹은 모양이에요. 게다가 애초에 소설 같은 건 쓰지 않아도(혹은 오히려 쓰지 않는 편이) 인생은 얼마든지 총명하게, 유효하게 잘 살 수 있습니다. 그래도 쓰고 싶다, 쓰지 않고는 못 견디겠다, 라는 사람이 소설을 씁니다. 그리고 또한 지속적으로 소설을 씁니다. 그런 사람을 나는 물론 한 사람의 작가로서 당연히 마음을 활짝 열고 환영합니다.

링에, 어서 오십시오.

제
2
회

소설가가 된 무렵

문예지 《군조群像》의 신인상을 타면서 작가로 등단한 게 서른 살 때였는데 그 무렵에는 이미, 물론 충분하다고는 할 수 없지만, 내 나름대로 인생 경험을 쌓은 뒤였습니다. 그건 보통 사람, 평균적인 사람과는 약간 모양새가 다른 종류의 인생 경험이었습니다. 보통 사람은 우선 학교를 졸업하고 직업을 구하고 그 뒤에 잠시 기간을 두어서 한 단계 매듭을 지은 다음에 결혼을 하는 것 같아요. 나 역시 원래는 그럴 생각이었습니다. 아니, 나도 그런 식일 거라고 막연히 생각했었습니다. 그게 뭐, 보통 세상 사람들의 당연한 순서니까. 그리고 상식을 거스르겠다는 식의 엉뚱한 생각을 나는 (좋은 의미에서든 나쁜 의미에서든) 거의 갖고 있지 않았으니까. 그런데 실제로는 우선 결혼부터 하고 필요에 몰려 일을 시작했고 그런 다음에 겨우겨우 학교를 졸업했습니다. 즉 통상의 순서와는 완전히 반대가 됐죠. 당시의 상황이 그랬다고 할까, 어쩌다 보니 그렇게 되어버렸다고 할까, 인생 설계란 웬만해서는 예정대로 풀리지 않는 것입니다.

그런 연유로 아무튼 결혼부터 했는데(왜 결혼 같은 걸 했는지, 설명하자면 너무 길어지니까 생략하고) 회사에 취직하기는 싫어서(왜 취직하기가 싫었는지, 이것도 설명하자면 너무 길어지니까 생략하고) 가게를 열기로 했습니다. 재즈 레코드를 틀어놓고 커피며 술이며 요리를 차려내는 가게입니다. 당시 재즈에 푹 빠져 있던 터라서(지금도 자주 듣지만) 아무튼 아침부터 밤까지 내가 좋아하는 음악을 실컷 들을 수 있으면 된다, 라는 매우 단순한, 어떤 의미에서는 태평한 발상이었습니다. 하지만 학생 결혼을 한 처지라서 물론 자본금 같은 건 없었습니다. 그래서 아내와 둘이서 한 삼 년 몇 가지 일을 겹치기로 뛰면서 아무튼 열심히 돈을 모았습니다. 그리고 여기저기서 닥치는 대로 돈을 꿨습니다. 그렇게 긁어모은 돈으로 고쿠분지 역 남쪽 출구 근처에 가게를 열었습니다. 그게 1974년의 일입니다.

다행히 그 무렵에는 젊은 사람이 가게 하나 개업하는 데 지금처럼 막대한 돈은 들지 않았습니다. 그래서 나처럼 '회사에 취직하고 싶지 않다' '사회 시스템에 꼬리를 흔들고 싶지 않다'는 생각을 가진 사람들이 곳곳에서 작은 가게를 열었습니다. 찻집, 레스토랑, 잡화점, 서점. 우리 가게 주위에도 비슷한 세대의 사람들이 경영하는 가게가 몇 군데나 있었습니다. 운동권 출신인 듯한 혈기 왕성한 이들도 근처에 자주 출몰했습니다. 사회 전체에 아직 '틈새niche' 같은 게 꽤 많았던 시절입니다. 자신에게 맞는 빈틈을 잘 찾아내면 그걸로 어떻게든 살아갈 수 있었습니다. 이래저래 난폭하기는 해도 나름대로 재미있는 시대였습니다.

예전에 집에서 쓰던 업라이트피아노를 가져와 주말에는 라이브 공연을 했습니다. 무사시노 근처에 재즈 뮤지션이 많이 살고 있어서 저렴한 출연료에도 다들 (아마도) 흔쾌히 연주해주었습니다. 무카이 시게하루, 다카세 아키, 스기모토 기요시, 오토모 요시오, 우에마쓰 다카오, 후루사와 료지로, 와타나베 후미오……* 와아, 이건 정말 재미있었어요. 그들도 그렇고 나도 그렇고, 모두 젊고 의욕이 넘쳤습니다. 뭐, 그쪽이나 나나 유감스럽게도 전혀 돈벌이는 안 됐지만.

좋아하는 일을 한다고는 해도 상당한 빚을 떠안은 상태였기

---

* 각각 트롬본, 피아노, 기타, 알토색소폰, 테너색소폰, 드럼, 색소폰 연주자들.

때문에 그걸 갚아나가기가 여간 힘든 게 아니었습니다. 은행에서도 빌렸고 친구들에게도 빌렸습니다. 하지만 친구들에게서 빌린 것은 모두 다 몇 년 만에 틀림없이 이자를 붙여서 갚았습니다. 날마다 아침부터 밤까지 일하고 먹을 것도 제대로 못 먹으면서 틀림없이 갚았어요. 당연한 일이지만. 당시 우리는—우리라는 건 나와 아내인데—아주 검소하게, 스파르타 사람처럼 살았습니다. 집에 텔레비전도 라디오도 없고 자명종조차 없었습니다. 난방 기구도 거의 없어서 추운 밤에는 기르던 몇 마리의 고양이를 끌어안고 자는 수밖에 없었습니다. 네, 고양이 쪽에서도 아주 필사적으로 우리에게 매달려 잠을 잤습니다.

은행에 다달이 갚아야 할 돈을 어떻게도 마련할 수 없어서 부부가 고개를 떨구고 한밤중에 길을 걸어가다가 꼬깃꼬깃한 돈을 주운 적이 있습니다. 우연의 일치synchronicity라고 해야 할지 신의 인도하심이라고 해야 할지, 신기하게도 정확히 필요한 만큼의 액수였습니다. 다음 날까지 입금하지 않으면 부도가 날 상황이었기 때문에 정말로 죽다 살아난 듯한 일이었습니다(내 인생에는 왜 그런지 이따금 이런 신기한 일이 일어납니다). 사실은 경찰에 신고했어야 하는데, 그때는 그런 반듯한 말을 하고 있을 만한 여유는 도저히 없었습니다. 죄송합니다……라고 이제야 사죄해봤자 별것도 없지만. 이제는 뭐, 다른 형태로 가능한 한 사회에 환원하자고 마음먹고 있습니다.

고생담을 늘어놓으려는 건 아니지만, 요컨대 이십 대를 통틀어 상당히 힘겨운 생활을 했다는 얘기입니다. 물론 나보다 훨씬 더 힘든 일을 겪으신 분이 세상에는 아주 많을 거라고 생각합니다. 그런 분의 입장에서 보자면 내가 겪은 일은 "에이, 그런건 고생 축에도 끼지 않아"라고 하실 것이고, 분명 그것도 맞는말씀이라고 생각합니다. 그러나 그건 그렇다 치고, 나로서는 내나름대로 충분히 힘들었다, 라는 얘기입니다.

하지만 즐거웠습니다. 그것 또한 틀림없는 말입니다. 아직 젊었고 지극히 건강하기도 했고, 이러니저러니 해도 온종일 좋아하는 음악을 들을 수 있었고, 작기는 해도 '독립국의 군주'였습니다. 만원 지하철 타고 출퇴근할 필요도 없고 따분한 회의에나갈 필요도 없고 마음에 안 드는 보스에게 머리를 숙일 필요도없습니다. 또한 다양한 재미있는 사람, 흥미로운 사람들도 만났습니다.

또 한 가지 중요한 것은 내가 그사이에 사회를 배웠다는 것입니다. '사회를 배웠다'라고 하면 지나치게 직설적이라서 어째바보 같지만, 요컨대 어른이 됐다는 얘기입니다. 수없이 단단한벽에 머리를 들이받고, 아슬아슬한 고비를 가까스로 뚫고 나왔습니다. 심한 욕을 듣고 심한 꼴을 당하기도 했고 억울한 일을 겪기도 했습니다. 당시에는 '물장사'라는 것만으로 상당히 사회적인 차별들을 했습니다. 몸을 혹사하지 않으면 안 되었고 웬만한 일은 입 다물고 꾹꾹 참을 수밖에 없었습니다. 고약한 술주정뱅이를 가게 밖으로 걸어차야 했고 거센 바람이 불면 목을 한껏 움츠리는 수밖에 없었습니다. 아무튼 가게를 유지하고 빚을 갚는다는 것 외에는 거의 아무 생각도 할 수 없었습니다.

하지만 그런 힘든 세월을 무아몽중으로 건너서 어디 크게 다치는 일도 없이 그럭저럭 살아남아 조금쯤 툭 트인 평탄한 장소로 나올 수 있었습니다. 한숨 돌리며 주위를 빙 둘러보니 그곳에는 이전에는 본 적이 없었던 새로운 풍경이 펼쳐지고, 그 풍경 속에 새로운 나 자신이 서 있었다─지극히 간단히 말하자면 그런 얘기입니다. 문득 깨닫고 보니 나는 전보다 얼마간 터프해졌고 전보다는 얼마간(아주 조금이지만) 지혜가 붙은 것 같았습니다.

딱히 '인생에서 가능한 한 고생을 하라'는 말을 하려는 건 아닙니다. 솔직히 말해서, 고생하지 않을 수 있다면 그야 고생하지 않는 편이 더 좋겠지요. 당연한 얘기지만, 고생 따위는 전혀 즐거운 것도 아니고 사람에 따라서는 그걸로 완전히 좌절해 그대로 다시 일어서지 못하는 경우도 물론 있을지 모릅니다. 그래도 만일 지금 당신이 뭔가 곤경에 처했고 그걸로 상당히 힘겨운 마음이 든다면 나로서는 "지금은 좀 힘들겠지만 나중에는 그게 결실을 맺는 일이 될 겁니다"라고 말하고 싶습니다. 위로가 될지 말지는 모르겠지만, 그렇게 생각하고 힘껏 전진해주십시오.

　지금 생각해보면 가게를 시작하기 전까지 나는 그냥 '보통 남자애'였습니다. 한신칸*의 조용한 교외 주택지에서 컸기 때문에 딱히 뭔가 문제를 떠안은 것도 없고 문제를 일으키는 것도 없이, 별로 공부를 하지 않은 편치고는 학교 성적도 웬만큼 한다는 정도였습니다. 다만 책 읽기는 예전부터 좋아해서 상당히 열심히 책을 손에 들었습니다. 중고등학교를 통틀어 나만큼 대량의 책을 읽은 사람은 주위에 없었다고 생각합니다. 그리고 음악도 좋아해서 쏟아붓듯이 다양한 음악을 들었습니다. 당연한 일이지만 좀처럼 학교 공부를 할 시간까지는 나지 않았습니다. 외둥이라 기본적으로 귀하게 떠받들며(요컨대 어리광쟁이로) 키워주셔서 따끔하게 혼난 일도 거의 없습니다. 간단히 말해서 구제하기 힘들 만큼 세상 물정 모르고 살았던 것입니다.

　와세다 대학에 입학해 도쿄로 나온 것이 1960년대 말, 한창 학생운동의 태풍이 몰아치던 시절이어서 대학은 장기간에 걸

* 오사카와 고베 사이의 고급 주택 지역.

쳐 봉쇄되었습니다. 처음에는 학생들의 데모 탓에, 나중에는 대학 측에 의한 학교 폐쇄 탓에. 그동안에 수업은 거의 이루어지지 않았고, 그 덕분에(라고 할까) 나는 아주 엉터리 같은 대학 생활을 보냈습니다.

원래부터 그룹에 소속되어 여러 사람과 함께 어울려서 뭔가를 하는 게 서툴렀고, 그래서 정치 모임에는 가입하지 않았지만 기본적으로는 학생운동을 지지했고, 개인적인 범위에서 가능한 행동은 취했습니다. 하지만 반체제 파벌 간의 대립이 심화되고, 이른바 '내분'으로 사람 목숨을 어이없이 앗아 가는 사태가 벌어진 뒤부터는(우리가 항상 쓰던 문학부 강의실에서도 정치에 관심이 없는 학생 한 명이 살해되었습니다) 다른 많은 학생들과 마찬가지로 그 운동의 존재 방식에 환멸을 느꼈습니다. 거기에는 뭔가 잘못된 것, 옳지 않은 것이 포함되어 있다. 건전한 상상력이 상실되어버렸다. 그런 느낌이 들었습니다. 그리고 결국 그 거센 태풍이 휩쓸고 지나간 뒤, 우리 마음속에 남겨진 것은 뒷맛이 씁쓸한 실망감뿐이었습니다. 아무리 거기에 올바른 슬로건이 있고 아름다운 메시지가 있어도 그 올바름이나 아름다움을 뒷받침해줄 만한 영혼의 힘, 모럴의 힘이 없다면 모든 것은 공허한 말의 나열에 지나지 않습니다. 내가 그때 몸으로 배운 것은, 그리고 지금도 확신하는 것은, 그런 것입니다. 말에는 확실한 힘이 있습니다. 그러나 그 힘은 올바른 것이 아니어서는 안 됩니다. 적어도 공정한 것이 아니어서는 안 됩니다. 말이 본래의 의미를 잃고 제멋대로 왜곡되어서는 안 됩니다.

그래서 나는 다시 한번 좀 더 개인적인 영역으로 걸어 들어가 그곳에 자리를 잡게 되었습니다. 책이나 음악이나 영화, 그런 영역에. 그즈음 신주쿠의 가부키초에서 장기간 밤샘 영업 아르바이트를 했었고 거기서 다양한 사람들을 만났습니다. 지금은 어떤지 모르지만 당시 심야의 가부키초 근처에는 흥미로운 정체불명의 사람들이 꽤 많이 돌아다녔습니다. 재미있는 일도 있고 즐거운 일도 있고 아주 위험한 일, 힘겨운 일도 있었습니다. 어쨌든 나는 대학 강의실보다, 혹은 동질의 사람들이 모이는 동아리 같은 곳보다, 오히려 그런 생생하고 잡다한, 때로는 무시무시하고 거친 장소에서 인생에 관한 다양한 현상을 배우고 그 나름의 지혜를 배웠다는 마음이 듭니다. 영어에 streetwise라는 말이 있습니다. '도시에서 살아가기 위한 실제적인 지혜'라는 정도의 뜻이지만, 나에게는 결국 학술적인 것보다 그런 흙바닥에서 뒹구는 게 더 성향에 맞는 것 같습니다. 솔직히 말해서 대학 공부에는 거의 흥미를 가질 수 없었습니다.

결혼도 했고 일도 시작했고 이제 새삼 대학 졸업장을 받아봐야 별로 쓸데도 없었습니다. 하지만 당시 와세다 대학은 신청한 학점만큼만 수업료를 내는 제도였고, 남은 학점도 그리 많지 않아서 일하는 틈틈이 수업을 들으러 다닌 끝에 어떻게든 칠 년 만에 졸업은 했습니다. 마지막 해에 프랑스 문학자 안도 신야 교수님의 라신 강의를 신청했는데 출석 일수가 모자라 이번에도 학점을 따지 못할 것 같았습니다. 그래서 교수실에 따로 찾아가 "실은 이런저런 사정으로 이미 결혼했고 날마다 일을 하고 있고 도무지 수업을 들으러 나올 수가 없고……"라고 설명했더니 일부러 내가 경영하던 고쿠분지 가게까지 찾아와 "자네도 이래저래 힘들겠네"라고 말하고 가셨습니다. 덕분에 학점을 무사히 땄습니다. 친절한 분이셨어요. 당시의 대학에는(지금은 모르겠지만) 그렇게 품이 넉넉하신 교수님이 꽤 많았던 것 같습니다. 강의 내용은 거의 기억도 안 나지만(죄송합니다).

고쿠분지 남쪽 출구의 빌딩 지하에서 삼 년 남짓 영업을 했습니다. 나름대로 손님도 붙고 빚도 일단 순조롭게 갚아나갔지만 빌딩 주인이 갑작스럽게 '건물을 증축해야겠으니 나가달라'고 하는 바람에 어쩔 수 없이(라는 정도의 간단한 일이 아니라 이래저래 힘들었지만 이것도 얘기하기 시작하면 실로 한이 없어서……) 고쿠분지를 떠나 센다가야로 옮겼습니다. 가게도 전보다 넓고 환해졌고 라이브를 위한 그랜드피아노도 들여놓고,

그거야 정말 좋았는데 그만큼 다시 빚을 떠안고 말았습니다. 도무지 진득하게 자리를 잡을 수가 없었어요(이렇게 지난날을 돌아보니 '도무지 진득하게 자리를 잡지 못한다'는 것이 아무래도 내 인생의 라이프 모티브였던 것 같습니다).

그렇게 나는 아침부터 밤까지 육체노동을 하고 빚을 갚는 일로 이십 대를 지새웠습니다. 그 당시를 떠올리면 어지간히 일도 많이 했다, 라는 기억밖에 없습니다. 필시 보통 사람의 이십 대는 좀 더 즐거웠을 거라고 상상이 되는데, 나에게는 시간적으로나 경제적으로나 '청춘의 나날을 즐길' 여유 같은 건 거의 없었습니다. 하지만 그동안에도 틈만 나면 책을 읽었습니다. 아무리 바빠도, 아무리 먹고사는 게 힘들어도, 책을 읽는 일은 음악을 듣는 것과 함께 나에게는 언제나 변함없는 큰 기쁨이었습니다. 그 기쁨만은 어느 누구에게도 빼앗기지 않았습니다.

그래도 이십 대가 끝나갈 무렵에는 센다가야의 가게 경영이 드디어 안정세를 보이기 시작했습니다. 여전히 빚이 남았고 시기에 따라 매출에 부침도 있고, 물론 간단히 마음을 놓을 수는 없었지만, 이대로 열심히 하다 보면 뭐 그럭저럭 괜찮게 풀려나가겠다는 분위기까지는 도달했습니다.

나한테 딱히 경영의 재능이 있는 것 같지도 않고, 원래 상냥한 데가 없는 비사교적인 성격이라 손님 장사를 하기에는 명백히 적합하지 않았지만, 그래도 '좋아하는 일이라면 어쨌든 불평불만 없이 열심히 한다'는 게 내 장점입니다. 그래서 가게 경영도 그나마 잘 풀렸던 것이라고 생각합니다. 아무튼 음악을 너무 좋아해서 음악에 관한 일이기만 하면 기본적으로 행복했습니다. 하지만 문득 깨닫고 보니 나는 곧 서른이었습니다. 나에게 있어 청년 시대라고 해야 할 시기는 이미 끝나가고 있었습니다. 그래서 뭔가 좀 신기한 기분이 들었던 게 기억납니다. '그렇구나, 인생이란 이런 식으로 술술 지나가는 것이구나' 하고.

1978년 4월의 어느 쾌청한 날 오후에 나는 진구 구장에 야구 경기를 보러 갔습니다. 그해의 센트럴리그 개막전으로, 야쿠르트 스왈로스와 히로시마 카프의 대전이었습니다. 오후 1시부터 시작하는 낮 경기입니다. 나는 그 당시부터 야쿠르트 팬이었고, 진구 구장에서 가까운 곳에서 살았기 때문에(센다가야의 하토노모리하치만 신사 옆입니다) 산책 나간 김에 자주 야구 경기를 보러 갔습니다.

그 무렵의 야쿠르트는 아무튼 약한 팀이어서 만년 B 클래스에 구단도 가난하고 화려한 스타 선수도 없었습니다. 당연히 인기도 별로 없었어요. 개막전이라고 해봐야 외야석은 텅텅 비었습니다. 나 혼자 외야석에 드러누워 맥주를 마시면서 경기를 봤습니다. 당시의 진구 구장 외야석은 의자가 아니라 잔디 비탈뿐이었습니다. 무척 상쾌한 기분이었던 것이 기억납니다. 하늘은 맑게 개고 생맥주는 완벽하게 시원하고 오랜만에 보는 초록빛 잔디 위에 하얀 공이 또렷이 떠올랐습니다. 야구란 역시 야구장에 가서 봐야 하는 것이지요. 진짜로 그렇습니다.

야쿠르트 선두 타자는 미국에서 온 데이브 힐턴이라는 호리호리한 무명의 선수였습니다. 그가 타순 1번이었습니다. 4번은 찰리 매뉴얼입니다. 나중에 필리스의 감독으로 유명해졌는데 그 당시 그는 실로 힘세고 무시무시한 인상의 타자여서 일본 야구팬에게는 '붉은 도깨비'라는 별명으로 통했습니다.

히로시마의 선발 투수는 분명 다카하시였던 것으로 알고 있습니다. 야쿠르트의 선발은 야스다였습니다. 1회 말, 다카하시가 제1구를 던지자 힐턴은 그것을 좌중간에 깔끔하게 띄워 올려 2루타를 만들었습니다. 방망이가 공에 맞는 상쾌한 소리가 진구 구장에 울려 퍼졌습니다. 띄엄띄엄 박수 소리가 주위에서 일었습니다. 나는 그때 아무런 맥락도 없이, 아무런 근거도 없이 문득 이렇게 생각했습니다. '그래, 나도 소설을 쓸 수 있을지 모른다'라고.

그때의 감각을 나는 아직도 확실하게 기억합니다. 하늘에서 뭔가가 하늘하늘 천천히 내려왔고 그것을 두 손으로 멋지게 받아낸 듯한 기분이었습니다. 어째서 그것이 때마침 내 손안에 떨어졌는지, 그 이유는 잘 모르겠습니다. 그때도 몰랐고 지금도 모릅니다. 하지만 이유야 어찌 됐건 아무튼 그것이 일어났습니다. 그것은 뭐라고 해야 할까, 일종의 계시 같은 것이었습니다. 영어에 epiphany라는 말이 있습니다. 일본어로 번역하면 '본질의 돌연한 현현顯現' '직감적인 진실 파악'이라는 어려운 단어입니다. 알기 쉽게 말하자면, '어느 날 돌연 뭔가가 눈앞에 쓱 나타나고 그것에 의해 모든 일의 양상이 확 바뀐다'라는 느낌입니다. 바로 그것이 그날 오후에 내 신상에 일어났습니다. 그 일을 경계로 내 인생의 양상이 확 바뀐 것입니다. 데이브 힐턴이 톱타자로 진구 구장에서 아름답고 날카로운 2루타를 날린 그 순간에.

시합이 끝나자(그 시합은 야쿠르트가 이겼던 것으로 기억합니다) 나는 전차를 타고 신주쿠의 기노쿠니야 서점에 가서 원고지와 만년필(세일러, 2,000엔)을 샀습니다. 그 당시에는 아직 워드프로세서도 컴퓨터도 보급되지 않아서 손으로 한 글자 한 글자 쓰는 수밖에 없었습니다. 하지만 거기에는 매우 신선한 감각이 있었습니다. 가슴이 두근두근 설렜습니다. 만년필을 사용해 원고지에 글씨를 쓰다니, 나로서는 실로 오랜만의 일이었기 때문입니다.

밤늦게 가게 일을 끝내고 주방 식탁 앞에 앉아 소설을 썼습니다. 새벽녘까지의 그 시간 외에는 내가 자유롭게 쓸 시간이 거의 없었기 때문입니다. 그렇게 대략 반년 만에 『바람의 노래를 들어라』라는 소설을 썼습니다(당초에는 다른 제목이었지만). 초고를 다 썼을 때는 야구 시즌도 끝나가고 있었습니다. 참고로, 그해에는 야쿠르트 스왈로스가 대부분 사람들의 예상을 깨고 리그 우승, 일본 시리즈에서는 최고의 투수진을 거느린 한큐 브레이브스를 깨부줬습니다. 그것은 실로 기적 같은, 멋진 시즌이었습니다.

『바람의 노래를 들어라』는 200자 원고지로 400매 남짓한 짧은 소설입니다. 그러나 다 쓰기까지 상당히 품이 들었습니다. 자유로운 시간이 별로 없었다는 점도 물론 있지만, 그보다는 오히려 애초에 소설이라는 것을 어떻게 써야 하는지, 전혀 가늠조차 못 했었기 때문입니다. 사실을 말하자면, 나는 그때까지 19세기 러시아 소설이며 영어 페이퍼백만 마구잡이로 읽어대느라 일본의 현대 소설(이른바 '순수문학')을 계통을 세워 제대로 읽은 적이 없었습니다. 그래서 당시 일본에서 어떤 소설이 읽히는지도 알지 못했고 일본어로는 어떤 식으로 소설을 써야 하는지도 잘 알지 못했습니다.

하지만 대충 '아마 이럴 것이다'라는 어림짐작으로 소설 비슷한 것을 몇 달 동안 써본 것인데, 다 쓴 것을 읽어봤더니 내가 생각하기에도 별로 재미가 없어요. '에이, 이래서는 아무짝에도 못 쓰겠다' 하고 실망했습니다. 뭐랄까, 일단 소설의 형식은 갖췄는데 읽어도 재미가 없고, 다 읽은 뒤에도 마음에 호소하는 것이 없었습니다. 직접 쓴 사람이 그렇게 느낄 정도니 독자는 더더욱 그렇게 생각하겠지요. '역시 나는 소설 쓰는 재능은 없구나' 하고 힘이 쭉 빠졌습니다. 평소 같으면 거기서 깨끗이 포기했을 텐데 내 손에는 아직 진구 구장 외야석에서 얻은 에피퍼니의 감각이 또렷이 남아 있었습니다.

다시 곰곰 생각해보니 멋진 소설을 쓰지 못했어도 그건 당연한 것이었습니다. 태어나서 처음으로 소설을 썼는데 첫판부터 그렇게 술술 멋진 작품을 써낼 수 있을 리가 없지요. 능숙한 소설, 소설다운 소설을 쓰려고 했던 게 잘못인지도 모른다, 라고 나는 생각했습니다. '어차피 멋진 소설은 쓸 수 없어. 그렇다면, 소설이란 이런 것이다, 문학이란 이런 것이다, 라는 기성관념은 버리고 느낀 것, 머릿속에 떠오른 것을 원하는 대로 자유롭게 써보면 되지 않을까'라고.

그렇기는 한데 '느낀 것, 머릿속에 떠오른 것을 원하는 대로 자유롭게 쓴다'는 게 말로 하는 것만큼 간단한 일이 아닙니다.

특히 그때까지 소설을 써본 경험이 없는 사람에게는 그야말로 어려운 기술입니다. 발상을 근본적으로 전환하기 위해 나는 원고지와 만년필을 일단 내려놓기로 했습니다. 만년필과 원고지가 눈앞에 있으면 아무래도 자세가 '문학적'이 되어버립니다. 그 대신 붙박이장에 넣어두었던 올리베티 영자英字 타자기를 꺼냈습니다. 그걸로 소설의 첫 부분을 시험 삼아 영어로 써보기로 했습니다. 아무튼 뭐든 좋으니 '평범하지 않은 것'을 해보자, 하고.

물론 내 영작 능력이라야 뭐, 뻔하지요. 한정된 수의 단어를 구사해 한정된 수의 구문으로 글을 쓰는 수밖에 없습니다. 문장도 당연히 짧아집니다. 머릿속에 아무리 복잡한 생각이 잔뜩 들어 있어도 그걸 그대로는 도저히 표현할 수 없어요. 내용을 가능한 한 심플한 단어로 바꾸고, 의도를 알기 쉽게 패러프레이즈 하고, 묘사에서 불필요한 군더더기를 깎아내고, 전체를 콤팩트한 형태로 만들어 한정된 용기에 넣는 단계를 거칠 수밖에 없습니다. 결국 몹시 조잡한 문장이 되어버립니다. 하지만 그렇게 고생해가며 문장을 써 내려가는 동안에 점점 내 나름의 문장 리듬 같은 것이 생겨났습니다.

나는 어릴 때부터 줄곧 일본에서 태어난 일본인으로서 일본어를 쓰면서 살아왔기 때문에 '나'라는 시스템 안에는 일본어의 다양한 언어나 다양한 표현이 콘텐츠로 빽빽이 채워져 있습니다. 그래서 내 안에 있는 감정이나 정경을 문장화하려고 하면 그런 콘텐츠가 바쁘게 오고 가면서 시스템 안에서 충돌을 일으키는 일이 있습니다. 그런데 외국어로 문장을 쓰려고 하면 단어나 표현이 제한되는 만큼 그런 일이 없습니다. 그리고 내가 그때 발견한 것은 설령 언어나 표현의 수가 한정적이어도 그걸 효과적으로 조합해내면 그 콤비네이션을 어떻게 풀어나가느냐에 따라 감정 표현, 의사 표현은 제법 멋지게 나온다는 것이었습니다. 요컨대 '괜히 어려운 말을 늘어놓지 않아도 된다' '사람들이 감탄할 만한 아름다운 표현을 굳이 쓰지 않아도 된다'라는 것입니다.

한참 나중에야 알게 되었지만, 아고타 크리스토프라는 작가가 그 비슷한 효과의 문체를 사용해 몇 편의 뛰어난 소설을 썼다는 것을 발견했습니다. 그녀는 헝가리 사람인데 1956년의 헝가리 혁명 때 스위스로 망명해 거기서 반쯤은 어쩔 수 없이 프랑스어로 소설을 쓰기 시작했습니다. 헝가리어로 소설을 써서는 도저히 먹고살 수 없었기 때문입니다. 프랑스어는 그녀에게는 후천적으로 학습한(학습하지 않을 수 없었던) 외국어입니다. 하지만 그녀는 외국어를 창작에 채용하는 것을 통해 그녀만의 새로운 문체를 고안해내는 데 성공했습니다. 짧은 문장을 조합하는 리듬감, 번거롭게 배배 꼬지 않는 솔직한 말투, 자신의 감정이 담기지 않은 적확한 묘사. 그러면서도 뭔가 아주 중요한 것을 일부러 쓰지 않고 깊숙이 감춰둔 듯한 수수께끼 같은 분위기. 한참 나중에야 그녀의 소설을 처음으로 읽어보고 거기서 뭔가 그리움 같은 것을 느꼈던 게 또렷이 기억납니다. 물론 작품 경향은 크게 다르지만.

아무튼 그렇게 외국어로 글을 쓰는 효과의 재미를 '발견'하고 나름대로 문장의 리듬을 몸에 익히자 나는 영자 타자기를 붙박이장에 넣어버리고 다시 원고지와 만년필을 꺼냈습니다. 그리고 책상 앞에 앉아 영어로 쓴 한 장 분량의 문장을 일본어로 '번역'했습니다. 번역이라고 해도 딱딱한 직역이 아니라 자유로운 '이식移植'에 가깝습니다. 그러자 거기에는 필연적으로 새로운 일본어 문체가 나타났습니다. 이건 나만의 독자적인 문체이기도 합니다. 내가 내 손으로 발견한 문체입니다. 그때 '아, 이런 식으로 일본어를 쓰면 되겠구나'라고 생각했습니다. 그야말로 새로운 시야가 활짝 열렸다고 할 만한 장면입니다.

이따금 '무라카미 하루키의 문장은 번역 투'라는 말이 들립니다. 번역 투라는 게 정확히 어떤 것인지는 잘 모르겠지만, 그건 어떤 의미에서는 맞는 말이고 어떤 의미에서는 빗나간 말이라고 생각합니다. 첫 한 장 분량을 실제로 일본어로 '번역했다'는 단어 그대로의 의미에서는 그 지적도 일리가 있는데, 그건 어디까지나 실제적인 프로세스의 문제에 불과합니다. 내가 거기서 지향한 것은 오히려 불필요한 수식을 배제한 '뉴트럴한neutral', 활동성이 뛰어난 문체를 획득하는 것이었습니다. 내가 추구한 것은 '일본어다움을 희석시킨 일본어' 문장 쓰기가 아니라 이른바 '소설 언어' '순수문학 체제' 같은 것에서 가능한 한 멀리 떨어진 지점에 있는 일본어를 채용해 나만의 자연스러운 음색으로 소설을 '말하는' 것이었습니다. 그러기 위해서는 모든 것을 내려놓을 각오가 필요했습니다. 극단적으로 말하면, 그때의 나에게는 일본어란 단지 기능적인 도구에 지나지 않았다는 얘기인지도 모르겠습니다.

그걸 일본어에 대한 모독이라고 보는 사람도 개중에는 있을지 모릅니다. 실제로 그런 비판을 받은 적도 있습니다. 그러나 언어란 원래 터프한 것입니다. 기나긴 역사가 뒷받침해주는 강인한 힘을 가진 것입니다. 누가 어떻게 어떤 식으로 거칠게 다루든 그 자율성이 손상되는 일은 일단 없습니다. 언어가 가진 가능성을 생각나는 한 모든 방법으로 시험해보는 것은, 그 유효성의 폭을 가능한 한 넓혀가는 것은, 모든 작가에게 주어진 고유한 권리입니다. 그런 모험심 없이는 새로운 것은 탄생하지 않습니다. 나에게 일본어는 지금도 어떤 의미에서는 도구입니다.

그리고 그 도구성을 최대한 깊이 추구해나가는 것은, 약간 과장해서 말하자면, 일본어의 재생으로 이어질 것이라 믿고 있습니다.

어쨌든 나는 그렇게 새롭게 획득한 문체를 사용해 이미 다 써두었던 '별로 재미없는' 소설을 첫머리부터 꽁지까지 몽땅 다시 썼습니다. 소설 줄거리 자체는 거의 같습니다. 그러나 표현 방법은 완전히 다릅니다. 읽은 느낌도 전혀 다릅니다. 그것이 지금 나와 있는 『바람의 노래를 들어라』라는 작품입니다. 내가 이 작품의 완성도에 결코 만족했던 것은 아닙니다. 완성된 것을 다시 읽어보고는 미숙하고 결점이 많은 작품이라고 생각했습니다. 내가 표현하고 싶었던 것의 20퍼센트에서 30퍼센트밖에는 안 나왔다, 라고. 하지만 첫 소설을 어떻게든 일단 내가 납득할 수 있는 모양새로 끝까지 써내면서 나는 하나의 '중요한 이동'을 이루어냈다는 실감을 얻었습니다. 바꿔 말하면, 그때의 에피퍼니의 감각에 어느 정도 내 나름대로 응할 수 있었다, 라는 얘기가 될지도 모르겠습니다.

소설을 쓸 때 '문장을 쓴다'기보다 오히려 '음악을 연주한다'는 것에 가까운 감각이 있습니다. 나는 그 감각을 지금도 소중하게 유지하고 있습니다. 그것은 요컨대 머리로 문장을 쓴다기보다 오히려 체감으로 문장을 쓴다는 것인지도 모릅니다. 리듬을 확보하고 멋진 화음을 찾아내고 즉흥연주의 힘을 믿는 것. 아무튼 한밤중에 주방 식탁 앞에 앉아 새롭게 획득한 나 자신의 문체로 소설(비슷한 것)을 쓰고 있으면 마치 새로운 공작 도구를 손에 넣었을 때처럼 가슴이 두근두근 설렜습니다. 아주 즐거웠습니다. 그리고 적어도 그건 내가 서른 살을 앞두고 느꼈던 마음의 '공동空洞' 같은 것을 멋지게 채워주는 듯했습니다.

처음에 썼던 '별로 재미있지 않은' 그 작품과 지금 나와 있는 『바람의 노래를 들어라』를 나란히 놓고 비교 대조할 수 있다면 이해하기 쉬울 텐데, 유감스럽게도 '별로 재미있지 않은' 작품 쪽은 파기해버려서 그럴 수가 없군요. 어떤 것이었는지 나도 거의 기억나지 않습니다. 챙겨뒀더라면 좋았을 텐데, 이런 건 필요 없다 하고 시원하게 쓰레기통에 던져버렸습니다. 지금 생각나는 건 '그걸 쓸 때 별로 즐거운 기분은 아니었다'는 것 정도입니다. 그런 문장을 쓰는 건 즐겁지 않았어요. 그건 그 문체가 내 속에서 자연스럽게 나온 문체가 아니었기 때문입니다. 사이즈가 맞지 않는 옷을 입고 운동하는 것과 마찬가지입니다.

《군조》 편집자에게서 "무라카미 씨가 응모한 소설이 신인상 최종심에 올랐습니다"라는 전화가 걸려 온 것은 봄날의 일요

일 아침이었습니다. 진구 구장 개막전으로부터 일 년 가까이 지나서 나는 이미 서른 살 생일을 맞이한 뒤였습니다. 아마 오전 11시 넘어서였던 것 같은데, 전날 밤늦게까지 가게 일이 있었던 터라 그때는 아직 쿨쿨 자고 있었습니다. 잠이 덜 깬 채 멍하니 수화기를 들기는 했는데 상대방이 나한테 대체 무엇을 전하려고 하는지 제대로 이해가 되지 않았습니다. 나는 정말 솔직한 얘기로, 그 원고를 《군조》 편집부에 보낸 것조차 까맣게 잊고 있었기 때문입니다. 그걸 썼고 일단 누군가의 손에 맡겨버린 것으로 나의 '뭔가를 쓰고 싶다'는 마음은 이미 완전히 채워졌습니다. 나도 모르겠다 하고 생각나는 대로 술술 써낸 것뿐인 작품이라 그런 게 최종심에 오를 것이라고는 예상도 못 했습니다. 원고 복사조차 해두지 않았습니다. 그래서 만일 최종심에 올라가지 않았다면 그 작품은 어딘가로 영원히 사라졌을 겁니다. 그리고 나는 소설 같은 건 두 번 다시 쓰지 않았을지도 모릅니다. 인생이란 생각해보면 참 신기한 것입니다.

그 편집자의 말에 따르면, 내 것을 포함해 모두 다섯 편의 작품이 최종심에 올랐다는 것이었습니다. '오잉?'이라고 생각했습니다. 하지만 너무 졸리기도 하고, 별로 실감은 나지 않았습니다. 나는 이부자리에서 나와 얼굴을 씻고 옷을 갈아입고 아내와 함께 밖으로 산책을 나갔습니다. 메이지 대로의 센다가야 초등학교 옆을 지나가는데 덤불숲 그늘에 한 마리의 전서 비둘기가 주저앉은 모습이 보였습니다. 집어 들고 보니 아무래도 날개를 다친 것 같았어요. 다리에는 금속제 이름표가 붙어 있었습니다. 나는 그 비둘기를 가만가만 두 손에 들고 오모테산도의 오래된 도준카이 아오야마 아파트(2003년에 헐리고 이제는 '오모테산도 힐즈'가 되었죠) 옆 파출소에 데려갔습니다. 그곳이 가장 가까운 파출소였기 때문입니다. 하라주쿠의 뒤편 골목길을 따라갔습니다. 그사이 상처 입은 비둘기는 내 손안에서 따스하게, 작게 떨고 있었습니다. 화창한 날씨의 무척 기분 좋은 일요일이고, 수위의 나무들이며 건물이며 가게의 쇼윈도가 봄 햇살에 환하고 아름답게 빛났습니다.

그때 나는 퍼뜩 생각했습니다. 틀림없이 나는 《군조》 신인상을 탈 것이라고. 그리고 그길로 소설가가 되어 어느 정도의 성공을 거둘 것이라고. 심히 건방진 소리 같지만, 나는 왠지 그렇게 확신했습니다. 매우 생생하게. 그건 논리적이라기보다 거의 직관에 가까운 것이었습니다.

삼십여 년 전 봄날 오후에 진구 구장 외야석에서 내 손에 하늘하늘 떨어져 내려온 것의 감촉을 나는 아직 또렷이 기억하고 있고, 그 일 년 뒤의 봄날 오후에 센다가야 초등학교 옆에서 주운 상처 입은 비둘기의 온기를 똑같이 내 손바닥으로 기억합니다. 그리고 '소설 쓰기'의 의미에 대해서 생각할 때, 항상 그 감촉을 다시 떠올립니다. 그런 기억이 의미하는 것은 내 안에 있을 터인 뭔가를 믿는 것이고, 그것이 키워낼 가능성을 꿈꾸는 것이기도 합니다. 그런 감촉이 나의 내부에 아직껏 남아 있다는 것은 정말로 멋진 일입니다.

첫 소설을 쓸 때 느꼈던, 문장을 만드는 일의 '기분 좋음' '즐거움'은 지금도 기본적으로 변함이 없습니다. 날마다 새벽에 일어나 주방에서 커피를 데워 큼직한 머그잔에 따르고 그 잔을 들고 책상 앞에 앉아 컴퓨터를 켭니다(이따금 원고지와 오래도록 애용해온 몽블랑 굵은 만년필이 그리워지지만). 그리고 '자, 이제부터 뭘 써볼까' 하고 생각을 굴립니다. 그때는 정말로 행복합니다. 솔직히 말해서, 뭔가 써내는 것을 고통이라고 느낀 적은 한 번도 없습니다. 소설이 안 써져서 고생했다는 경험도 (감사하게도) 없습니다. 아니, 그렇다기보다 내 생각에는, 만일 즐겁지 않다면 애초에 소설을 쓰는 의미 따위는 없습니다. 고역苦役으로서 소설을 쓴다는 사고방식에 나는 아무래도 익숙해지지 않습니다. 소설이라는 건 기본적으로 퐁퐁 샘솟듯이 쓰는 것이라고 생각합니다.

나는 나를 무슨 천재라고 생각하는 건 아닙니다. 뭔가 특별한 재능이 있다고 진지하게 생각해본 적도 없습니다. 물론 이렇게 삼십 년 넘게 전업 소설가로 밥을 먹고 있으니 전혀 재능이 없는 건 아니겠지요. 아마도 원래 어떤 종류의 자질, 혹은 개성적인 경향 같은 건 있었던 모양이죠. 하지만 그런 것에 대해 내가 이러니저러니 궁리해봤자 아무 도움도 안 된다고 생각합니다. 그런 판단은 다른 누군가에게—만일 그런 사람이 어딘가에 있다면 그렇다는 얘기지만—맡겨두면 될 일입니다.

내가 오랜 세월에 걸쳐 가장 소중히 여겨온 것은(그리고 지금도 가장 소중히 여기는 것은) '나는 어떤 특별한 힘에 의해 소설을 쓸 기회를 부여받은 것이다'라는 솔직한 인식입니다. 그리고 나는 어떻게든 그 기회를 붙잡았고, 또한 적지 않은 행운의 덕도 있어서 이렇게 소설가가 됐습니다. 어디까지나 결과적인 얘기지만, 나에게는 그런 '자격'이 누구에게서인지는 모르겠으나 주어진 것입니다. 나로서는 일이 그렇게 된 것에 대해 그저 솔직히 감사하고 싶습니다. 그리고 내게 주어진 자격을—마치 상처 입은 비둘기를 지켜주듯이—소중히 지켜나가면서 지금도 이렇게 소설을 계속 쓸 수 있다는 것을 일단 기뻐하고 싶습니다. 그다음 일은 또 그다음 일입니다.

제
3
회

문학상에 대해서

문학상이라는 것에 대해서 이야기하고자 합니다. 먼저 한 가지 구체적인 예로서 아쿠타가와상에 대해서 얘기하겠습니다. 비교적 생생한 화제라고 할까, 상당히 직접적이고 미묘한 부분을 건드리는 화제라서 섣불리 말하기가 힘들지만, 그래도 오해를 두려워하지 않고 이쯤에서 한번 언급하는 게 좋을지도 모른다는 생각이 듭니다. 아쿠타가와상에 대해서 말하는 것은 어쩌면 문학상이라는 것에 대해서 총체적으로 말하는 것으로 연결될지도 모릅니다. 그리고 문학상에 대해서 말하는 것은 현대에 있어서의 문학의 한 측면을 말하는 것이 될지도 모릅니다.

얼마 전의 일인데 모 문예지의 권말 칼럼에 아쿠타가와상에 대한 얘기가 실렸습니다. 그중에 '아쿠타가와상이란 어지간히 마력魔力이 큰 상인 모양이다. 떨어지고 떠들어대는 작가가 있어서 점점 더 그 명성이 높아진다. 떨어지고 문단을 멀리하는 무라카미 하루키 씨 같은 작가가 있어서 점점 더 그 권위의 가치가 드러난다'라는 게 있었습니다. 글을 쓴 사람의 이름은 '소마 유유'라고 나와 있었는데, 물론 누군가의 익명이겠지요.

　아닌 게 아니라 나는 한참 옛날에, 이미 삼십 년도 더 된 일인데, 아쿠타가와상 후보에 두 번 오른 적이 있습니다. 두 번 다 수상하지 않았습니다. 그리고 분명 문단 같은 곳과는 비교적 멀리 떨어진 자리에서 일해왔습니다. 하지만 내가 문단에 거리를 둔 것은 아쿠타가와상을 타지 않았던(혹은 타지 못했던) 것 때문이 아니라 그런 장소에 발을 들이미는 것 자체에 처음부터 관심도 없고 지식도 없었기 때문입니다. 애초에 관련성이 없는 두 가지 일 사이에서 그러한 인과관계를 (말하자면) 자기 멋대로 요구해봤자 나로서는 난처하기만 합니다.

　이런 글이 나가면 세간에는 '아, 그렇구나, 무라카미 하루키는 아쿠타가와상을 못 타서 그렇게 문단을 멀리하며 살아왔구나' 하고 순진하게 믿어버리는 사람도 있을 수 있습니다. 자칫하면 그게 통설이 될 우려도 있습니다. 추론과 단정을 구별해 사용하는 것은 문장법의 기본이 아닌가 싶은데, 그렇지도 않은 건가요? 하긴 똑같은 말이라도 예전에는 '문단에서 상대도 안 해준다'고 하더니 최근에는 '문단을 멀리한다'고 해주니까 오히려 기뻐해야 할 일인지도 모르겠습니다만.

내가 문단에서 비교적 멀리 떨어진 자리에 있었던 것은 우선 첫째로 나한테 '작가가 되자'는 작정이 원래 없었기 때문이라고 생각합니다. 보통 사람으로서 극히 보통으로 살았고, 그러다 어느 순간 불현듯 생각이 나서 소설을 한 편 썼는데 그게 갑작스럽게 신인상을 타버렸습니다. 그래서 문단이 어떤 곳인지, 문학상이 어떤 것인지, 그런 기초적인 지식을 거의 한 조각도 갖고 있지 못했던 것입니다.

그리고 그때는 따로 '본업'이 있어서 아무튼 하루하루 사는 게 바쁘고 처리해야 할 일을 하나하나 처리하기도 벅찬 상황이었다는 점도 있습니다. 몸이 몇 개가 있어도 부족하다고 할까, 필요 불가결한 일이 아닌 한 관여할 만한 시간적 여유가 없었습니다. 전업 작가가 된 뒤로는 그렇게까지 바쁘지는 않았지만, 생각하는 바가 있어서 현실적으로 일찍 자고 일찍 일어나는 생활을 하고 일상적으로 운동을 하고 그 덕분에 밤에 어딘가에 나가는 일도 거의 없었습니다. 그래서 신주쿠 골든가*에도 가본

적이 없습니다. 문단에 대해, 혹은 골든가에 대해 무슨 반감이 있었던 건 아닙니다. 그냥 현실적으로 그런 장소에 관여하거나 찾아가거나 할 필요성도 시간적 여유도 그 당시의 나에게는 어쩌다 보니 없었던 것뿐입니다.

아쿠타가와상에 '마력이 있는'지 어떤지 나는 잘 알지 못하고 '권위가 있는'지 어떤지도 알지 못하고, 또한 그런 것을 의식한 적도 없습니다. 지금까지 누가 그 상을 타고 누가 타지 않았는지, 그것도 잘 모릅니다. 옛날부터 별로 흥미가 없었고 지금도 똑같은 만큼(이랄까, 점점 더) 없습니다. 만일 그 칼럼의 저자가 말씀하시는 대로 아쿠타가와상에 마력 같은 것이 있다고 해도 최소한 그 마력은 내 근처까지는 파급되지 않은 것 같습니다. 아마 어딘가에서 길을 잃고 헤매느라 나한테까지는 와 닿지 못한 모양이지요.

나는 『바람의 노래를 들어라』와 『1973년의 핀볼』이라는 두 작품으로 그 아쿠타가와상 후보에 올랐지만, 솔직히 말씀드려서 나로서는 (가능하면 그대로 딱 믿어주셨으면 좋겠는데) 상을 타거나 말거나 어느 쪽이든 상관없었습니다.

* 문인, 편집자, 영화감독, 배우 등 문화계 인사들이 단골로 드나드는 것으로 알려진 음식점 거리.

『바람의 노래를 들어라』라는 작품이 문예지《군조》의 신인상에 선정되었을 때는 정말로 순수하게 기뻤습니다. 그건 널리 전 세계를 향해 단언할 수 있습니다. 내 인생에 있어서 참으로 획기적인 일이었습니다. 그도 그럴 것이 나에게는 그 상이 작가로서의 '입장권'이었기 때문입니다. 입장권이 있는 것과 없는 것은 얘기가 완전히 다릅니다. 눈앞의 문이 열리는 것이니까요. 그리고 그 입장권 한 장만 있으면 그다음은 어떻게든 될 거라고 나는 생각했습니다. 아쿠타가와상이 이러니저러니 하는 건 그 시점에는 생각할 여유도 없었습니다.

　또 한 가지, 처음에 쓴 그 두 작품에 대해 나 스스로 그다지 납득하지 못했다는 점도 있습니다. 그 작품들을 쓰고 난 뒤에, 아직 내가 본래 가진 힘의 이삼십 퍼센트밖에 쓰지 못했구나, 하는 실감이 있었습니다. 아무튼 태어나서 처음 써본 것이라 소설이라는 걸 어떻게 써야 하는지 기본적인 기술을 잘 알지 못했습니다. 지금 생각해보니 그렇다는 얘기지만, 사실은 '이삼십 퍼센트밖에 힘을 쓰지 못했다'는 것이 거꾸로 어떤 종류의 장점이 된 부분도 없지는 않다고 생각합니다. 하지만 그건 그렇다 치고, 본인으로서는 작품의 완성도에 만족하기 어려운 부분이 적잖이 있었습니다.

　그래서 입장권으로서는 나름대로 유효하지만 이 정도 수준의 작품으로 《군조》 신인상에 이어 아쿠타가와상까지 받아버리면 거꾸로 쓸데없는 짐을 짊어지는 일이 될지도 모른다, 라는 마음이 들었습니다. 지금 이 단계에서 그렇게까지 높은 평가를 받는 건 좀 'too much' 아닌가 하고. 좀 더 쉽게 말하면 '엇, 이런 정도로도 괜찮아요?'라는 것입니다.

시간을 들이면 이보다 좀 더 좋은 것을 쓸 수 있다─그런 마음이 있었습니다. 바로 얼마 전까지 자신이 소설을 쓰리라고는 상상도 못 했던 사람치고는 상당히 오만한 생각인지도 모르겠습니다. 나 스스로도 그렇게 생각합니다. 하지만 개인적인 견해를 솔직히 말하게 해주신다면, 그 정도의 오만함 없이는 애초에 소설가라는 건 될 수 없습니다.

『바람의 노래를 들어라』와 『1973년의 핀볼』, 양쪽 다 언론에서는 아쿠타가와상의 '가장 유력한 후보'라고 했고 주위 사람들도 수상을 기대한 모양이지만, 앞서 말한 그런 이유로 나로서는 수상을 놓친 덕분에 오히려 안도했을 정도입니다. 나를 떨어뜨린 심사위원들의 기분에 대해서도 '뭐, 그렇기도 하겠지'라고 내 나름대로 이해할 수 있었습니다. 적어도 원망스럽게 생각한다거나 하는 건 전혀 없었습니다. 또한 다른 후보작과 비교해가며 이러니저러니 토를 달 생각도 없었습니다.

그즈음 나는 도쿄 시내에서 재즈 바를 경영하고 있어서 거의 매일 가게에 나가 일을 해야 했기 때문에 그 상을 타는 통에 세간의 각광을 받기라도 하면 주위가 시끌벅적해져서 영 귀찮겠다, 하는 점도 있었습니다. 일단은 손님 장사라서 만나고 싶지 않은 사람이 찾아와도 도망칠 수가 없습니다―라고는 해도 견디지 못하고 도망쳐버린 적도 몇 번 있긴 합니다만.

두 번 후보에 올랐다가 두 번 낙선한 뒤에 주위 편집자들이 "이걸로 이제 무라카미 씨는 마감입니다. 이제 아쿠타가와상 후보가 될 일은 없을 거예요"라고 해서 '마감이라니, 어째 말이 좀 이상하네'라고 생각했던 게 기억납니다. 아쿠타가와상은 기본적으로 신인에게 주어지는 상이라 일정한 시기를 지나면 후보 목록에서 제외된다는 얘기였습니다. 그 문예지 칼럼에 따르면 여섯 번이나 후보에 오른 작가도 있었다는데 내 경우는 두 번만에 마감이었습니다. 왜 그런지 속사정은 잘 모르겠지만 아무튼 그때는 '무라카미는 이걸로 이제 마감'이라는 합의 같은 게 문단과 출판업계에 형성된 것 같았습니다. 아마 그게 관례였던 것이겠지요.

그러나 마감이 됐다고 해서 딱히 실망하는 일도 없었습니다. 도리어 속이 후련하다고 할까, 아쿠타가와상에 대해 더 이상 생각할 필요가 없다는 안도감이 더 강했습니다. 나 자신은 수상을 하든 안 하든, 정말 어느 쪽이든 괜찮았지만 후보에 오르면 발표 날이 다가올수록 주위 사람들이 묘하게 들썽들썽해서 그런 기척들이 적잖이 성가셨던 게 기억납니다. 이상한 기대감이 있고 그 나름의 소소한 짜증 같은 게 있었습니다. 그리고 후보에 올랐다는 것만으로 언론에서 내 이름을 들먹거리면 그 반향이 커서 반발 같은 것도 나오고, 아무튼 그런저런 일들이 몹시 성가셨습니다. 두 번만으로도 성가신 일이 너무 많았는데 해마다 그런 게 이어진다고 상상하면 그것만으로도 마음이 무거워집니다.

그중에서도 가장 마음이 무거웠던 건 다들 나서서 위로해준 것입니다. 낙선하면 많은 사람들이 내게 찾아와 "이번에는 유감이네요. 하지만 다음에는 틀림없이 탈 겁니다. 다음 작품, 열심히 써주세요"라고 말합니다. 상대가—적어도 많은 경우들이—호의에서 해준 말이라는 건 잘 알지만, 그런 말을 들을 때마다 어떻게 대답해야 좋을지 모르겠어서 나로서는 뭐랄까, 복잡 미묘한 심정이었습니다. "예에, 뭐……"라는 식으로 대충 얼버무릴 수밖에 없습니다. "괜찮아요, 굳이 타지 않아도"라고 말해본들 아무도 액면 그대로 받아들이지 않을 것 같고, 오히려 자리가 썰렁해질 것도 같고.

NHK도 상당히 귀찮았을 겁니다. 후보에 오른 단계에서 벌써 "이번에 아쿠타가와상을 수상한다면 그다음 날 아침 방송에 출연해주십시오"라고 얘기합니다. 그런 전화가 걸려 와요. 나는 가게 일도 바쁘고 텔레비전 같은 데는 나가고 싶지 않아서(사람들 앞에 나서는 건 원래부터 좋아하지 않는 성격이라), 싫습니다, 나가지 않겠습니다, 라고 대답하는데 그래도 좀체 물러서지 않아요. 오히려 왜 나오지 않느냐고 화를 내기도 합니다. 후보가 될 때마다 그런 일로 이래저래 성가시게 느낀 적이 많았습니다.

사람들은 왜 유독 아쿠타가와상에 그토록 신경을 쓸까, 이따금 신기하게 여겨집니다. 한참 전의 일인데, 서점에 갔더니 『무라카미 하루키는 왜 아쿠타가와상을 타지 못했는가』라는 식으로 제목을 붙인 책이 있었습니다. 어떤 내용인지 읽어보지 않아서 모르겠지만—창피해서 본인은 도저히 그런 책 못 사지요—그래도 그런 책이 출판된 것 자체가 '진짜 신기한 일이구나'라고 고개를 갸웃거리지 않을 수 없었습니다.

그도 그럴 것이 내가 설령 그때 아쿠타가와상을 탔다고 쳐도 그것 때문에 세계의 운명이 바뀔 것도 아니고 내 인생이 크게 달라질 것도 아니기 때문입니다. 세상은 대체로 그때 그 상태

그대로였을 것이고, 나도 그 이후 삼십 년 넘게, 뭐 약간의 오차는 있었을지도 모르지만, 대체로 거의 같은 페이스로 집필을 계속했을 것입니다. 아쿠타가와상을 타든 타지 않든 내가 쓰는 소설은 아마도 거의 같은 부류의 사람들에게 받아들여지고 거의 같은 부류의 사람들을 짜증 나게 했을 겁니다(적지 않은 수의 어떤 종류의 사람들을 짜증 나게 하는 건 문학상과는 관계없이 나의 타고난 자질인 것 같습니다).

내가 만일 아쿠타가와상을 탔다면 이라크 전쟁은 일어나지 않았다—같은 정도의 일이라면 나로서도 물론 책임감을 느꼈겠지만, 그런 일은 있을 수 없지요. 그런데도 왜 내가 아쿠타가와상을 타지 않은 것이 굳이 한 권의 책이 될 필요가 있는가. 솔직히 말해 뭔가 좀 이해할 수 없는 일입니다. 내가 아쿠타가와상을 탔느냐 타지 않았느냐 따위, 찻잔 속의 태풍이랄까…… 태풍은커녕 소용돌이도 안 되는 사소한 일입니다.

이런 말은 평지풍파를 일으킬 것 같기는 한데, 아쿠타가와상이라는 건 원래 분게이슌주文芸春秋라는 일개 출판사가 주관하는 하나의 상에 지나지 않습니다. 분게이슌주는 그것을 비즈니스로 하고 있다—라고까지는 하지 않겠지만, 전혀 비즈니스가 아니라고 한다면 그것도 거짓말이 됩니다.

어쨌든 오래도록 소설가를 직업으로 해온 사람으로서 실감했던 바를 그대로 말하게 해주신다면, 신인 수준의 작가가 써낸 소설 중에서 참으로 괄목할 만한 작품이 나오는 경우는 대략 오 년에 한 번 정도나 되지 않을까요. 수준을 약간 후하게 설정한다고 해도 이삼 년에 한 번 정도겠지요. 그런데 그걸 해마다 두 번이나 선정하려고 하니까 아무래도 거품이 끼게 됩니다. 물론 그건 그것대로 전혀 괜찮은 일이지만(상이라는 건 많든 적든 격려라고 할까 축하의 뜻 같은 것이 있어서 그 폭을 넓히는 것은 나쁜 일은 아니니까), 그래도 객관적으로 봐서 그렇게 매번 언론이 총출동해 사회적 행사처럼 떠들 수준의 것인가라는 생각이 들고 맙니다. 그런 쪽의 균형이 조금 어긋나 있어요.

하지만 그런 얘기를 꺼내기 시작하면 아쿠타가와상뿐만 아니라 전 세계의 모든 문학상이 '얼마나 실질적인 가치가 있는가'라는 얘기가 되어버리고, 그렇게 되면 얘기가 끝이 나지 않겠지요. 그도 그럴 것이 상이라는 이름이 붙는 것, 아카데미상에서 노벨 문학상에 이르기까지, 평가 기준이 수치로 한정된 특수한 것을 제외하고는 그 가치의 객관적 뒷받침 같은 건 어디에도 없기 때문입니다. 시비를 걸자면 얼마든지 걸 수 있어요. 그리고 감사하게 생각하기로 하자면 얼마든지 감사하게 생각할 수 있습니다.

레이먼드 챈들러는 한 편지에서 노벨 문학상에 대해 이렇게 말했습니다. '내가 대작가가 되고 싶을까? 내가 노벨 문학상을 타고 싶을까? 노벨 문학상이 대체 뭔데? 너무나 많은 이류 작가에게 이 상이 주어지고 있다. 읽을 마음도 나지 않는 그런 작가들에게. 애초에 이 상을 타려면 스톡홀름까지 찾아가 정장을 차려입고 연설을 해야 한다. 노벨 문학상이 그런 수고를 할 만큼의 가치가 있는가? 단연코 노다.'

미국 작가 넬슨 올그런(『황금 팔을 가진 사나이』 『황야를 걸어라』)은 커트 보니것의 강력한 추천으로 1974년에 미국예술문학아카데미 공로상 수상자로 선정되었지만 집 근처 바에서 아가씨와 술을 마시고 노느라 수상식에 가지 않았습니다. 물론 의도적으로 한 것이죠. 우편으로 보내준 메달은 어떻게 했느냐는 질문에 "글쎄, 어딘가에 휙 던져버린 것 같은데"라고 대답했습니다. 『스터즈 터클 자서전』이라는 책에 그런 일화가 실려 있습니다.

물론 이 두 사람은 과격한 예외인지도 모릅니다. 독자적인 스타일과 일관된 반골 정신으로 인생을 살아온 사람들이니까. 하지만 그들이 공통적으로 느꼈던 것은, 혹은 태도로서 표명하고자 했던 것은 아마도 '참된 작가에게는 문학상 따위보다 더 중요한 것이 아주 많다'라는 것이겠지요. 그 하나는, 자신이 의미있는 것을 만들어내고 있다는 실감이고, 또 하나는 그 의미를 정당하게 평가해주는 독자가—그 수의 많고 적음은 제쳐두고—분명하게 존재한다는 실감입니다. 그 두 가지 확실한 실감만 있다면 작가에게 상이라는 건 어떻게 되든 상관없는 것입니다. 그런 건 어디까지나 사회적인 혹은 문단적인 형식상의 추인追認에 지나지 않습니다.

그러나 세상 사람들은 많은 경우, 구체적인 형태에 의한 게 아니면 눈길을 주지 않는다는 것 또한 진실입니다. 문학작품의 질은 어디까지나 무형의 것이지만, 상이든 메달이든 그런 것이 주어지면 거기에 구체적인 형태가 붙습니다. 그리고 사람들은 그 '형태'에 눈길을 던질 수 있습니다. 문학성과는 무연한 그러한 형식주의가, 또한 '상을 줄 테니 이곳까지 받으러 나오시오'라는 권위 측의 '위에서 내려다보는 시선'이, 챈들러나 올그런을 필요 이상으로 화나게 했던 게 아니겠습니까.

나도 인터뷰에서 상에 관한 질문을 받을 때마다(국내에서도 해외에서도 왠지 그런 질문이 많이 들어옵니다) "무엇보다 중요한 것은 좋은 독자입니다. 어떤 문학상도 훈장도 호의적인 서평도 내 책을 자기 돈 들여 사주는 독자에 비하면 실질적인 의미는 없습니다"라고 대답하도록 하고 있습니다. 나 스스로도 지겨울 만큼 수없이 되풀이해서 똑같은 대답을 하는데 거의 아무도 그 말에 진지하게 귀를 기울여주지 않는 것 같습니다. 많은 경우, 무시됩니다.

그러나 생각해보면 이건 분명 실제로 따분한 대답인지도 모르지요. 격식 차린 '공식적인 발언'처럼 들리지 않는 것도 아닙니다. 나 스스로도 이따금 그렇게 생각합니다. 적어도 저널리스트가 흥미를 가질 만한 코멘트는 아닙니다. 하지만 아무리 밋밋하고 흔해빠진 대답이라도 그게 나로서는 솔직한 사실이라서 어쩔 수 없습니다. 그래서 몇 번이고 똑같은 말을 거듭거듭 입에 올립니다. 독자가 천몇백 엔 혹은 몇천 엔의 돈을 내고 한 권의 책을 살 때, 거기에는 평판이고 뭐이고 없습니다. 있는 것은 '이 책을 읽어보자'라는 (아마도) 솔직한 마음뿐입니다. 혹은 기대감뿐입니다. 그런 독자 여러분에 대해서는 나는 진심으로 감사하다고 생각합니다. 그에 비하면…… 아, 이건 굳이 구체적으로 비교할 것도 없겠지요?

새삼스럽게 말할 것도 없는 일이지만, 후세에 남는 것은 작품이지 상이 아닙니다. 이 년 전의 아쿠타가와상 수상작을 기억하는 사람도, 삼 년 전의 노벨 문학상 수상자를 기억하는 사람도 이 세상에 아마 그리 많지는 않을 것입니다. 당신은 기억하십니까? 하지만 한 편의 작품이 진실로 뛰어나다면 합당한 시간의 시련을 거쳐 사람들은 언제까지나 그 작품을 기억에 담아둡니다. 어니스트 헤밍웨이가 노벨 문학상을 탔는지 안 탔는지(탔습니다), 호르헤 루이스 보르헤스가 노벨 문학상을 탔는지 안 탔는지(탔었나?), 그런 것에 대체 누가 신경을 쓸까요? 문학상은 특정한 작품을 각광받게 하는 건 가능하지만 그 작품에 생명을 불어넣지는 못합니다. 일일이 말할 것도 없는 얘기지요.

아쿠타가와상을 타지 못해 손해 본 것이 뭔가 있었던가? 잠깐 머리를 굴려봤지만 그럼직한 건 하나도 생각나지 않습니다. 자, 그럼 득을 본 것은 있었던가? 글쎄요, 아쿠타가와상을 타지 않은 탓에 득이 됐다는 것도 별로 없는 것 같군요.

다만 한 가지, 내 이름 옆에 '아쿠타가와상 작가'라는 '스펙'이 붙지 않는 것에 대해서는 약간 기쁘게 생각하는 면이 있는지도 모르겠습니다. 어디까지나 예상 차원에서 하는 얘기지만, 일일이 내 이름 옆에 그런 직함이 따라다닌다면 어쩐지 '너는 아쿠타가와상 덕에 지금까지 소설을 써왔구나'라는 것을 일부러 내보이는 모양새인지라 적잖이 번거로웠을 것이라는 생각이 듭니다. 지금 내게는 딱히 그럴 만한 직함이 하나도 없기 때문에 몸이 가볍다고 할까, 마음이 편해서 좋습니다. 그냥 무라카미 하루키(일 뿐인)라는 건 제법 나쁘지 않은 일입니다. 적어도 나 자신에게는 그리 나쁘지 않습니다.

하지만 이건 아쿠타가와상에 반감을 가졌기 때문이 아니라

(되풀이하는 것 같지만, 그런 건 내 안에 전혀 없습니다) 내가 어디까지나 나라는 '개인 자격'으로 글을 쓰고 인생을 살아온 데 대해 나름대로 자그마한 자긍심을 갖고 있기 때문입니다. 대단한 건 아닌지도 모르지만 그건 내게는 무척 소중한 것입니다.

어디까지나 눈대중에 지나지 않지만, 습관적이고 적극적으로 문예 서적을 읽는 층은 일본 전체 인구의 5퍼센트쯤이 아닌가 하고 나는 추측합니다. 독자 인구의 핵이라고 할 5퍼센트입니다. 요즘 책에 무관심하다, 활자에 무관심하다, 라는 얘기가 자주 들리고 그건 어느 정도 맞는 말이라고 생각하지만 그 5퍼센트 전후의 사람들은 설령 '책을 읽지 마라'고 위에서 강제로 막는 일이 있더라도 아마 어떤 형태로든 계속 책을 읽을 것이라고 생각합니다. 레이 브래드버리의 『화씨 451』처럼 탄압을 피해 숲에 숨어 모두 함께 책을 암기한다—라는 정도까지는 아니어도 몰래 숨어 어딘가에서 책을 읽지 않을까요. 물론 나 역시 그중 한 사람입니다.

책을 읽는 습관이 일단 몸에 배면—그런 습관은 많은 경우 젊은 시절에 몸에 배는 것인데—그리 쉽사리 독서를 내던지지 못합니다. 가까이에 유튜브가 있건 3D 비디오게임이 있건, 틈만 나면(혹은 틈이 나지 않더라도) 자진해서 책을 손에 듭니다. 그리고 그런 사람들이 스무 명에 한 명이라도 이 세상에 존재하는 한, 책이나 소설의 미래에 대해 내가 심각하게 염려할 일은 없습니다. 전자책이 이러니저러니 하는 얘기도 현재로서는 굳이 염려하지 않습니다. 종이가 됐든 화면이 됐든(혹은『화씨 451』적인 구두 전승이 됐든), 매체나 형식은 무엇이든 상관없습니다. 책을 좋아하는 사람들이 분명하게 책을 읽어주기만 하면 그것으로 괜찮습니다.

내가 진지하게 염려하는 것은 나 자신이 그 사람들을 향해 어떤 작품을 제공할 수 있는가라는 문제뿐입니다. 그 이외의 것은 어디까지나 주변적인 일에 지나지 않습니다. 그도 그럴 것이 일본 전체 인구의 5퍼센트라고 하면 600만 명 정도의 규모입니다. 그만한 시장이라면 작가로서 어떻든 먹고살 수 있지 않을까요. 일본뿐만 아니라 세계로 시선을 던진다면 당연히 독자 수는 더욱더 불어납니다.

다만 나머지 95퍼센트의 인구에 관해서 말하자면, 이 사람들이 문학과 정면으로 마주할 기회는 일상적으로 그리 많지 않을 것이고, 그리고 그 기회는 앞으로 점점 더 감소할지도 모릅니다. 이른바 '활자 무관심'은 더욱더 진행될 수도 있습니다. 그래도 아마 현재로서는—이것도 대략적인 눈대중에 지나지 않지만—적어도 그 반절쯤은 사회문화적 사안으로서, 혹은 지적인 오락으로서 문학에 나름대로 흥미를 갖고 있어서 기회가 닿는 대로 책을 읽어볼 생각인 것으로 보입니다. 문학의 잠재적인 수용자라고 할까, 선거로 말하자면 '부동표'입니다. 그래서 그런 사람들을 위해 어떤 창구 같은 게 필요합니다. 혹은 쇼룸 같은 것이. 그리고 그 창구=쇼룸의 하나를 현재 아쿠타가와상이 맡고 있다(지금까지 맡아왔다)는 얘기인지도 모르겠습니다. 와인으로 말하자면 보졸레 누보, 음악으로 말하자면 빈 필하모닉의 신년 음악회, 달리기로 말하자면 하코네 역전 마라톤 같은 것이죠. 그리고 물론 노벨 문학상이 있습니다. 하지만 노벨 문학상까지 가버리면 얘기가 상당히 복잡해집니다.

나는 태어나서 지금까지 문학상의 심사위원을 맡은 일이 한 번도 없습니다. 부탁받은 적도 없지는 않지만, 그때마다 "죄송하지만 저는 할 수 없습니다"라고 거절해왔습니다. 문학상 심사위원을 맡을 자격이 나에게는 없다고 생각하기 때문입니다.

왜냐하면, 이유는 간단한데, 나는 너무도 개인적인 인간이기 때문입니다. 나라는 인간 속에는 나 자신의 고유한 비전이 있고 거기에 형태를 부여해나가는 고유한 프로세스가 있습니다. 그 프로세스를 유지하기 위해서는 포괄적인 삶의 방식에서부터 개인적이 되지 않을 수 없는 면이 있습니다. 그러지 않으면 제대로 글을 쓸 수 없는 것입니다.

그러나 그건 어디까지나 나 자신의 척도이기 때문에 나한테는 맞아도 그대로 다른 작가에게도 맞을 거라고는 생각하지 않습니다. '내 방식 이외의 모든 방식을 배제한다'는 건 결코 아니지만(내 방식과는 다르더라도 경의를 품을 수 있는 것은 물론 세상에 수없이 많습니다), 개중에는 '이건 도저히 나와 맞지 않는다' 혹은 '이건 이해할 수 없다'라는 것도 있습니다. 어떻든 나는 나 자신이라는 축에 의해서 뭔가를 바라보고 평가할 수밖에 없습니다. 좋게 말하면 개인주의지만 다른 말로 하면 자기 본위고 내 멋대로겠지요. 그래서 내가 그런 내 멋대로의 축이나 척도를 들고 거기에 맞춰 타인의 작품을 평가했다가는 그걸 당하는 쪽은 도저히 못 견딜 일이 될 거라는 마음이 듭니다. 이미 작가로서의 지위가 어느 정도 정착된 사람이라면 또 모르지만, 이제 막 나온 신인 작가의 명운을 나만의 선입견이 걸린 세계관으로 좌지우지하는 그런 일은 무서워서 도저히 못 합니다.

하지만 그런 나의 태도를 두고 작가로서의 사회적 책임을 방기하는 것이 아니냐고 한다면, 뭐 그것도 맞는 말인지 모릅니다. 나 역시 《군조》 신인문학상'이라는 창구를 거쳤고 거기서 입장권을 한 장 받아 작가로서의 커리어를 시작했습니다. 만일 그 상을 타지 않았다면 나는 아마 소설가가 되지 않았을지도 모룹니다. '에이, 이제 됐어'라고 생각하고 그다음에는 아무것도 쓰지 않은 채 끝나버렸을 수도 있습니다. 자, 그렇다면 너도 그와 똑같은 서비스를 젊은 세대에게 제공할 책무가 있는 것 아니냐. 세계관에 다소의 선입견이 걸려 있다고 해도, 노력해서 최저한의 객관성을 배워 후배를 위해 이번에는 네가 입장권을 발행해 기회를 부여해줘야 하는 것 아니냐. 그렇게 말한다면 분명 그것도 맞는 말입니다. 그런 노력을 하지 않는 것은 한마디로 나의 태만인지도 모릅니다.

그런데 잠깐만 생각해주셨으면 합니다만, 작가에게 무엇보다 중요한 책무는 조금이라도 질 좋은 작품을 지속적으로 독자에게 제공하는 것입니다. 나는 일단 현역 작가고, 말을 바꾸자면 아직 발전 도상에 있는 작가입니다. 지금 내가 무엇을 하는지, 앞으로 무엇을 하면 좋은지, 그걸 아직 더듬더듬 찾아가는 처지입니다. 문학이라는, 이른바 전쟁터의 최전선에서 맨몸으로 혈전을 펼쳐나가는 상황입니다. 거기서 살아남고 또한 앞으로 나아가는 것, 그것이 내게 주어진 과제task입니다. 타인의 작품을 읽고 객관적인 시선으로 평가해서 책임지고 추천하거나 혹은 각하하거나 하는 작업은 현재의 내 업무 범위에는 들어 있지 않습니다. 진지하게 하기로 들면—물론 일단 하기로 했으면 진지하게 하는 수밖에 없지만—적지 않은 시간과 에너지가 요구됩니다. 그리고 그것은 내 일에 할당된 시간과 에너지를 빼앗기는 것을 의미합니다. 솔직히 내게는 그럴 만한 여유가 없습니다. 그걸 둘 다 동시에 잘 해내는 분도 계시겠지만, 나는 나 자신에게 주어진 과제를 하루하루 완수하기에도 벅찬 형편입니다.

그런 생각은 이기적인 거 아니냐. 물론 심히 내 사정만 앞세우는 얘기입니다. 거기에 반론의 여지는 없습니다. 비판은 달게 받겠습니다.

하지만 한편으로, 출판사가 문학상의 심사위원을 모시지 못해 고생한다는 얘기는 들은 적이 없습니다. 적어도 심사위원을 모시지 못해 아쉬움 속에 폐지된 문학상이 있다는 얘기는 들어본 적이 없습니다. 그러기는커녕 세상의 문학상은 점점 더 그 수가 불어나는 것처럼 보입니다. 일본 전국에서 날마다 한 개씩은 누군가에게 문학상이 수여되는 것처럼 보일 정도입니다. 그래서 내가 심사위원직을 수락하지 않더라도 그것 때문에 '입장권' 발행 수가 줄어들어 사회적인 문제가 될 일도 없을 것 같습니다.

그리고 또 한 가지, 내가 누군가의 작품(후보작)을 비판하고, 거기에 대해 "자, 그러는 당신의 작품은 어떻지요? 그렇게 잘난 소리를 할 입장입니까, 당신이?"라는 질문이 날아온다면 나로서는 대답할 말이 없어져버립니다. 실제로 그 말이 맞으니까요.

가능하다면 그런 일은 당하고 싶지 않습니다.

그렇다고—분명하게 양해를 구하고자 합니다—문학상의 심사위원을 맡은 현역 작가(이른바 동업자입니다)에 대해 이러쿵저러쿵 얘기할 생각은 전혀 없습니다. 자신의 창작을 진지하게 추구하면서 동시에 그 나름의 객관성을 갖고 신인 작가의 작품을 평가할 수 있는 사람도 물론 있을 것입니다. 그런 사람들은 머릿속의 스위치를 능숙하게 전환할 수 있는 것이겠지요. 그리고 또한 누군가가 그런 역할을 맡아주지 않으면 안 된다는 것도 틀림없는 사실입니다. 그 같은 사람들을 향해 외경과 감사의 마음을 품고 있지만, 유감스럽게도 나 자신은 그건 도저히 안 될 것 같습니다. 나는 뭔가를 생각하고 비판하는 데 시간이 많이 걸리고, 시간을 많이 들여도 자주 잘못된 판단을 내리기 때문입니다.

문학상에 대해, 그것이 어떤 것이든 지금까지 나는 되도록 언급하지 않으려고 해왔습니다. 상을 타고 타지 않고는 작품의 내용과는 많은 경우, 기본적으로 관련이 없는 문제고 그러면서도 사회적으로는 상당히 자극적인 화제이기 때문입니다. 하지만 처음에 말했던 대로 우연히 문예지에 실린 아쿠타가와상에 대한 그 작은 칼럼을 보고, 이제 슬슬 문학상에 대해 내가 생각하는 바를 한번 얘기해둘 적당한 때인지도 모른다, 라고 문득 마음먹었습니다. 계속 얘기하지 않고 있으면 묘한 오해를 살 가능성도 있고, 그걸 어느 정도 올바르게 정정해두지 않으면 그 오해가 '견해'로 정착될 우려도 있으니까.

그렇기는 하나 이런 사안에 대해(그냥 속물적인 사안이라고 할까요) 생각하는 바를 얘기하기가 상당히 어렵군요. 경우에 따라서는 솔직하게 말할수록 더 거짓말 같고, 또한 오만하게 비칠지도 모릅니다. 던진 돌멩이가 더 강하게 내게로 되돌아올지도 모릅니다. 그럼에도 불구하고 솔직히 있는 그대로 말하는 것이 최종적으로는 가장 득책이 될 것이라고 나는 생각합니다. 내가 말하고자 하는 바를 그대로 받아들여주는 분도 분명 어딘가에는 계실 것이다, 하고.

내가 여기서 가장 말하고 싶었던 건 작가에게 무엇보다 중요한 것은 '개인의 자격'이라는 점입니다. 상은 어디까지나 그 자격을 측면에서 지원하는 역할을 하는 것이지 작가가 행해온 작업의 성과도 아니고 보상도 아닙니다. 하물며 결론 같은 것도 아니에요. 어떤 상이 그 자격을 어떤 형태로든 보강해주는 것이라면 그것은 그 작가에게는 '좋은 상'이라는 얘기가 될 것이고, 그렇지 않다면 혹은 도리어 방해물이 되고 성가심의 원인이 된다면, 그것은 유감스럽지만 '좋은 상'이라고 할 수 없다, 라는 얘기입니다. 그렇게 된다면 올그런은 메달을 획 내던져버리고 챈들러는 스톡홀름행을 아마도 거부할 것입니다―물론 그가 그런 입장에 처했다면 실제로 어떻게 했을지, 그것까지는 알 수 없지만.

그처럼 문학상의 가치는 사람 사람마다 각각 달라집니다. 거기에는 개인의 입장이 있고 개인의 사정이 있고 개인의 사고방식과 삶의 방식이 있습니다. 한 묶음으로 취급해 논할 수는 없습니다. 내가 문학상에 대해 말하고 싶은 것도 단지 그것뿐입니다. 일률적으로 논할 수는 없다. 그러니 일률적으로 논하지 않았으면 한다.

뭐, 여기서 이런 말씀을 드려봤자 그걸로 어떻게 된다든가 할 일도 아니겠습니다만.

제
4
회

오리지낼리티에
대해서

오리지낼리티란 무엇인가.

이건 대답하기가 몹시 어려운 문제입니다. 예술 작품에서 '오리지널'이란 대체 어떤 것인가. 그 작품이 오리지널이기 위해서는 어떤 자격이 필요한가. 그런 점을 본격적으로 따져보려고 하면 할수록 뭐가 뭔지 모르게 되는 면이 있습니다.

뇌신경외과 의사 올리버 색스는 『화성의 인류학자』라는 저서에서 오리지널한 창조성을 다음과 같이 정의했습니다.

창조성에는 지극히 개인적이라는 특징이 있으며 강고한 아이덴티티와 개인적인 스타일이 있어서 그것이 재능에 반영되고 녹아들어 개인적인 몸과 형태가 된다. 그런 의미에서 창조성이란 새롭게 만들어내는 것, 기존의 견해를 타파하고 상상의 영역에서 자유롭게 날갯짓하면서 마음속으로 완전한 세계를 수없이 다시 만들고, 나아가 그것을 항상 비판적인 내적 시선으로 감시하는 것을 말한다.

요점을 잘 짚어낸 적확하고 심오한 정의지만 그래도 이렇게 딱 잘라 말하는 건 좀……이라고 저절로 팔짱을 끼게 됩니다.

하지만 정면 돌파적인 정의나 이론은 일단 좀 미뤄두고, 구체적인 예에서부터 생각해나가면 얘기가 비교적 쉬워질 것 같습니다. 이를테면 비틀스가 등장한 건 내가 열다섯 살 때였습니다. 처음 비틀스의 노래를 라디오에서 들었을 때, 분명 〈플리즈 플리즈 미〉였던 것 같은데, 몸이 오싹했던 게 기억납니다. 어째서인가. 지금까지 들어본 적이 없는 사운드였고, 게다가 실로 멋있는 것이었기 때문입니다. 어떻게 멋있는지, 그 이유를 말로 설명할 수는 없지만 아무튼 엄청나게 멋있었습니다. 그 일 년쯤 전에 비치 보이스의 〈서핀 USA〉를 처음 라디오에서 들었을 때도 대략 그 비슷한 느낌이었습니다. '와아, 이건 대단하다!' '다른 노래와는 전혀 다르다!'라고.

지금 생각해보면, 그들은 한마디로 뛰어난 오리지널이었다는 얘기입니다. 다른 사람이 내지 못하는 소리를 내고, 다른 사람이 지금껏 한 적이 없는 음악을 하고, 게다가 그 질이 특출하게 높았습니다. 그들은 뭔가 특별한 것을 갖고 있었습니다. 그건 열네다섯 살의 소년이 빈약한 음질의 작은 트랜지스터라디오(AM)로 들으면서도 그 즉시 이해할 수 있는 명백한 사실이었습니다. 정말 간단한 이야기지요?

그런데 그들의 음악의 어디가 어떻게 오리지널인가, 다른 음악과 어디가 어떻게 다른가, 라는 점을 조리 있게 언어화하려고 해보면 이건 그야말로 몹시 어려운 일입니다. 아직 어린 나이의 나로서는 그건 너무도 무리한 얘기고, 어른이 된 지금도, 이렇게 나름 직업적인 문장가가 된 지금도, 상당히 어렵습니다. 그런 설명은 꽤 전문적인 것이 될 수밖에 없고, 그렇게 이론적으로 설명해봤자 그런 설명을 듣는 쪽에서는 얼른 머릿속에 들어오지 않을 것 같습니다. 실제로 그 음악을 들어보는 게 더 빨라요. 들어보면 안다, 라는 겁니다.

그런데 비틀스나 비치 보이스의 음악에 대해서라면 그들이 등장하고 이미 반세기가 지났습니다. 그래서 그 당시 그들의 음악이 우리에게 동시적으로, 동시 진행적으로 부여했던 충격이 얼마나 강렬한 것이었는가 하는 점은 이제는 좀 알기가 어렵습니다.

왜냐하면 그들이 등장한 뒤로, 당연한 일이지만, 비틀스나 비치 보이스의 음악에 영향을 받은 뮤지션들이 줄줄이 나왔습니다. 그리고 그들(비틀스나 비치 보이스)의 음악은 이제 '가치가 거의 확정된 것'으로서 이미 사회에 확실하게 흡수되었습니다. 그렇게 되면 현재의 열다섯 살 소년이 비틀스나 비치 보이스의 음악을 라디오로 처음 듣고 '와아, 이건 굉장하다!'라고 감격했다고 해도 이 음악을 '전례가 없는 것'으로서 극적으로 체감하는 건 사실상 불가능할 수 있습니다.

스트라빈스키의 〈봄의 제전〉에 대해서도 똑같이 말할 수 있습니다. 1913년에 파리에서 이 곡이 처음 연주되었을 때, 그 지나친 참신성을 청중이 미처 따라가지 못해 연주회장에는 고함이 터져 나오고 엄청난 혼란에 빠졌습니다. 기존의 틀을 깨뜨리는 그 음악에 다들 깜짝 놀란 것입니다. 하지만 연주 횟수가 거듭되면서 혼란은 서서히 가라앉고 이제는 콘서트의 인기 곡목이 됐습니다. 지금 우리는 콘서트에서 그 곡을 들으면 '이 음악이 어디가 어때서 그런 소동이 일어났었지?' 하고 고개를 갸웃거릴 정도입니다. 그 음악의 오리지널리티가 첫 연주 때에 일반 청중에게 던진 충격은 아마 '이러저러한 점 때문일 것'이라고 머릿속으로 상상해보는 수밖에 없습니다.

자, 그렇다면 오리지널리티는 시간이 지나면 퇴색하는 것인가, 라는 의문이 생기는데 이건 뭐, 케이스바이케이스입니다. 오리지낼리티는 많은 경우, 허용과 익숙해짐에 의해 당초의 충격력을 상실하는데 그 대신 그런 작품은—만일 내용이 뛰어나고 행운이 따라준다면 그렇다는 얘기지만—'고전'(혹은 '준準고전')으로 격상됩니다. 그리고 널리 사람들의 경의를 받습니다. 〈봄의 제전〉을 들어도 현대의 청중은 그렇게 당황하거나 혼란에 빠지지는 않지만, 지금도 역시 거기에서는 시대를 뛰어넘는 신선함과 박력을 체감할 수 있습니다. 그리고 그 체감은 하나의 중요한 '참조 사항reference'으로서 사람들의 정신에 편입됩니다. 즉 음악을 애호하는 사람들의 기초적인 자양분이 되고 가치 판단 기준의 일부가 되는 것입니다. 극단적으로 말하면, 〈봄의 제전〉을 들은 적이 있는 사람과 들은 적이 없는 사람은 음악에 대한 인식의 깊이에 얼마간 차이가 생깁니다. 어느 정도의 차이인지, 구체적으로 특정할 수는 없지만 뭔가 거기에 차이가 생겨난다는 것은 틀림이 없습니다.

말러의 음악의 경우에는 약간 사정이 다릅니다. 그가 작곡한 음악은 당시 사람들에게 정당하게 이해받지 못했습니다. 일반인들은—혹은 주위의 음악가들조차—그의 음악을 대체적으로 '불쾌하고 추하고 구성에 절도가 없고 번잡스러운 음악'으로 인식했다고 합니다. 지금 생각하면 그는 교향곡이라는 기성의 포맷을 '탈구축脫構築'한 셈이 되는데 당시에는 전혀 그런 식으로 이해받지 못했습니다. 오히려 후진적인 '촌스러운' 음악이라고 동료 음악가들 사이에서 무시를 당했던 모양입니다. 말러가 그나마 세간의 인정을 받은 것은 그가 매우 뛰어난 '지휘자'였기 때문입니다. 말러의 사후, 그의 음악 대부분은 잊혔습니다. 오케스트라는 그의 작품을 연주하는 것을 그리 반기지 않았고 청중도 딱히 듣고 싶어 하지 않았습니다. 그의 제자나 몇 안 되는 신봉자들이 불씨가 꺼지지 않도록 소중히 연주해왔을 뿐입니다.

그러나 1960년대에 말러의 음악은 극적으로 리바이벌되어 이제 그의 음악은 콘서트에서 빠뜨릴 수 없는 중요한 연주곡목으로 꼽힙니다. 사람들은 즐겨 그의 심포니에 귀를 기울입니다. 그것은 스릴이 넘치고 정신을 뒤흔드는 음악으로 우리의 마음에 강한 울림을 던집니다. 즉 현대를 살아가는 우리가 시대를 뛰어넘어 그의 오리지널리티를 발굴했다는 얘기입니다. 때로는 그런 일이 일어나기도 합니다. 슈베르트의 저 멋진 피아노 소나타들도 그가 살아 있는 동안에는 거의 연주되지 않았습니다. 그러다가 콘서트에서 열심히 연주하게 된 것은 20세기도 후반에 접어들었을 무렵의 일입니다.

텔로니어스 멍크의 음악도 뛰어난 오리지널리티를 갖고 있습니다. 우리는—재즈에 흥미를 가진 사람이라면 그렇다는 얘기인데―텔로니어스 멍크의 음악을 상당히 자주 듣기 때문에 이제는 새삼스럽게 놀라지도 않습니다. 음을 듣고 '아, 이건 멍크의 음악이다'라고 생각하는 정도입니다. 하지만 그의 음악이 오리지널이라는 건 누구의 눈에나 명백합니다. 동시대의 다른 재즈 뮤지션이 연주하는 음악과는 음색도 구조도 완전히 다릅니다. 그는 자신이 만들어낸 독특한 멜로디 라인의 음악을 독자적인 스타일로 연주합니다. 그리고 그 음악은 듣는 사람의 마음을 감동시킵니다. 그의 음악은 오랜 동안 적정한 평가를 받지 못했지만 소수의 사람들이 강력하게 지지해온 결과, 서서히 일반적으로 받아들여졌습니다. 그렇게 해서 텔로니어스 멍크의 음악은 이제 우리 몸속에 있는 음악 인식 시스템의 자명한, 또한 빠뜨릴 수 없는 일부가 됐습니다. 말을 바꾸자면 '고전'이 된 것입니다.

그림이나 문학 분야에서도 똑같은 말을 할 수 있습니다. 고흐의 그림이나 피카소의 그림은 처음에는 사람들을 깜짝 놀라게 하고, 경우에 따라서는 불쾌하게 만들기도 했습니다. 그러나 이제는 그들의 그림을 보고 혼란에 빠지거나 불쾌해하는 사람은 별로 없을 것입니다. 오히려 대다수의 사람은 그들의 그림을 보고 감명을 받거나 전향적인 자극을 받거나 치유되기도 합니다.

그것은 시간의 경과와 함께 그들의 그림이 오리지낼리티를 잃어버렸기 때문이 아니라 사람들의 감각이 그 오리지낼리티에 동화하고 그것을 '레퍼런스'로서 자연스럽게 체내에 흡수했기 때문입니다.

마찬가지로 나쓰메 소세키의 문체나 어니스트 헤밍웨이의 문체도 이제는 고전이 되고 또한 레퍼런스로서의 기능을 합니다. 나쓰메 소세키나 헤밍웨이도 동시대 사람들에게서 종종 문체에 대한 비판을 받고 때로는 야유를 받기도 했습니다. 그들의 스타일에 강한 불쾌감을 느끼는 사람들도 그 당시에는 적지 않았습니다(그 대부분은 당시의 문화 엘리트들입니다). 하지만 오늘날에 이르기까지 그들의 문체는 하나의 스탠더드로서의 기능을 하고 있습니다. 만일 그들이 만들어낸 문체가 존재하지 않았다면 현재의 일본 소설이나 미국 소설의 문체는 지금과는 조금 다른 것이 되었겠지요. 좀 더 말하자면, 나쓰메 소세키나 헤밍웨이의 문체는 일본인의 혹은 미국인의 정신의 일부로서 편입되었다, 라는 것인지도 모릅니다.

그처럼 과거에 '오리지널이었던' 것을 콕 집어내 현재의 시점에서 분석하는 것은 비교적 쉬운 일입니다. 대부분의 경우, 사라질 것은 이미 사라져 없어져버렸기 때문에 뒤에 남은 것만 집어내 마음 놓고 평가할 수 있습니다. 하지만 많은 실제 사례에서도 알 수 있듯이 동시대적으로 존재하는 오리지널한 표현 형태에 감응하고 그것을 현재진행형으로 정당하게 평가한다는 것은 용이한 일이 아닙니다. 왜냐하면 그것은 동시대 사람들의 눈에는 불쾌하고 부자연스럽고 비상식적인—경우에 따라서는 반사회적인—양상을 띤 것처럼 보이는 일이 적지 않기 때문입니다. 혹은 그저 단순히 어리석은 것으로 비칠지도 모릅니다. 어떤 경우든 그것은 종종 경악과 동시에 쇼크와 반발을 불러일으킵니다. 많은 사람들은 자신이 이해할 수 없는 것을 본능적으로 혐오하고, 특히 기성의 표현 형태에 푹 잠겨 그 속에서 지반을 구축해온 기성 권력establishment에게는 타기해야 할 대상이 됩니다. 자칫 잘못하면 자신들이 다져둔 지반을 그것이 무너뜨릴 수 있기 때문입니다.

물론 비틀스는 현역으로 연주할 때부터 젊은 층을 중심으로 절대적인 인기를 얻었지만 이건 오히려 특수한 사례일 것입니다. 그렇다고는 해도 비틀스의 음악이 그 당시부터 일반적으로 널리 받아들여진 것은 아닙니다. 그들의 음악은 일과성의 대중음악으로 여겨졌고, 더구나 클래식에 비하면 가치가 한참 떨어지는 것으로 간주되었습니다. 기성 권력에 속하는 사람들 대부분은 비틀스의 음악을 불쾌해했고 그런 기분을 기회 있을 때마다 노골적으로 드러냈습니다. 특히 초기의 비틀스 멤버가 채용한 헤어스타일이나 패션은, 지금 생각하면 거짓말 같지만, 큰 사회문제로 어른들의 혐오의 대상이었습니다. 비틀스의 레코드를 파기하거나 태우는 시위운동도 각지에서 열성적으로 펼쳐졌습니다. 그들의 음악의 혁신성과 높은 수준이 일반인들 사이에서 정당하고도 공정한 평가를 받은 것은 오히려 한 세대를 건너뛴 다음이었습니다. 그들의 음악이 흔들림 없이 '고전'화했기 때문입니다.

밥 딜런도 1960년대 중반에 어쿠스틱 악기만을 사용하는 이른바 '프로테스트 포크송' 스타일(그것은 우디 거스리, 피트 시거 같은 앞선 이들에게서 물려받은 것이었습니다)을 버리고 전자악기를 사용하기 시작했을 때, 종래의 지지자 대부분에게서 '유다' '상업주의로 전향한 배신자'라는 악의적인 욕을 먹었습니다. 하지만 이제는 그가 전자악기를 사용한 것에 대해 비판하는 사람은 거의 없을 것입니다. 그의 음악을 시대별로 듣다 보면 그것이 밥 딜런이라는 자기 혁신력을 갖춘 크리에이터에게는 그야말로 자연스럽고 필수적인 선택이었다는 것을 이해할 수 있기 때문입니다. 그러나 그의 오리지낼리티를 '프로테스트 포크송'이라는 협의의 카테고리의 감옥에 억지로 밀어 넣으려 했던 당시의 (일부) 사람들에게 그것은 '내통'이나 '배신'일 뿐인 것으로 비쳤겠지요.

비치 보이스도 현역 밴드로서 분명 인기를 누렸지만 음악적 리더인 브라이언 월슨은 오리지널한 음악을 창작하지 않으면 안 된다는 중압감 때문에 신경이 병들어 어쩔 수 없이 장기간에 걸친 실질적 은퇴를 해야 했습니다. 그리고 걸작 〈펫 사운즈〉 이후 그의 치밀한 음악은 '해피한 서핀 사운드'를 기대하던 일반 청중에게는 그다지 환영받지 못했습니다. 그것은 점점 복잡하고 난해한 것이 되어갔습니다. 나도 어느 시점부터 그들의 음악에 공감할 수 없어 점점 멀리했던 한 사람입니다. 지금 다시 들어보면 '아, 이런 방향성을 가진 훌륭한 음악이었구나'라는 생각이 들지만 그 당시에는 솔직히 그 '훌륭함'을 잘 알지 못했습니다. 오리지낼리티는 그것이 실제로 살아 움직일 때는 좀체 형체를 알아보기 힘든 것입니다.

내 생각에는 이렇다는 얘기입니다만, 특정한 표현자를 '오리지널'이라고 하기 위해서는 기본적으로 다음과 같은 조건이 채워져야 합니다.

(1) 다른 표현자와는 명백히 다른 독자적인 스타일(사운드든 문체든 형식form이든 색채든)을 갖고 있다. 잠깐 보면(들으면)

그 사람의 표현이라고 (대체적으로) 순식간에 이해할 수 있어야 한다.

(2) 그 스타일을 스스로의 힘으로 버전 업 할 수 있어야 한다. 시간의 경과와 함께 그 스타일은 성장해간다. 언제까지나 제자리에 머물러 있을 수는 없다. 그런 자발적·내재적인 자기 혁신력을 갖고 있다.

(3) 그 독자적인 스타일은 시간의 경과와 함께 일반화하고 사람들의 정신에 흡수되어 가치판단 기준의 일부로 편입되어야 한다. 혹은 다음 세대의 표현자의 풍부한 인용원이 되지 않으면 안 된다.

물론 모든 항목을 확실하게 다 채워야 한다는 것은 아닙니다. (1)과 (3)은 충분히 통과했지만 (2)는 조금 약한 경우도 있을 것이고, (2)와 (3)은 충분히 통과하지만 (1)은 조금 약하다는 경우도 있겠지요. 하지만 '많든 적든'이라는 범위 안에서 이 세 가지 항목을 만족시키는 것이 '오리지널'의 기본적인 조건이 될 것입니다.

이렇게 정리해보면 알 수 있듯이 (1)이야 어찌 되었든 (2)와 (3)에 관해서는 어느 정도의 '시간의 경과'가 중요한 요소입니다. 요컨대 한 사람의 표현자가 됐든 그 작품이 됐든 그것이 오리지널인가 아닌가는 '시간의 검증을 받지 않고서는 정확히 판단할 수 없다'는 얘기입니다. 어느 시기에 독자적인 스타일을 가진 표현자가 불쑥 튀어나와 세간의 강한 주목을 받았다고 해도 만일 그/그녀가 눈 깜짝할 사이에 어디론가 사라져버렸다면, 혹은 싫증이 나버렸다면, 그/그녀는 '오리지널이었다'고 단정하기 어렵습니다. 많은 경우, 단순히 '한 방'으로 끝나버립니다.

실제로 나는 지금까지 다양한 분야에서 그런 사람들을 봐왔습니다. 그 당시에는 아주 눈에 띄게 참신해서 '와아' 하고 감탄하지만 어느샌가 모습이 보이지 않습니다. 그리고 무심코 '아, 그러고 보니 그런 사람도 있었어'라고 언뜻 생각나는 것뿐인 존재가 됩니다. 그런 사람들에게는 아마 지속력이나 자기 혁신력이 결여되어 있었다는 얘기겠지요. 그 스타일의 질을 논하기 이전에 어느 정도 몸집을 가진 실제 사례를 남기지 않고서는 '검증 대상에 오르지도 못하게' 됩니다. 여러 개의 샘플을 펼쳐놓고 다양한 각도에서 바라보지 않고서는 그 표현자의 오리지널리티가 입체적으로 떠오르지 않기 때문입니다.

이를테면 베토벤이 만일 평생 동안 9번 심포니 하나밖에 작곡하지 않았다면 베토벤이 어떤 작곡가였는지, 그 상이 잘 떠오르지 않겠지요. 이 거대한 곡이 어떤 작품적인 의미가 있고 어느 정도의 오리지낼리티를 가졌는지도 그 단체單體만으로는 포착하기 어렵습니다. 심포니만 해도 1번에서 9번까지의 '실제 사례'가 일단 연대기적chronological으로 우리에게 주어졌기 때문에 비로소 9번 심포니라는 음악이 가진 위대성을, 그 압도적인 오리지낼리티를, 우리는 입체적이고 계열적으로 이해할 수 있는 것입니다.

아마도 다양한 표현자들이 그렇듯이, 나 또한 '오리지널한 표현자'이기를 원합니다. 하지만 그것은 앞서 말했던 대로 나 혼자 결정할 일이 아닙니다. 내가 아무리 "내 작품은 오리지널입니다!" 하고 소리쳐본들, 혹은 비평가나 미디어가 어떤 작품을 '이건 오리지널이다!'라고 주장해본들, 그런 소리는 대부분 바람에 날려 사라져버립니다. 무엇이 오리지널이고 무엇이 오리지널이 아닌가, 그 판단은 작품을 받아들이는 사람=독자와 '합당한 만큼 경과한 시간'의 공동 작업에 일임하는 수밖에 없습니다. 작가가 할 수 있는 일은 자신의 작품이 적어도 연대기적인 '실제 사례'로 남겨질 수 있도록 전력을 다하는 것밖에 없습니다. 즉 납득할 만한 작품을 하나라도 더 많이 쌓아 올려 의미 있는 몸집을 만들고 자기 나름의 '작품 계열'을 입체적으로 구축하는 것입니다.

단지 나에게 한 가지 구원이라고 할까, 적어도 구원의 가능성이 된 것은 내 작품이 많은 문예비평가로부터 미움을 받고 비판을 받아왔다는 사실입니다. 어느 고명한 평론가에게서는 '결혼 사기'라는 말을 들은 적도 있습니다. 아마 '내용도 없는 주제에 독자에게 얼렁뚱땅 사기를 친다'는 것이겠지요. 소설가의 일에는 많든 적든 마술사illusionist 같은 부분이 있으니까 '사기꾼'이라는 건 어떤 의미에서는 역설적인 상찬인지도 모릅니다. 그런 말을 듣고 '이얏호!' 하고 기뻐하는 게 좋을지도 모릅니다. 하지만 그런 말을 듣는—이랄까, 현실적으로는 활자로 세간에 유포되는 것이지만—쪽에서 보자면, 솔직히 별로 유쾌한 일은 아닙니다. 마술사는 번듯한 생업이지만 결혼 사기라는 건 범죄니까 그런 표현은 역시 약간 예의decency가 결여된 게 아닌가 하는 마음이 듭니다(혹은 예의의 문제가 아니라 단지 비유의 선택이 조잡했던 것뿐인지도 모르지만).

　　물론 개중에는 내 작품을 나름대로 좋게 평가해주는 문예 관계자도 있었지만, 그 수도 적고 목소리도 작았습니다. 업계 전체적으로 보면 '예스'보다는 '노'라는 목소리가 압도적으로 컸다고 생각합니다. 당시에 만일 내가 못에 빠진 할머니를 물에 풍덩 뛰어들어 구해냈더라도 아마 다들 나쁘게 얘기했을 거라고—반은 농담으로 반은 진짜로—생각합니다. '속셈이 빤히 보이는 매명賣名 행위'라고 하거나 '할머니는 분명 수영을 할 수 있었을 것'이라고 하거나.

처음에는 나 스스로도 작품의 완성도에 별로 납득하지 못했었기 때문에 '응, 듣고 보니 그럴지도 모르겠다'는 정도로 비판을 순수하게 받아들였다, 라고 할까, 대충 흘려보냈지만 세월이 지나 어느 정도—물론 어디까지나 '어느 정도'입니다—스스로 납득할 만한 것을 써냈는데도 내 작품에 대한 비판은 약해지지 않았습니다. 아니, 오히려 점점 더 풍압이 강해지는 것 같았습니다. 테니스로 말하면, 서브를 하려고 띄워 올린 공이 코트 밖으로 날아갈 만큼.

즉 내가 쓰는 글은 잘했든 못했든 상관없이, 적지 않은 수의 사람들을 시종 '불쾌하게 만들어왔다'는 얘기인 것 같습니다. 물론 어떤 표현 형태가 사람들의 신경을 거슬렀다고 해서 그것이 오리지널이라는 반증은 될 수 없습니다. 당연한 얘기지요. 단순히 '불쾌한 것' '어딘가 잘못된 것'으로 끝나버리는 사례가 훨씬 더 많을 것입니다. 하지만 그건 작품이 오리지널이라는 것의 한 가지 조건이 될 수 있을지도 모른다. 나는 누군가에게서 비판을 받을 때마다 되도록 긍정적으로 그렇게 생각하려고 노력했습니다. 뜨뜻미지근한 흔한 반발밖에 불러일으키지 못하는 것보다는 설령 네거티브라고 해도 분명한 반응을 이끌어내는 게 더 좋을 것이다, 라고.

폴란드 시인 즈비그니에프 헤르베르트는 말했습니다. '원천源泉에 가 닿기 위해서는 흐름을 거슬러 올라가야만 한다. 흐름을 타고 내려가는 것은 쓰레기뿐이다'라고. 상당히 용기를 주는 말이지요(로버트 해리스*의 『아포리즘』에서 인용).

나는 일반론은 별로 좋아하지 않지만, 감히 일반론을 말하게 해주신다면(죄송합니다), 일본에서는 그다지 보통이 아닌 것, 남들과 다른 것을 하면 수많은 네거티브한 반응을 불러일으킨다는 점은 일단 틀림이 없겠지요? 일본이라는 나라가 좋든 나쁘든 조화를 중시하는(평지풍파를 일으키지 않는) 체질의 문화를 가졌다는 것도 있고, 문화의 일극一極 집중 경향이 강하다는 것도 있습니다. 말을 바꾸면, 프레임이 공고해지기 쉽고 권위가 그 힘을 휘두르기 쉬운 것입니다.

특히 문학에서는 전후戰後 오랜 기간에 걸쳐 '전위냐 후위냐' '우파냐 좌파냐' '순문학이냐 대중문학이냐'라는 좌표축에 따라 작품이나 작가의 문학적 위치가 세세하게 도표화되었습니다. 그리고 대형 출판사(대부분 도쿄에 집중되어 있는데)가 발행하는 문예지가 '문학'의 기조를 설정하고 다양한 문학상을 작가에

---

* 요코하마에서 태어난 영국계 일본인 DJ 겸 작가.

게 부여하는 것을(말하자면 미끼를 던지는 것을) 통해 그 추인追認을 행해왔습니다. 그런 탄탄한 체제 속에서 작가가 개인적으로 '반발'에 나서는 것은 웬만해서는 쉽지 않습니다. 좌표축에서 이탈한다는 것은 곧 문학계에서의 고립(미끼를 받아먹을 차례가 돌아오지 않는다는 것)을 의미하기 때문입니다.

내가 작가로 등단한 게 1979년인데, 그 무렵에도 아직 그런 좌표축은 문학계에서 상당히 견고하게 기능하고 있었습니다. 즉 시스템의 '관례'는 여전히 힘을 갖고 있었던 것입니다. '그런 건 전례가 없다' '그게 관례다'라는 식의 말을 편집자에게서 자주 들었습니다. 나는 작가란 제약 따위 없이 좋아하는 것을 할 수 있는 자유로운 직업이라는 느낌을 갖고 있었기 때문에 그런 말을 들을 때마다 '왜 이러지?' 하고 고개를 갸웃거렸습니다.

원래 분쟁이나 싸움을 좋아하는 성격이 아니라서(정말입니다) 그러한 '관례' '문학계의 불문율'을 거스르겠다는 식의 의식은 딱히 없었습니다. 다만 지극히 개인적인 사고방식을 가진 인간이라서 어렵사리 이렇게 (일단은) 소설가가 되었으니까, 그리고 인생은 단 한 번뿐이니까, 아무튼 내가 하고 싶은 것을 내가 하고 싶은 대로 해나가자고 처음부터 마음을 정했습니다. 시스템은 시스템대로 해나가면 될 것이고 내 쪽은 내 쪽대로 해나가면 된다. 나는 1960년대 말의 이른바 '반란의 시대'를 뚫고 나온 세대의 사람이라서 '체제에 말려들고 싶지 않다'는 의식은 나름대로 강했다고 생각합니다. 하지만 동시에, 라고 할까, 그보다는 우선, 그래도 명색이 표현자의 말단으로서 무엇보다 정신적으로 자유롭고 싶었습니다. 내가 쓰고 싶은 소설을 내게 맞는 스케줄에 따라 내가 원하는 대로 쓰고 싶다. 그것이 작가인 내가 가져야 할 최저한의 자유라고 생각했습니다.

그리고 어떤 소설을 쓰고 싶은지, 그 개략은 처음부터 상당히 확실했습니다. '아직은 잘 쓰지 못하지만 나중에 실력이 붙기 시작하면 사실은 이러저러한 소설을 쓰고 싶다'라는, 합당한 내 모습이 머릿속에 있었습니다. 그 이미지가 항상 하늘 한복판에 북극성처럼 빛나고 있었던 것입니다. 무슨 일이 있으면 그냥 머리 위를 올려다보면 됩니다. 그러면 나 자신의 지금 서 있는 위치며 나아가야 할 방향이 잘 보였습니다. 만일 그런 정점定點이 없었다면 아마 나는 곳곳에서 상당히 헤맸을 거라고 생각합니다.

그런 나 자신의 체험에 따라 생각한 것인데, 자신만의 오리지널 문체나 화법을 발견하는 데는 우선 출발점으로서 '나에게 무엇을 플러스해간다'는 것보다 오히려 '나에게서 무언가를 마이너스 해간다'는 작업이 필요한 것 같습니다. 생각해보면 우리는 살아가는 과정에서 너무도 많은 것들을 끌어안고 있습니다. 정보 과다라고 할까 짐이 너무 많다고 할까, 주어진 세세한 선택지가 너무 많아서 자기표현을 좀 해보려고 하면 그런 콘텐츠들이 자꾸 충돌을 일으키고 때로는 엔진의 작동 정지 같은 상태에 빠집니다. 그러니 어떻게도 뛰어볼 수가 없어요. 그렇다면 우선 필요 없는 콘텐츠를 쓰레기통에 던져버리고 정보 계통을 깨끗하게 해두면 머릿속은 좀 더 자유롭게 움직일 것입니다.

그러면 무엇이 꼭 필요하고 무엇이 별로 필요하지 않은지, 혹은 전혀 불필요한지를 어떻게 판별해나가면 되는가.

이것도 나 자신의 경험을 통해 말하자면, 매우 단순한 얘기지만 '그것을 하고 있을 때, 당신은 즐거운가'라는 것이 한 가지 기준이라고 생각합니다. 당신이 뭔가 자신에게 중요하다고 생각되는 행위에 몰두하고 있는데 만일 거기서 자연 발생적인 즐거움이나 기쁨을 찾아낼 수 없다면, 그걸 하면서 가슴이 두근두근 설레지 않는다면, 거기에는 뭔가 잘못된 것이나 조화롭지 못한 것이 있다는 얘기입니다. 그런 때는 다시 처음으로 돌아가 즐거움을 방해하는 쓸데없는 부품, 부자연스러운 요소를 깨끗이 몰아내지 않으면 안 됩니다.

그러나 그건 말로 하는 것만큼 간단한 일은 아닐지도 모릅니다.

『바람의 노래를 들어라』로 《군조》 신인상을 탔을 때, 당시 내가 경영하던 가게에 고등학교 동창이 찾아와 "그 정도의 소설로 괜찮다면 나도 쓰겠다"라고 말했습니다. 그 말을 듣고 물론 불끈했지만, 동시에 비교적 솔직하게 '그래, 저 녀석 말도 분명 맞는다. 그 정도의 소설이라면 아마 누구라도 쓸 수 있을 것이다'라고 생각했습니다. 나는 머리에 떠오른 것을 간단한 언어로 단지 줄줄 써 내려간 것뿐입니다. 어려운 말이나 정교한 표현이나 유려한 문체, 그런 건 하나도 없습니다. 말하자면 '숭숭 뚫린' 것이나 마찬가지인 소설입니다. 하지만 그 동창생이 그 뒤에 자기 소설을 썼다는 말은 듣지 못했습니다. 물론 그는 '그 정도의 텅 빈 소설이 통하는 세상이라면 굳이 내가 쓸 필요도 없다'고 생각해서 아무것도 쓰지 않았을 수도 있습니다. 만일 그렇다면 그건 하나의 식견이라고 해야 하는지도 모릅니다.

그런데 이제야 생각해보니, 그가 말했던 '그 정도의 소설'은 소설가 지망생은 도리어 쓰기 어려운 것인지도 모르겠습니다. 머릿속에서 '없어도 되는' 콘텐츠를 모조리 치워버리고 사안을 '뺄셈'적으로 단순화하고 간략화하는 것은 머리로 생각하는 만큼, 말로 하는 만큼 쉽게 할 수 있는 게 아닐 수 있습니다. 나는 '소설을 쓴다'는 것에 처음부터 그다지 깊은 생각이 없었기 때문에 그런 무욕無慾이 오히려 다행이었다고 할까, 거꾸로 그게 쉽게 되어버렸는지도 모릅니다.

어찌 됐든 그것이 내 출발점이었습니다. 나는 그 이른바 '숭숭 뚫린' 바람 잘 통하는 심플한 문체에서부터 시작해 시간을 들여 한 작품 한 작품마다 조금씩 내 나름의 살을 붙여나갔습니다. 구성을 좀 더 입체적 중층적으로 만들고 골격을 조금씩 키워 좀 더 범위가 넓고 복잡한 이야기를 채워 넣을 태세를 정비했습니다. 그에 따라 소설의 규모도 점차 커져갔습니다. 앞에서도 말했듯이 '언젠가는 이런 소설을 쓰고 싶다'라는 대략적인 이미지가 내 안에 있기는 했지만, 진행의 과정 자체는 의도적이라기보다 오히려 자연스러운 것이었습니다. 나중에 뒤돌아보고 '아, 결국 그런 흐름이었구나'라고 깨달은 것이지 처음부터 정확히 계획했던 것은 아닙니다.

만일 내가 쓰는 소설에 오리지낼리티라는 게 있다면 그건 '자유로움'에서 생겨난 것이라고 생각합니다. 나는 스물아홉 살이 되었을 때 '소설을 쓰고 싶다'고 지극히 단순하게, 별다른 이유도 없이 불현듯 생각이 나서 처음으로 소설을 썼습니다. 그래서 별 욕심도 없었고 '소설은 이렇게 써야 한다'라는 제약 같은 것도 없었습니다. 당시 문학계가 어떤 상황인지에 대한 지식도 전혀 없었고 존경하고 모델로 삼을 만한 선배 작가도 (다행인지 불행인지) 없었습니다. 그때 당시의 내 마음의 본모습을 비춰내는 내 나름의 소설을 쓰고 싶었다—단지 그것뿐입니다. 그런 솔직한 충동을 몸속에서 강하게 느꼈기 때문에 앞뒤 생각할 것도 없이 책상 앞에 앉아 무턱대고 글을 쓰기 시작했습니다. 한마디로 말하면 '어깨에 힘을 주지 않았다'는 것이겠지요. 글을 쓰는 게 즐거웠고 나 자신이 자유롭다는 내추럴한 감각을 가질 수 있었습니다.

내 생각에는(이라고 할까, 그렇기를 바라는 것인데) 그런 자유롭고 내추럴한 감각이야말로 내가 쓰는 소설의 밑바탕에 자리한 것입니다. 그것이 기동력이었습니다. 자동차로 비유하자면 엔진입니다. 다양한 표현 작업의 근간에는 늘 풍성하고 자발적인 기쁨이 있어야만 합니다. 오리지낼리티는 바로 그러한 자유로운 마음가짐을, 제약 없는 기쁨을, 많은 사람들에게 최대한 생생한 그대로 전하고자 하는 자연스러운 욕구와 충동이 몰고 온 결과적인 형체에 다름 아닌 것입니다.

또한 순수한 내적 충동이란 그 자체의 형식이나 스타일을 자연스럽게 자발적으로 습득해서 생겨나는 것인지도 모릅니다. 그것은 인위적으로 만들어지는 것이 아닙니다. 머리 좋은 사람이 아무리 지혜를 짜내도, 도식을 사용해도, 그리 쉽게 만들어지지 않고 설령 만들어졌다고 해도 아마 오래가지 못할 것입니다. 뿌리가 땅속에 제대로 자리 잡지 못한 식물과 똑같습니다.

한동안 날이 가물면 얼마 못 가 활력을 잃고 시들어버립니다. 혹은 비가 좀 세차게 내리면 흙과 함께 어딘가로 쓸려 가버립니다.

이건 어디까지나 내 개인적인 의견이지만, 만일 당신이 뭔가 자유롭게 표현하기를 원한다면 '나는 무엇을 추구하는가'라는 것보다 오히려 '뭔가를 추구하지 않는 나 자신은 원래 어떤 것인가'를, 그런 본모습을, 머릿속에 그려보는 게 좋을지도 모릅니다. '나는 무엇을 추구하는가'라는 문제를 정면에서 곧이곧대로 파고들면 얘기는 불가피하게 무거워집니다. 그리고 많은 경우, 이야기가 무거우면 무거울수록 자유로움은 멀어져가고 풋워크는 둔해집니다. 풋워크가 둔해지면 문장은 힘을 잃어버립니다. 힘이 없는 문장은 사람을—혹은 자기 자신까지도—끌어들일 수 없습니다.

그에 비하면 '뭔가를 추구하지 않는 나 자신'은 나비처럼 가벼워서 하늘하늘 자유롭습니다. 손바닥을 펼쳐 그 나비를 자유롭게 날려주기만 하면 됩니다. 그렇게 하면 문장도 쭉쭉 커나갑니다. 생각해보면, 굳이 자기표현 같은 것을 하지 않아도 사람은 보통으로, 당연하게 살아갈 수 있습니다. 하지만 그럼에도 불구하고 당신은 뭔가 표현하기를 원한다. 그런 '그럼에도 불구하고'라는 자연스러운 문맥 속에서 우리는 의외로 자신의 본모습을 마주하게 될지도 모릅니다.

나는 삼십오 년 동안 계속해서 소설을 써왔지만 영어에서 말하는 '라이터스 블록writer's block', 즉 소설이 써지지 않는 슬럼프 기간을 한 번도 경험하지 않았습니다. 쓰고 싶은데 써지지 않는 경험은 한 번도 없었다는 얘기입니다. 이렇게 말하면 '나는 재능이 넘친다'는 식으로 들릴지도 모르지만, 그럴 리는 없고요, 실은 매우 단순한 얘기인데, 내 경우에는 소설을 쓰고 싶지 않을 때, 혹은 쓰고 싶은 마음이 퐁퐁 샘솟지 않을 때는 전혀 글을 쓰지 않기 때문입니다. 쓰고 싶을 때만 '자, 써보자'라고 마음먹고 소설을 씁니다. 그렇지 않을 때는 대개는 번역(영어→일본어)을 합니다. 번역은 기본적으로 기술적인 작업이라서 표현 의욕과는 관계없이 거의 일상적으로 할 수 있고 동시에 글쓰기에 아주 좋은 공부가 됩니다(만일 번역을 하지 않았다면 뭔가 그런 쪽의 다른 작업을 찾아냈을 겁니다). 그리고 마음이 내키면 에세이 등을 쓰기도 합니다. 슬슬 그런 일을 해가면서 '소설 안 쓴다고 죽을 것도 아닌데, 뭘' 하고 그냥 모르는 척 살아갑니다.

하지만 한참 소설을 안 쓰다 보면 '이제 슬슬 써도 될 것 같은데'라는 기분이 들기 시작합니다. 눈 녹은 물이 댐에 고이듯이 표현해야 할 재료들이 안에 축적되는 것이지요. 그리고 어느 날, 참을 수 없어서(라는 게 아마도 가장 좋은 경우) 책상 앞에 앉아 새 소설을 시작합니다. '지금은 별로 소설 쓸 기분이 아니지만 잡지에 보내야 하니 어쩔 수 없다, 뭐든 써야지' 같은 일은 없습니다. 그런 약속을 한 적이 없으니까 마감 날도 없습니다. 그래서 라이터스 블록 같은 고통도 나와는 무관합니다. 굳이 말할 것도 없지만, 그것은 나로서는 정신적으로 상당히 편안한 일입니다. 글 쓰는 사람에게는 딱히 아무것도 쓰고 싶지 않은데 뭐든 써야 하는 것만큼 스트레스 쌓이는 일도 없으니까요(그렇지도 않은가? 내가 오히려 특이한 경우인가?).

맨 처음 얘기로 돌아갑니다만, '오리지낼리티'라는 말을 할 때 내 머릿속에 떠오르는 것은 십 대 초의 나 자신의 모습입니다. 내 방, 작은 트랜지스터라디오 앞에 앉아 난생처음으로 비치 보이스를 듣고(〈서핀 USA〉) 비틀스를 듣습니다(〈플리즈 플리즈 미〉). 그리고 마음이 파르르 떨리면서 '아아, 이렇게 멋진 음악이 있다니. 이런 울림은 지금껏 들어본 적이 없다'라고 생각합니다. 그 음악은 내 영혼의 새 창을 열고 그 창으로는 지금껏 없었던 새로운 공기가 밀려듭니다. 그곳에 있는 것은 행복한, 그리고 한없이 자연스러운 고양감高揚感입니다. 다양한 현실의 제약에서 해방되어 내 몸이 지상에서 몇 센티미터쯤 붕 떠오르는 듯한 느낌입니다. 그것이 나로서는 '오리지낼리티'라는 것의 합당한 모습입니다. 매우 단순하게.

일전에 《뉴욕 타임스》(2014/2/2)를 읽노라니 데뷔 당시의 비틀스에 대해 이런 글이 실려 있었습니다.

They produced a sound that was fresh, energetic and unmistakably their own.

(그들이 창조해낸 사운드는 신선하고, 에너지가 넘치고, 그리고 틀림없이 그들 자신의 것이었다.)

아주 심플한 표현이지만 이것이 오리지낼리티의 정의로서는 가장 이해하기 쉬운 것인지도 모르겠습니다. '신선하고, 에너지가 넘치고, 그리고 틀림없이 그 사람 자신의 것인 어떤 것.'

오리지낼리티란 무엇인가, 그것을 말로 정의하기는 몹시 어렵지만 그것이 몰고 오는 심적인 상태를 묘사하고 재현하는 것은 가능합니다. 그리고 나는 가능하다면 소설을 쓰는 일로 그러한 '심적인 상태'를 내 안에서 다시 일으켜보고 싶다고 항상 생각합니다. 왜냐하면 그것은 실로 멋진 기분이기 때문입니다. 오늘이라는 날 속에 또 다른 새로운 날이 생겨난 것 같은, 그런 상쾌한 기분입니다.

그리고 만일 가능하다면 내 책을 읽는 독자에게도 그것과 똑같은 기분을 맛보게 하고 싶다. 사람들의 마음의 벽에 새로운 창을 내고 그곳에 신선한 공기를 불어넣고 싶다. 그것이 소설을 쓰면서 항상 내가 생각하는 것이고 희망하는 것입니다. 이론 따위는 빼고, 그냥 단순하게.

제
5
회

자, 뭘 써야 할까?

소설가가 되려면 어떤 훈련이나 습관이 필요합니까?

젊은이들을 상대로 질의응답을 하다 보면 그런 질문을 자주 받습니다. 이 질문은 전 세계 어디서나 대체로 똑같은 것 같습니다. 그만큼 '소설가가 되고 싶다' '자기표현을 하고 싶다'고 생각하는 사람이 많다는 뜻이겠지만, 이건 대답하기가 무척 어려운 질문입니다. 적어도 나는 '흐음' 하고 팔짱을 끼게 됩니다.

왜냐하면 나 자신이 도대체 어떻게 소설가가 되었는지, 그것조차 잘 파악하지 못했기 때문입니다. 어린 시절부터 '언젠가는 소설가가 되자'고 마음을 먹고 그러기 위해 특별한 공부를 했다거나 훈련을 받았다거나 습작을 거듭하는 단계를 밟았다거나 해서 소설가가 된 것이 아닙니다. 지금까지 내 인생에서의 많은 일들이 그랬던 것처럼 '어쩌다 보니 일이 그렇게 흘러가버렸다'라는 면이 있습니다. 행운의 덕을 본 부분도 꽤 많습니다. 돌아보면 은근히 섬뜩해지는 얘기지만, 사실이 그러니 그렇다고 할 수밖에요.

그래도 젊은 사람들이 진지한 표정으로 "소설가가 되려면 어떤 훈련이나 습관이 필요합니까?"라고 질문을 하는데 "아, 나는 그런 건 잘 모릅니다. 어쩌다 보니 일이 그렇게 흘러갔고, 행운의 덕을 본 부분도 많았거든요. 생각해보면 섬뜩한 얘기지요?"라는 식으로 널름 정리하고 넘어갈 수도 없습니다. 그런 말을 듣는 쪽도 참 난처할 테니까요. 어쩌면 분위기가 썰렁해질지도 모릅니다. 그래서 나도 일단은 진지하게 '응, 그래, 어떤 것이 있을까'라고 정식으로 생각을 해봤습니다.

그래서 내가 생각하기에는, 소설가가 되려고 마음먹은 사람에게 우선 중요한 것은 책을 많이 읽는 것입니다. 그야말로 흔해빠진 대답이라서 죄송하지만, 이건 역시 소설을 쓰기 위해 무엇보다 중요한, 빠뜨릴 수 없는 훈련이라고 생각합니다. 소설을 쓰기 위해서는 소설이라는 게 어떤 구성으로 이루어졌는지, 그것을 기본부터 체감으로 이해하지 않으면 안 됩니다. '오믈렛을 만들기 위해서는 우선 달걀을 깨야 한다'는 것과 똑같은 정도로 당연한 얘기지요.

특히 젊은 시절에는 한 권이라도 더 많은 책을 읽을 필요가 있습니다. 뛰어난 소설도, 그다지 뛰어나지 않은 소설도, 혹은 별 볼 일 없는 소설도 (전혀) 괜찮아요, 아무튼 닥치는 대로 읽을 것. 조금이라도 많은 이야기에 내 몸을 통과시킬 것. 수많은 뛰어난 문장을 만날 것. 때로는 뛰어나지 않은 문장을 만날 것. 그것이 가장 중요한 작업입니다. 소설가에게 없어서는 안 될 기초 체력입니다. 아직 눈이 건강하고 시간이 남아도는 동안에 이 작업을 똑똑히 해둡니다. 실제로 문장을 써보는 것도 분명 중요하지만, 순위로 보자면 그건 좀 나중에라도 충분히 할 수 있지 않을까 하는 마음이 듭니다.

그다음에 할 일은—아마 실제로 내 손으로 글을 써보는 것보다 먼저—자신이 보는 사물이나 사상事象을 아무튼 세세하게 관찰하는 습관을 붙이는 것이 아닐까요. 주위에 있는 사람들이나 주위에서 일어나는 다양한 일들을 어찌 됐건 찬찬히 주의 깊게 관찰한다. 그리고 그것에 대해 이래저래 생각을 굴려본다. 하지만 '생각을 굴려본다'라고 해도, 그 일의 시시비비나 가치에 대해 조급하게 판단을 내릴 필요는 없습니다. 결론 같은 건 최대한 유보해서 뒤로 미루도록 합니다. 중요한 것은 명쾌한 결론을 내리는 게 아니라 그 일의 원래 모습을 소재=material로서 최대한 현상現狀에 가까운 형태로 머릿속에 생생하게 담아두는 것입니다.

주변 인물들이나 어떤 일에 대해 사사삭 콤팩트하게 분석해서 '그건 이런 거야' '저건 이러저러해' '걔는 이러이러한 녀석이야'라는 식으로 단시간에 명확한 결론을 내놓는 사람이 있는데, 이런 사람은 (내 의견으로는 그렇다는 얘기인데) 소설가로는 그리 적합하지 않습니다. 어느 쪽인가 하면 평론가나 저널리스트가 더 적합하겠지요. 혹은 (어떤 종류의) 학자가 적합합니다. 소설가로 적합한 사람은 이를테면 '이건 이렇다'라는 결론이 머릿속에서 내려지더라도, 혹은 자칫 내려질 것 같더라도, '아니, 잠깐, 어쩌면 이건 나 혼자만의 억측일 수도 있어'라고 멈춰 서서 다시 생각해보는 사람입니다. '세상일이란 그리 쉽게 결정할 수 있는 게 아니지. 나중에 뭔가 새로운 요소가 불쑥 튀어나오면 얘기가 백팔십도 달라질지도 모르잖아'라는 식으로.

아무래도 나는 그런 유형인 것 같습니다. 물론 두뇌 회전이 그리 빠르지 않기 때문이라는 점도 있겠지만(상당히 많음), 어느 시점에 조급하게 결론을 내렸는데 나중에 보니 그때 내렸던 결론이 올바르지 않은(혹은 부정확한, 불충분한) 것으로 판명되는 쓸쓸한 경험을 지금까지 수없이 되풀이했기 때문입니다. 그 바람에 몹시 창피하거나 식은땀을 흘리거나 쓸데없이 멀리

돌아가야 했습니다. 그래서 '어떤 일의 결론을 즉각 내리지 않도록 하자' '가능한 한 시간을 두고 생각해보자'라는 습관이 서서히 내 안에 형성된 게 아닌가 싶습니다. 이건 타고난 성향이라기보다 오히려 후천적으로, 경험적으로 따끔한 일을 겪어가며 몸에 밴 습관입니다.

그래서 어떤 일이 생기더라도 그것에 대해 즉각 어떤 결론을 내리는 쪽으로는 머리가 잘 돌아가지 않습니다. 그보다는 오히려 내가 목격한 광경을, 만난 사람들을, 혹은 경험한 사상事象을 어디까지나 하나의 '사례'로서, 말하자면 표본으로서, 최대한 있는 그대로의 형태로 기억에 담아두려고 노력합니다. 그렇게 하면 그것에 대해 나중에 좀 더 마음이 침착해졌을 때, 시간 여유가 있을 때, 다양한 방향에서 들여다보고 주의 깊게 검증하고 필요에 따라 결론을 이끌어내는 것도 가능하기 때문입니다.

하지만 내 경험을 통해 말씀드리자면, 결론을 내릴 필요에 몰릴 만한 일이라는 것은 우리가 생각하는 것보다 훨씬 적은 게 아닌가 싶습니다. 우리는—단기적이든 장기적이든—결론이라는 것을 사실은 별로 필요로 하지 않는 게 아닌가 하는 생각이 들 정도입니다. 그래서 신문 기사를 읽거나 텔레비전 뉴스를 볼 때마다 나로서는 '저렇게 자꾸자꾸 결론만 내려놓고 대체 어쩌려는 거지?' 하고 고개를 갸웃거리게 됩니다.

대체적으로 요즘 세상은 너무도 조급하게 '백이냐 흑이냐'라는 판단을 내리려고 드는 건 아닐까요. 물론 모든 일을 '이다음에, 나중에'라고 미룰 수는 없겠지요. 일단 판단을 내리지 않으면 안 될 일도 약간은 있을 것입니다. 극단적인 예를 들자면 '전쟁을 하느냐 마느냐' '원자력발전소를 내일부터 가동하느냐 마느냐' 같은 일이라면 우리는 무엇이 어찌 됐든 시급하게 확실한 입장을 밝히지 않으면 안 됩니다. 그러지 않으면 엄청난 일이 될 수 있기 때문입니다. 하지만 그런 절박한 일은 그리 많지는 않을 것입니다. 정보 수집에서 결론 제출까지의 시간이 점점 짧아져서 모두가 뉴스 해설가나 평론가처럼 의견을 밝힌다면 세상은 빡빡하고 융통성 없는 것이 되고 맙니다. 혹은 몹시 위험한 것이 되고 맙니다. 이따금 앙케트 등에 '어느 쪽이라고도 할 수 없다'라는 항목이 있지만, 나로서는 오히려 '현재로서는 어느 쪽이라고도 할 수 없다'라는 항목이 있었으면 좋겠다고 매번 생각합니다.

뭐 세상은 그렇다 치고, 어떻든 소설가를 지망하는 사람이 할 일은 재빠른 결론을 추출하는 게 아니라 재료를 최대한 있는 그대로 받아들이고 축적해나가는 것이라고 나는 생각합니다. 그런 원재료를 많이 저장해둘 '여지'를 자기 자신 속에 마련해둘 일입니다. 그렇기는 한데 '최대한 있는 그대로'라고 해도 거기에 있는 모든 것을 통째로, 그대로 기억하기란 현실적으로 불가능합니다. 우리의 기억 용량에는 한도가 있습니다. 그래서 거기에는 최소한의 프로세스=정보처리 같은 것이 필요합니다.

많은 경우, 내가 기꺼이 기억 속에 담아두는 것은 어떤 사실의(어떤 인물의, 어떤 사상事象의) 흥미로운 몇 가지 세부입니다. 전체를 통째로, 그대로 기억하기는 어려우니까(라고 할까, 기억해봤자 분명 금세 잊어버릴 테니까) 그곳에 있는 개별적이고 구체적인 디테일을 몇 가지 추출해서 그것을 다시 떠올리기 쉬운 형태로 머릿속에 보관해두도록 합니다. 그것이 내가 말하는 '최소한의 프로세스'입니다.

그것은 어떠한 세부인가. '어라?' 하는 생각이 드는, 구체적이고도 흥미로운 세부입니다. 가능하면 잘 설명되지 않는 것이 더 좋습니다. 이론에 맞지 않거나 줄거리가 미묘하게 어긋나거나 고개를 갸웃거리게 되거나 미스터리하다면 두말할 것 없이 좋습니다. 그런 것들을 채집해서 간단한 라벨(날짜, 장소, 상황) 같은 걸 딱 붙여 머릿속에 보관해둡니다. 말하자면 그곳에 있는 개인 캐비닛의 서랍에 넣어두는 것입니다. 물론 전용 노트를 만들어 거기에 써두는 것도 좋지만, 나는 그보다는 머릿속에 담아두는 쪽을 좋아합니다. 노트를 항상 들고 다니기도 번거롭고, 일단 문자로 적어두면 그걸로 안심하고 싹 잊어버리는 일이 많기 때문입니다. 머릿속에 다양한 것을 그대로 척척 넣어두면 사라질 것은 사라지고 남을 것은 남습니다. 나는 그런 기억의 자연도태를 선호하는 것입니다.

내가 좋아하는 이야기가 있습니다. 시인 폴 발레리가 알베르트 아인슈타인을 인터뷰했을 때, 그는 "착상을 기록하는 노트를 들고 다니십니까?"라고 질문했습니다. 아인슈타인은 온화하지만 진심으로 깜짝 놀란 표정을 보였습니다. 그러고는 "아, 그럴 필요가 없어요. 착상이 떠오르는 일이 거의 없으니까"라고 대답했습니다.

분명 그 말을 듣고 보니 나도 '지금 내 손에 노트가 있었다면' 하고 아쉬워할 만한 착상은 이때까지 거의 없었습니다. 게다가 정말로 중요한 것은 한번 머릿속에 들어가면 그리 쉽게는 잊히지 않는 법입니다.

어쨌든 소설을 쓸 때 가장 소중하게 여기는 것은 그런 구체적인 세부의 풍부한 컬렉션입니다. 내 경험을 말하자면, 스마트하고 콤팩트한 판단이나 논리적인 결론은 소설을 쓰는 사람에게 별반 도움이 되지 않습니다. 오히려 발목을 잡아서 이야기의 자연스러운 흐름을 저해하는 일이 적지 않습니다. 그런데 뇌 내 캐비닛에 보관해둔 온갖 정리 안 된 디테일을 필요에 따라 소설

속에 그대로 조립해 넣으면, 거기에 나타난 스토리는 나 자신도 놀랄 만큼 내추럴하고 생생하게 살아납니다.

이를테면 어떤 것이냐.

글쎄요, 지금 얼른 그럴싸한 예가 떠오르지는 않지만 이를테면, 음…… 당신이 아는 사람 중에 진지하게 화를 내면 왠지 자꾸 재채기가 나는 사람이 있다고 합시다. 일단 나기 시작하면 좀체 멈추지 않는 사람입니다. 내가 아는 사람 중에 그런 이는 없지만, 예를 들어 당신이 아는 사람 중에 있다고 칩시다. 그런 사람을 목격했을 때 '왜 저러지? 왜 진지하게 화를 내면 재채기가 나는 거야?'라고 생리학적으로 혹은 심리학적으로 분석 추측하고 가설을 세우는 것도 물론 하나의 접근 방법이겠지만, 나는 별로 그런 식으로는 생각하지 않습니다. 내 머릿속의 활동은 대체적으로 '어, 이런 사람이 있구나'라는 선에서 끝납니다. '어째서인지는 모르겠지만 세상에 이런 일도 있구나'라고. 그리고 그대로 '덩어리째' 쏙 기억해버립니다. 그런 이른바 맥락 없는 기억이 내 머릿속 서랍에는 상당히 많이 수집되어 있습니다.

제임스 조이스는 '상상력imagination이란 기억이다'라고 실로 간결하게 정의했습니다. 딱 맞는 말이라고 생각합니다. 제임스 조이스, 완전 정답입니다. 상상력이란 그야말로 맥락 없는 단편적인 기억의 조합combination을 말합니다. 단어의 의미상으로는 좀 모순된 표현으로 들릴지도 모르지만, '유효하게 조합된 맥락 없는 기억'은 그 자체의 직관을 갖고 예견성을 갖게 됩니다. 그리고 그것이 바로 스토리의 올바른 동력이 되어야 할 것입니다.

아무튼 우리의 머릿속에는—이라고 할까, 최소한 내 머릿속에는—그런 큼직한 캐비닛 설비가 있습니다. 그 하나하나의 서랍에는 다양한 기억이 정보로서 채워져 있습니다. 큰 서랍도 있고 작은 서랍도 있습니다. 개중에는 감춰진 포켓이 달린 서랍도 있습니다. 나는 소설을 쓰면서 필요에 따라 이거다 싶은 서랍을 열고 그 안의 소재를 꺼내 스토리의 일부로 사용합니다. 캐비닛에는 방대한 수의 서랍이 있지만, 소설 쓰기에 의식이 집중하기 시작하면 어디의 어떤 서랍에 무엇이 들어 있는지, 머릿속에 서랍의 이미지가 자동적으로 떠올라 한순간에 무의식적으로 그 소재를 찾아냅니다. 평소에는 잊고 있었던 기억이 저절로 술술 되살아납니다. 머리가 그런 융통무애融通無碍의 상태가 되면 그건 상당히 기분 좋은 일입니다. 말을 바꾸면, 상상력이 내 의지를 벗어나 입체적으로 자유자재한 움직임을 보이는 것입니다. 말할 것도 없는 일이지만, 소설가인 나에게 그 뇌 내 캐비닛에 담긴 정보는 그 어떤 것으로도 대신하기 어려운 풍성한 자산입니다.

스티븐 소더버그가 감독한 〈KAFKA/미궁의 악몽〉(1991)이라는 영화에서 제러미 아이언스가 연기한 프란츠 카프카가, 방대한 수의 서랍이 달린 캐비닛으로 가득 찬 으스스한 성(물론 그 『성城』이 모델입니다)에 잠입하는 장면이 있습니다. 그것을 보고 '아, 이건 내 뇌 구조와 좀 통하는 풍경인지도 모르겠다'라고 퍼뜩 생각했던 게 기억납니다. 꽤 흥미로운 영화니까 혹시 볼 기회가 있다면 그 장면을 유념해서 봐주시기 바랍니다. 내 머릿속은 그다지 으스스하지는 않지만 기본적인 구조는 그것과 비슷한지도 모릅니다.

나는 작가로서 소설뿐만 아니라 에세이도 쓰지만 소설을 쓰는 기간에는 소설 이외의 것은 어지간한 일이 아니고서는 쓰지 않기로 하고 있습니다. 왜냐하면 에세이 같은 걸 쓰다 보면 필요에 따라 깜빡 어딘가의 서랍을 열고 그 안의 기억 정보를 소재로 써버리기 때문입니다. 그러면 소설을 쓸 때 그걸 사용하고 싶어도 이미 다른 데서 써먹었다는 난감한 사태가 발생합니다. 이를테면 '아, 그러고 보니 진지하게 화를 내면 재채기가 멈추지 않는 사람에 대한 얘기는 지난번에 주간지 연재 에세이에 써버렸네'라는 일이 일어납니다. 물론 에세이와 소설에서 똑같은 소재를 두 번 쓴다고 해도 딱히 상관은 없겠지만, 그렇게 겹쳐지는 것이 있으면 소설이 묘하게 빼빼 말라가는 듯한 느낌이 듭니다. 그래서 소설을 쓰는 기간에는 아무튼 다양한 캐비닛을 소설 전용으로 확보해두는 게 좋습니다. 언제 어떤 것이 필요할지 모르니 가능한 한 야금야금 아껴가며 꺼내 씁니다. 그게 오랜 세월에 걸쳐 소설을 써온 경험을 통해 내가 배워 익힌 지혜의 하나입니다.

소설 쓰는 시기가 일단락되면 한 번도 연 적이 없는 서랍, 쓸 곳이 없었던 소재들이 꽤 많이 나와서 그런 것(말하자면 잉여 물자)을 이용해 한 번에 몰아서 에세이를 쓰기도 합니다. 하지만 나에게 에세이란 굳이 말하자면 맥주 회사가 출시한 캔 우롱차 같은 것, 이른바 부업입니다. 정말로 좋은 소재는 다음 소설=본업을 위해 챙겨둡니다. 그런 소재가 그득하게 모이면 '아, 소설 쓰고 싶네'라는 기분도 저절로 솟아납니다. 그래서 가능한 한 소중하게 아껴둬야 합니다.

다시 영화 얘기인데, 스티븐 스필버그가 제작한 〈E. T.〉에서 E. T.가 창고의 잡동사니를 쓸어 모아 그걸로 즉석 통신 장치를 만들어내는 장면이 있습니다. 기억나시는지요. 우산이라든가 전기스탠드라든가 식기라든가 전축 등등, 한참 오래전에 본 영화라 자세한 건 잊어버렸지만 그 자리에 있던 가정용품을 이것저것 적당히 조합해 척척 만듭니다. 즉석에서 척척 만들었어도 실은 몇천 광년 떨어진 모성母星과 연락이 가능한 본격적인 통

신기입니다. 영화관에서 그 장면을 보고 크게 감탄했었는데, 뛰어난 소설이란 분명 그런 식으로 만들어지는 것입니다. 재료 그 자체의 질은 별로 중요하지 않습니다. 무엇보다 거기에 반드시 있어야 하는 것은 '매직magic'입니다. 일상적이고 소박한 재료밖에 없더라도, 간단하고 평이한 말밖에 쓰지 않더라도, 만일 거기에 매직이 있다면 우리는 그런 것에서도 놀랍도록 세련된 장치를 만들어낼 수 있습니다.

그러나 어떻든 우리에게는 각자 자신만의 '창고'가 필요합니다. 아무리 매직을 구사하더라도 아무것도 없는 곳에서 실체를 만들어내지는 못합니다. E. T.가 훌쩍 찾아와 "미안하지만 너의 창고 속 물건 몇 가지를 쓰게 해주겠니?"라고 말했을 때, "좋아, 뭐든 마음대로 써"라고 덜컹 문을 열어 보여줄 만한 '잡동사니'의 재고를 상비해둘 필요가 있습니다.

처음에 소설을 쓰자고 마음먹었을 때 대체 어떤 이야기를 써야 할지 전혀 아무 생각도 떠오르지 않았습니다. 나는 부모님 세대처럼 전쟁을 체험한 것도 아니고, 한 세대 이전 사람들처럼 전후의 혼란이나 굶주림을 경험한 것도 아니고, 딱히 혁명을 체험한 적도 없고(혁명 비슷한 체험이라면 해봤지만 그건 딱히 거론하고 싶은 물건이 아닙니다), 치열한 학대나 차별을 당한 기억도 없습니다. 비교적 평온한 교외 주택지의 평범한 직장인 가정에서 컸기 때문에 별다른 불만이나 부족함도 없고 유난히 행복한 건 아니어도 딱히 불행할 것도 없이(이건 아마도 상대적으로는 행복한 편이었겠지만), 이렇다 할 특징 없는 평범한 소년 시절을 보냈습니다. 학교 성적도 그리 뛰어난 편은 아니었지만 그리 나쁘지도 않았습니다. 주위를 아무리 둘러봐도 '이것만은 꼭 써야겠다!'라는 게 보이지 않았습니다. 뭔가를 쓰고 싶다는 표현 의욕은 없지 않은데 이거다 싶은 실속 있는 재료가 없었던 것입니다. 그래서 스물아홉 살이 되기까지 소설을 쓴다는 건 생각도 못 했습니다. 글로 써낼 만한 재료도 없는 데다 재료가 없는 그 지점에서 뭔가를 만들어나갈 만한 재능도 없었습니다. 나에게 소설이란 단지 읽을거리일 뿐이라고 생각했습니다. 그래서 소설은 상당히 많이 읽었지만 내가 그걸 쓰게 되리라고는 도저히 상상할 수 없었습니다.

내 생각에는, 요즘 젊은 세대들도 대체적으로 그 비슷한 상황이 아닐까요. 아니, 우리가 젊었을 때보다 더욱더 '써야 할 것'이 줄었는지도 모릅니다. 자, 그럴 때는 어떻게 하면 좋은가.

이건 뭐 'E. T. 방식'으로 가는 수밖에 없다고 생각합니다. 뒤쪽 창고를 열고 거기에 우선 있는 것을—뭔가 좀 시원찮은 잡동사니밖에 눈에 띄지 않는다고 해도—아무튼 쓸어 모으고 그다음에는 분발해서 짜잔 하고 매직을 쓰는 수밖에 없습니다. 그것 말고는 우리가 다른 혹성과 연락을 주고받기 위한 방도가 없어요. 아무튼 있는 대로 죄다 쓸어 모아 그걸로 노력해볼 만큼 해보는 수밖에 없습니다. 하지만 만일 그걸 해낸다면 당신은 큰 가능성을 손에 넣게 됩니다. 바로 당신이 매직을 구사할 수 있다는 멋진 사실입니다(맞아요, 당신이 소설을 쓸 수 있다는 건 당신이 다른 혹성에 사는 사람들과 연락을 주고받을 수 있다는 것입니다. 정말로!).

첫 소설 『바람의 노래를 들어라』를 쓰려고 했을 때, '이건 뭐, 아무것도 쓸 게 없다는 것을 쓰는 수밖에 없겠다'라고 통감했습니다. '아무것도 쓸 게 없다'는 점을 거꾸로 무기로 삼아서 그 지점에서부터 소설을 써 내려가는 수밖에 없겠다, 라고. 그러지 않고서는 앞선 세대의 작가들에게 대항할 수단이 없습니다. 아무튼 가진 것을 죄다 쓸어 모아 얘기를 만들어보자고 생각한 것입니다.

그러기 위해서는 새로운 언어와 문체가 필요합니다. 기성 작가들이 써먹지 않았을 만한 비이클＝언어와 문체를 새로 마련하지 않으면 안 됩니다. 전쟁이나 혁명이나 굶주림 같은 묵직한 주제를 다루지 않는다면(다루지 못한다면) 필연적으로 보다 가벼운 소재를 다루게 될 것이고, 그러기 위해서는 경량이지만 준민하고 기동력이 뛰어난 비이클이 반드시 필요합니다.

나는 몇 번의 시행착오를 거친 끝에(이 시행착오에 대해서는 제2회에서 언급했습니다) 가까스로 그럭저럭 쓸 만한 일본어 문체를 마련하는 데 성공했습니다. 아직 불완전한 임시방편이었고 여기저기 너덜너덜 결점이 드러났지만 그야 난생처음 써 본 소설이니 어쩔 수 없습니다. 결점은 나중에―만일 나중이 있다면 그렇다는 얘기지만―조금씩 고쳐나가면 됩니다.

거기서 내가 유념했던 점은 우선 '설명하지 않는다'는 것이었습니다. 그것보다는 다양한 단편적인 에피소드나 이미지나 광경이나 언어를 소설이라는 용기 안에 척척 집어넣고 그걸 입체적으로 조합해나간다. 그리고 그 조합은 통념적인 논리나 문학적인 언어와는 무관한 장소에서 이루어지지 않으면 안 된다. 그것이 기본적인 작전이었습니다.

그런 작업을 추진하는 데는 무엇보다 음악이 큰 도움이 됐습니다. 마치 음악을 연주하는 듯한 요령으로 문장을 만들어갔습니다. 주로 재즈가 도움이 됐습니다. 잘 아시다시피 재즈에서 가장 중요한 것은 리듬입니다. 적확하고 견고한 리듬을 시종 유지하지 않으면 안 됩니다. 그러지 않으면 청중은 따라와주지 않아요. 그다음은 코드(화음)입니다. 하모니라고 말을 바꿔도 좋을지 모르겠군요. 아름다운 화음, 탁한 화음, 파생적인 화음, 기초음을 생략한 화음. 버드 파월의 화음, 텔로니어스 멍크의 화음, 빌 에번스의 화음, 허비 행콕의 화음. 다양한 화음이 있습니다. 모두 똑같이 여든여덟 개의 건반으로 피아노를 연주하는데 사람에 따라 이토록 화음의 여운이 달라지다니, 깜짝 놀랄 정도입니다. 그리고 그런 사실은 우리에게 한 가지 중요한 시사점을 던져줍니다. 한정된 소재로 스토리를 만들어낼 수밖에 없더라도 거기에는 무한한—혹은 무한에 가까운—가능성이 존재한다는 것입니다. '건반이 여든여덟 개밖에 없어서 피아노로는 더 이상 새로운 건 나올 수 없다'는 말은 할 수 없겠지요.

그리고 마지막으로 프리 임프로비제이션free improvisation이 나옵니다. 자유로운 즉흥연주지요. 즉 재즈라는 음악의 근간을 이루는 것입니다. 견고한 리듬과 코드(혹은 화성적 구조) 위에서 자유롭게 음을 짜 내려갑니다.

나는 악기를 연주하지 못합니다. 최소한 남에게 들려줄 정도는 안 됩니다. 하지만 음악을 연주하고 싶은 마음만은 강합니다. 그렇다면 음악을 연주하듯이 글을 쓰면 된다는 것이 맨 처음의 생각이었습니다. 그리고 그런 마음은 지금도 그대로 이어지고 있습니다. 이렇게 키보드를 두드리면서 나는 항상 거기에서 올바른 리듬을 추구하고 적합한 여운과 음색을 찾습니다. 그것은 내 문장에서 변함없이 중요한 요소입니다.

　나는 (나 자신의 경험에 따라) 생각하는데, '써야 할 것이 아무것도 없다'라는 지점에서부터 출발할 경우, 시동이 걸리기까지는 상당히 힘이 들지만 일단 비이클이 기동력을 얻어 앞으로 나아가기 시작하면 그다음은 오히려 편해집니다. 왜냐하면 '써야 할 것을 갖고 있지 않다'는 것은 말을 바꾸면 '무엇이든 자유롭게 쓸 수 있다'는 것을 의미하기 때문입니다. 설령 당신이 가진 것이 '경량급' 소재고 그 양이 한정적이라고 해도 조합 방식의 매직만 깨친다면 그야말로 얼마든지 스토리를 만들어갈 수 있습니다. 만일 당신이 그 작업에 숙달된다면, 그리고 건전한 야심을 잃지 않는다면 그렇다는 얘기지만, 거기서부터 시작해서 깜짝 놀랄 만큼 '무겁고 깊은 것'을 구축해나갈 수 있습니다.
　그에 비하면 처음부터 묵직한 소재를 갖고 출발한 작가들은, 물론 모두 다 그런 것은 아니지만, 어느 시점엔가 '그 무게에 짓눌리는' 경향이 없지 않습니다. 이를테면 전쟁 체험을 쓰는 것에서부터 출발한 작가들은 그것에 대해 몇 가지 각도에서 몇 편의 작품을 발표해버리고 나면 그다음에는 많든 적든 '다음에는 뭘 써야 하지?'라는 일단 멈춤 상황에 몰리는 경우가 있습니다. 물론 그 지점에서 마음먹고 방향 전환을 시도해서 새로운 테마를 잡아 작가로서 다시금 성장하는 사람도 있습니다. 또한 유감스럽게도 제대로 방향 전환이 되지 않아 서서히 힘을 잃는 작가도 있습니다.

어니스트 헤밍웨이는 의심할 여지 없이 20세기에 가장 큰 영향력을 가진 작가 중 한 사람이지만, 그의 작품은 '초기 쪽이 좋다'는 게 일단 통상적인 정설입니다. 나도 그의 작품 중에서는 처음 두 편의 장편소설 『해는 또다시 떠오른다』 『무기여 잘 있거라』, 그리고 닉 애덤스가 나오는 초기 단편소설을 가장 좋아합니다. 거기에는 숨을 헉 삼킬 만큼 멋진 힘이 있습니다. 하지만 후기 작품으로 들어가면 잘 쓰기는 잘 썼지만 소설로서의 잠재력은 얼마간 떨어졌고 문장에서도 이전만큼의 선명함은 느껴지지 않습니다. 그건 역시 헤밍웨이라는 사람이 소재에서 힘을 얻어 스토리를 써나가는 유형의 작가였기 때문이 아닌가 싶습니다. 아마도 그것 때문에 자원해서 전쟁에 참가하고(제1차 세계대전, 스페인 내전, 제2차 세계대전), 미국에서 사냥이며 낚시를 하고, 투우에 빠져드는 생활을 계속했는지도 모릅니다. 항상 외적인 자극이 필요했던 것이겠지요. 그런 삶의 방식은 하나의 전설이 되기는 하겠지만 나이가 들수록 체험이 부여해주는 다이너미즘은 역시 조금씩 저하합니다. 그래서 그랬는지 어떤지는 물론 본인이 아니고서는 모를 일이지만, 헤밍웨이는 노벨 문학상을 타기는 했어도(1954년) 알코올에 빠져 1961년 명성의 절정에서 스스로 목숨을 끊습니다.

　그에 비해 묵직한 소재에 기대지 않고 자신의 내측에서 스토리를 짜낼 수 있는 작가라면 도리어 편할지도 모릅니다. 자기 주위에서 자연스럽게 일어나는 일이나 매일매일 눈에 들어오는 광경, 일상생활 속에서 만나는 사람들을 소재로서 자신 안에 받아들이고 상상력을 구사하여 그런 소재를 바탕으로 자기 자신의 스토리를 꾸며나가면 됩니다. 아, 이건 말하자면 '자연 재생 에너지' 같은 것이군요. 굳이 전쟁터에 나갈 필요도 없고 투우를 경험할 필요도 치타나 표범을 향해 총을 쏠 필요도 없습니다.

　자칫 오해하시면 곤란한데, 전쟁이나 투우나 사냥 같은 경험에 의미가 없다는 말을 하려는 게 아닙니다. 물론 의미는 있습니다. 어떤 일이든 경험한다는 것은 작가에게 매우 중요한 일입니다. 하지만 그런 다이내믹한 경험이 없는 사람이라도 소설을 쓸 수 있다, 라는 것을 나는 개인적으로 말하려는 것뿐입니다. 어떤 소소한 경험에서라도 인간은 방법 여하에 따라 깜짝 놀랄 만큼 큰 힘을 이끌어낼 수 있습니다.

　'부석침목浮石沈木'이라는 고사성어가 있습니다. 도저히 일어날 수 없는 일이 일어난다는 뜻인데, 소설 세계에서는—혹은 예술 세계에서는, 이라고 말을 바꿔도 무방한데—그런 역전 현상이 실제로 자주 일어납니다. 통상적으로 가벼운 것으로 취급되던 것이 시간의 경과와 함께 무시할 수 없는 무게를 획득하고, 일반적으로 묵직하다고 여겨졌던 것이 어느새 그 무게를 잃고 형해만 남습니다. 지속적 창조성이라는 눈에 보이지 않는 힘이 시간의 도움을 얻어 그런 과격한 역전을 몰고 오는 것입니다.

그래서 '소설을 쓰기 위해 필요한 소재가 나에게는 없다'고 생각하는 사람도 포기할 필요는 없습니다. 약간만 시점을 바꾸면, 발상을 전환하면, 소재는 당신 주위에 그야말로 얼마든지 굴러다닌다는 것을 알게 됩니다. 그것은 당신의 눈길을 받고 당신의 손에 잡혀 이용되기를 기다립니다. 인간의 삶이란 얼핏 보기에는 아무리 시시하더라도 실은 그런 흥미로운 것을 자연스럽게 줄줄이 만들어냅니다. 거기서 가장 중요한 것은, 되풀이하는 것 같지만, '건전한 야심을 잃지 않는다'는 것입니다. 그것이 키포인트입니다.

이건 오랜 나의 지론인데, 세대 간에 우열 따위는 없습니다. 어느 한 세대가 다른 한 세대보다 우월하거나 열등하다, 라는 일은 일단 없습니다. 세간에서는 스테레오타입의 세대 비판이 자주 들려오지만 그런 건 전혀 의미 없는 공론이라고 나는 확신합니다. 각각의 세대 간에는 우열도 없고 상하도 없습니다. 물론 경향이나 방향성에는 저마다 차이가 있겠지요. 그러나 질량 그 자체는 전혀 차이가 없습니다. 혹은 굳이 문제로 삼을 만한 차이는 없습니다.

구체적으로 말하자면, 예를 들어 요즘 젊은 세대는 한자를 읽고 쓰는 능력에 있어서는 선행하는 세대보다 약간 떨어질지도 모릅니다(실제로 어떤지는 잘 모르겠지만). 하지만 이를테면 컴퓨터 언어의 이해 처리 능력은 틀림없이 선행하는 세대보다 뛰어나겠지요. 내가 말하고 싶은 건 그런 것입니다. 각각 잘하는 분야가 있고 잘 못하는 부분이 있습니다. 그냥 그뿐입니다. 그렇다면 각 세대는 뭔가를 창조하는 데 있어서 각자 '잘하는 분야'를 척척 전면에 내세우면 됩니다. 자신이 잘하는 언어를 무기로 삼아서 자신의 눈에 가장 분명하게 보이는 것을 자신이 쓰기 쉬운 말로 써나가면 되는 것입니다. 다른 세대에 대해 콤플렉스를 가질 필요도 없고 또한 반대로 묘한 우월감을 가질 필요도 없습니다.

내가 소설을 쓰기 시작한 게 삼십오 년 전이지만 그 당시에는 '이건 소설이 아니다' '이런 건 문학이라고 할 수 없다'라고 선행하는 세대에게서 엄격한 비판을 받았습니다. 그런 상황이 어쩐지 부담스러워서(라고 할까, 귀찮아서) 나는 상당히 오랜 기간 일본을 떠나 외국의 잡음 없는 조용한 곳에서 내가 원하는 대로 소설을 썼습니다. 그러나 그동안에도 혹시 내가 잘못하는 건가라는 생각 따위는 전혀 하지 않았고 딱히 불안을 느낀 적도 없습니다. '실제로 나는 이렇게밖에 쓸 수 없는데 뭐, 이렇게 쓰는 수밖에 별도리가 없잖아. 그게 뭐가 나빠?' 하고 모른 척 넘어가버렸습니다. 아직은 불완전할지도 모르지만 나중에는 좀 더 제대로 된 수준 높은 작품을 쓸 수 있을 것이다. 그리고 그때쯤에는 시대도 변화를 달성할 것이고 내가 해온 일은 틀리지 않았다고 분명하게 증명될 것이다, 라고 굳게 믿었습니다. 어째 좀 낯 두꺼운 소리 같습니다만.

그것이 현실로 증명되었는지 어떤지, 지금 이렇게 주위를 빙 둘러봐도 나 자신은 아직 잘 모르겠습니다. 여러분 생각에는 어떻습니까? 문학에서는 뭔가 증명되는 일이라고는 영원히 없는지도 모릅니다. 하지만 그거야 어찌 됐든, 삼십오 년 전에도 지금 현재도 내가 하는 일이 기본적으로 잘못되지 않았다는 신념에는 거의 흔들림이 없습니다. 앞으로 삼십오 년쯤 지난 다음이라면 다시 새로운 상황이 펼쳐질지도 모르지만, 그 전말을 내가 지켜보는 건 연령상 좀 어려울 것 같습니다. 어떤 분이든 내 대신 잘 지켜봐주십시오.

여기서 내가 말하고자 하는 것은, 새로운 세대에게는 새로운 세대만의 소설적 소재가 있고, 그 소재의 형태나 무게로부터 역산逆算해서 그것을 실어 나를 비이클의 형태나 기능이 설정된다는 점입니다. 그리고 그 소재와 비이클과의 상관성에서, 그 접면接面의 바람직한 자세에서, 소설적 리얼리티라는 것이 탄생합니다.

어떤 시대에도 어떤 세대에도 각각 고유의 리얼리티가 있습니다. 하지만 그렇더라도 소설가에게는 스토리에 필요한 소재를 꼼꼼히 수집하고 축적하는 작업이 지극히 중요하다는 사실은 아마 어떤 시대에도 바뀌지 않을 것입니다.

만일 당신이 소설을 쓰기로 마음먹었다면 주위를 주의 깊게 둘러보십시오—라는 것이 이번 이야기의 결론입니다. 세계는 따분하고 시시한 듯 보이면서도 실로 수많은 매력적이고 수수께끼 같은 원석이 가득합니다. 소설가란 그것을 알아보는 눈을 가진 사람을 말합니다. 그리고 또 하나 멋진 것은 그런 게 기본적으로 공짜라는 점입니다. 당신이 올바른 한 쌍의 눈만 갖고 있다면 그런 귀중한 원석은 무엇이든 선택 무제한, 채집 무제한입니다.

이런 멋진 직업, 이거 말고는 별로 없는 거 아닌가요?

시간을 내 편으로 만든다
—장편소설 쓰기

나는 그럭저럭 삼십오 년을 일단 직업적인 작가로서 활동하면서 그동안 다양한 형식, 다양한 사이즈의 소설을 썼습니다. 두세 권으로 나누어서 출간해야 할 만큼 긴 장편소설(이를테면 『1Q84』), 한 권에 담아낼 사이즈의 장편소설(이를테면 『애프터 다크』), 이른바 단편소설, 그리고 극히 짧은 단편(장편掌篇) 소설 등입니다. 함대로 비유하자면 전함에서 순양함, 구축함, 잠수함까지 각종 함선이 대략 갖춰진 셈입니다(물론 내 소설에는 공격적인 의도 같은 건 없지만). 각각의 함선에는 각각의 기능이 있고 역할이 있습니다. 그리고 전체적으로 서로를 적당히 보완해줄 만한 포지션에 배치됩니다. 어떤 길이의 형식을 취해 소설을 쓰느냐는 그때그때의 기분에 따라 정해집니다. 무슨 로테이션 같은 것에 따라 규칙적으로 돌리는 건 아니고, 마음 가는 대로라고 할까, 어디까지나 자연스러운 흐름에 맡깁니다. '슬슬 장편을 써볼까'라든가 '다시 단편이 쓰고 싶어졌네'라든가, 그때그때 마음의 움직임에 따라 혹은 원하는 바에 따라 용기容器를 자유롭게 선택합니다. 선택할 때 망설이는 일은 일단 없습니다. '지금은 이것'이라고 확실하게 판단할 수 있습니다. 단편소설을 쓸 시기가 오면 다른 것에는 눈을 돌리지 않고 집중해서 단편소설을 씁니다.

그래도 나는 기본적으로, 라고 할까, 최종적으로, 나 자신을 '장편소설 작가'로 간주합니다. 단편소설이나 중편소설을 쓰는 것도 좋아해서 쓸 때는 물론 열중해서 쓰고 완성된 것에도 각각 애착을 갖고 있지만, 그래도 역시 장편소설이야말로 내 주된 전쟁터고 나의 작가로서의 특질, 본연의 맛 같은 것은 거기에 가장 명확히―아마도 가장 좋은 형태로―나타난다고 생각합니다 (그렇게는 생각하지 않는다는 분이 계시더라도 거기에 반론을 할 마음은 애초에 없지만). 나는 원래부터 장거리 주자 체질이라서 다양한 것들이 제대로 종합적이고도 입체적으로 움직이자면 어느 정도 몸집이 있는 시간과 거리가 필요합니다. 정말로 하고 싶은 것을 하기 위해서는, 비행기로 비유하자면 상당히 긴

활주로가 있어야 하는 것입니다.

단편소설은 장편소설로는 잘 포착되지 않는 세부를 커버하기 위한, 자잘한 방향 전환이 가능한 준민한 비이클입니다. 거기에서는 문장으로도 구성으로도 마음먹은 실험을 다양하게 시도할 수 있고, 단편이라는 형식이 아니면 다룰 수 없는 종류의 소재를 다루는 것도 가능합니다. 내 마음속에 존재하는 다양한 측면을 마치 촘촘한 그물망으로 미묘한 그림자를 길어 올리듯이 그대로 쓱쓱 형상화하는 것도 (잘되면) 가능합니다. 완성하기까지 시간도 별로 걸리지 않습니다. 마음만 먹는다면 준비고 뭐고 없이 일필휘지로 며칠 만에 쓱싹쓱싹 완성하는 것도 가능합니다. 어떤 시기에는 나는 그렇게 몸이 가벼운, 융통성 있는 형식을 무엇보다 필요로 합니다. 하지만—이건 어디까지나 나에게는, 이라는 조건이 붙은 발언이지만—내가 가진 것을 원하는 만큼 전면적으로 쏟아부을 공간은 단편소설이라는 형식은 아닙니다.

아마 내게 중요한 의미를 갖게 될 소설을 쓰려고 할 때, 말을 바꾸면 '나 자신을 혁신하게 될 가능성을 가진 종합적인 스토리'의 시동을 걸려고 할 때, 나는 자유롭게 아무 제약 없이 사용할 수 있는 널찍한 공간이 필요합니다. 우선 그럴 만한 공간이 확보된 것을 확인한 뒤에, 그 공간을 채울 만한 에너지가 내 안에 축적된 것을 확인한 뒤에, 말하자면 수도꼭지를 최대한 틀어 놓고서 장기전의 업무에 착수합니다. 그런 때 느끼는 충실감은 세상 그 무엇으로도 대신하기 어려운 것입니다. 그건 장편소설을 쓰기 시작할 때가 아니면 느낄 수 없는 특별한 종류의 기분입니다.

그렇게 생각하면 내게는 장편소설이야말로 생명선이고 단편소설이나 중편소설은, 극단적으로 말하자면 장편소설을 쓰기 위한 중요한 연습의 자리이자 유효한 스텝이라고 해버려도 무방하지 않을까 싶습니다. 만 미터나 오천 미터의 트랙경기에서도 그 나름의 기록은 남기지만, 주축은 이디까지나 마라톤 풀코스 쪽으로 잡고 있는 장거리 주자 같은 것인지도 모릅니다.

그래서 이번 회에서는 장편소설을 쓰는 작업에 대해서 이야기하고자 합니다. 아니, 그보다 장편소설 쓰기를 예로 들어서 내가 어떤 식으로 소설을 쓰는지, 구체적으로 이야기하고자 합니다. 물론 한마디로 장편소설이라고 해도 한 편 한 편의 내용이 다른 것과 마찬가지로 그 집필 방법이나 일하는 장소나 소요되는 기간은 각각 다릅니다. 그래도 기본적인 순서나 규칙 같은 것은—어디까지나 나 자신의 느낌으로는 그렇다는 얘기인데—큰 줄기에서는 거의 동일한 것 같습니다. 그것은 내게는 '통상 영업 행위=Business As Usual'이라고 해야 할 것입니다. 혹은 그런 정해진 패턴에 나 자신을 몰아넣고 생활과 일의 사이클을 확정했을 때에야 비로소 장편소설 쓰기가 가능해진다―라는 면이 있습니다. 심상치 않은 양의 에너지가 필요한 장기전이기 때문에 일단 나 자신의 태세를 단단히 정비해야 합니다. 그러지 않으면 자칫 도중에 힘에 부쳐 나가떨어질지도 모릅니다.

장편소설을 쓸 경우, 나는 우선 (비유적으로 말하자면) 책상 위에 있는 것을 깨끗이 치웁니다. '소설 외에는 아무것도 쓰지 않는다'는 태세를 만들어버리는 것입니다. 만일 그때 에세이를 연재하는 중이었다면 거기서 일단 중지합니다. 갑작스럽게 들어오는 일거리도 어지간한 경우가 아닌 한, 받지 않습니다. 뭔가를 진지하게 하기 시작하면 다른 건 전혀 못 하는 성격이기 때문입니다. 마감이 없는 번역 작업을 내가 원하는 페이스에 따라 동시 진행적으로 간간이 하기도 하지만, 이건 생활을 위해서라기보다 오히려 기분 전환을 위해서 하는 것입니다. 번역이란 기본적으로 테크니컬한 작업이라서 소설을 쓸 때와는 그 사용하는 뇌의 부위가 다릅니다. 그래서 소설을 쓰는 데 부담이 되지 않습니다. 근육의 스트레칭과 같아서 그런 작업을 병행하는 것은 뇌의 균형을 잡는 데 오히려 유익한지도 모릅니다.

'당신이야 그런 속 편한 소리를 할 수 있겠지만, 우리는 먹고

살기 위해서 다른 잡다한 일거리도 받아들여야 한다'라는 동업 자분도 계실지 모르겠습니다. 장편소설을 집필하는 긴 기간 동안에 대체 어떻게 먹고사느냐, 라고요. 이 자리에서는 어디까지나 나 자신이 일해온 시스템에 대해 말하는 것뿐입니다. 사실은 출판사에서 선급금advance을 받는다면 좋겠지만, 일본의 경우는 선급금이라는 제도가 없어서 장편소설을 쓰는 동안의 생활비까지는 대주지 않을지도 모릅니다. 단지 개인적인 것을 말하게 해주신다면, 아직 그다지 책이 팔리지 않았던 시기부터 나는 계속 그런 방식으로 장편소설을 써왔습니다. 생활비를 벌기 위해 문필과는 전혀 관계없는 다른 일을 일상적으로 했던 적은 있습니다(육체 작업에 가까운 것이었습니다). 하지만 글 쓰는 일의 의뢰는 원칙적으로 받지 않았습니다. 커리어의 초기 단계 때의 몇몇 예외를 별도로 한다면(당시는 아직 나 자신의 집필 스타일을 확립하기 전이었기 때문에 얼마간의 시행착오가 있었습니다), 기본적으로 소설을 쓸 때는 소설만 썼습니다.

나는 어느 시기부터 장편소설은 해외에서 쓰는 경우가 많아졌지만 이건 일본에 있으면 아무래도 잡일(혹은 잡음)이 이것저것 자꾸 들어오기 때문입니다. 외국으로 나가버리면 쓸데없는 생각은 할 것 없이 집필에 집중할 수 있습니다. 특히 내 경우에는, 쓰기 시작하는 시기에—장편소설 집필을 위한 생활 패턴을 정착시키는 중요한 시기에 해당하는데―일본을 떠나 있는 편이 더 좋았던 것 같습니다. 처음으로 일본을 떠났던 게 1980년대 후반인데 그때는 역시 망설임이 있었습니다. '이렇게 해서 정말로 살아남을 수 있을까' 하고 불안해했습니다. 나는 상당히 겁이 없는 편이지만, 그래도 역시나 배수의 진을 친다고 할까 돌아올 길을 끊어버리는 식의 결심이 필요했습니다. 여행기를 쓰겠노라고 약속하고 무리하게 출판사에서 약간의 선급금을 받기도 했지만(그건 나중에 『먼 북소리』라는 책이 되었습니다), 기본적으로는 내 저금을 헐어서 생활하지 않으면 안 되었으니까.

그런데 마음먹고 결단을 내려 새로운 가능성을 추구했던 것이 내 경우에는 좋은 결과를 낳았던 듯합니다. 유럽 체재 중에 썼던 『노르웨이의 숲』이라는 소설이 어쩌다 (예상 밖으로) 잘 팔리고 생활이 안정되면서 장기적으로 오랜 기간 소설을 쓰기 위한 개인적인 시스템을 우선은 설정할 수 있었습니다. 그런 의미에서는 행운이었다고 생각합니다. 이런 말을 하면 오만하게 들릴지도 모르지만, 그렇다고 해서 결코 행운만으로 일이 흘러간 것은 아닙니다. 거기에는 일단 내 나름의 결의와 배짱이 있었습니다.

장편소설을 쓸 경우, 하루에 200자 원고지 20매를 쓰는 것을 규칙으로 삼고 있습니다. 내 맥Mac 화면으로 말하자면 대략 두 화면 반이지만, 옛날부터의 습관으로 200자 원고지로 계산합니다. 좀 더 쓰고 싶더라도 20매 정도에서 딱 멈추고, 오늘은 뭔가 좀 잘 안된다 싶어도 어떻든 노력해서 20매까지는 씁니다. 왜냐하면 장기적인 일을 할 때는 규칙성이 중요한 의미를 갖기 때문입니다. 쓸 수 있을 때는 그 기세를 몰아 많이 써버린다, 써지지 않을 때는 쉰다, 라는 것으로는 규칙성은 생기지 않습니다. 그래서 타임카드를 찍듯이 하루에 거의 정확하게 20매를 씁니다.

그런 건 예술가가 할 만한 짓이 아니다. 그래서야 공장이나 마찬가지 아니냐, 라고 말하는 사람이 있을지도 모릅니다. 그렇지요, 분명 예술가가 할 만한 짓은 아닌지도 모릅니다. 하지만 왜 소설가가 예술가가 아니어서는 안 되는가. 대체 누가 언제 그런 것을 정했는가. 아무도 정하지 않았습니다. 우리는 자신이 하고 싶은 방식으로 소설을 쓰면 됩니다. 우선 '딱히 예술가가 아니어도 괜찮다'라고 생각하면 마음이 훨씬 편안해집니다. 소설가란 예술가이기 이전에 자유인이어야 합니다. 내가 좋아하는 것을 내가 좋아하는 때에 나 좋을 대로 하는 것, 그것이 나에게는 자유인의 정의입니다. 예술가가 되어서 세간의 시선을 의식하거나 부자유한 격식을 차리는 것보다 극히 평범한, 근처를 어슬렁거리는 자유인이면 됩니다.

이사크 디네센은 '나는 희망도 절망도 없이 매일매일 조금씩 씁니다'라고 했습니다. 그와 마찬가지로 나는 매일매일 20매의 원고를 씁니다. 아주 담담하게. '희망도 절망도 없다'는 것은 실로 훌륭한 표현입니다. 아침 일찍 일어나 커피를 내리고 네 시간이나 다섯 시간, 책상을 마주합니다. 하루에 20매의 원고를 쓰면 한 달에 600매를 쓸 수 있습니다. 단순 계산하면 반년에 3,600매를 쓰게 됩니다. 구체적인 예를 들자면, 『해변의 카프카』라는 작품의 초고가 3,600매였습니다. 이 소설은 주로 하와이 카우아이 섬의 노스쇼어에서 썼습니다. 그야말로 아무것도 없는 곳이고 게다가 비가 자주 내려서 그 덕분에 일은 잘됐습니다. 4월 초에 쓰기 시작해 10월에 다 썼습니다. 프로야구 개막과 동시에 쓰기 시작해 일본 시리즈 시작할 때쯤에 끝냈기 때문에 정확히 기억합니다. 그해에는 노무라 감독 휘하의 야쿠르트 스왈로스가 우승했습니다. 나는 오랜 세월 야쿠르트 팬이라서, 야쿠르트는 우승하지, 소설은 다 썼지, 아주 싱글벙글했던 게 기억납니다. 대체로 내내 카우아이 섬에 가 있었기 때문에 정규 시즌에 진구 구장에 거의 가지 못했던 것은 유감이었지만.

하지만 장편소설의 집필은 야구와 달라서 일단 초고를 완성한 그때부터 다시 또 다른 승부(게임)가 시작됩니다. 한 말씀

드리자면, 바로 여기서부터가 그야말로 시간을 들일 만한 보람
이 있는 신나는 부분입니다.

　초고가 완성되면 잠시 한숨 돌리고(그때그때 다르지만 대개
는 일주일쯤 쉽니다) 첫 번째 고쳐 쓰기에 들어갑니다. 내 경우,
첫머리부터 아무튼 죄다 북북 고쳐버립니다. 여기서는 상당히
크게, 전체적으로 손을 봅니다. 나는 아무리 긴 소설이라도 복
잡한 구성을 가진 소설이라도 처음에 계획을 세우는 일 없이 전
개도 결말도 알지 못한 채 되는대로 생각나는 대로 척척 즉흥
적으로 이야기를 풀어나갑니다. 그러는 게 쓰는 동안에 단연 재
미있기 때문입니다. 그러나 그런 식으로 쓰다 보면 결과적으로
모순되는 부분, 이야기의 앞뒤가 맞지 않는 부분이 많이 나옵니
다. 등장인물의 설정이나 성격이 중간에 획 바뀌어버리기도 합
니다. 시간 설정이 앞뒤로 오락가락하기도 합니다. 그런 삐걱거
리는 부분을 하나하나 조정해서 이치에 맞는 정합적인 이야기
로 만들어가야 합니다. 상당한 분량을 통째로 빼버리고 어떤 부
분은 늘리고 새로운 에피소드를 여기저기에 덧붙이기도 합니
다.
　『태엽 감는 새』를 썼을 때처럼 '이 부분은 전체적으로 뭔가
조금 어울리지 않는다'고 판단해서 몇 개의 장을 통째로 삭제하

고 그 삭제한 것을 바탕으로 완전히 새로운 다른 소설(『국경의 남쪽, 태양의 서쪽』)을 만들어낸 경우도 있습니다. 하지만 이건 상당히 극단적인 예고, 대개의 경우 삭제한 부분은 삭제된 채 그대로 사라집니다.

그 고쳐 쓰기 작업에 한두 달은 걸립니다. 그것이 끝나면 다시 일주일쯤 쉬었다가 두 번째 고쳐 쓰기에 들어갑니다. 이것도 첫머리부터 쭉쭉 고쳐나갑니다. 단지 이번에는 좀 더 세세한 부분을 살펴보면서 꼼꼼하게 고칩니다. 이를테면 풍경 묘사를 세밀하게 써넣거나 대화의 말투를 조정하기도 합니다. 스토리 전개에 맞지 않는 점은 없는지 점검하고, 한 번 읽어서 알기 어려운 부분은 쉽게 풀어 써서 이야기의 흐름을 보다 원활하고 자연스럽게 만듭니다. 대수술이 아니라 세세한 수술을 하나하나 더해가는 작업입니다. 그것이 끝나면 다시 한숨 돌리고 그다음 고쳐 쓰기에 들어갑니다. 이번에는 수술이라기보다 수정에 가까운 작업입니다. 이 단계에서는 소설의 전개에서 어떤 부분의 나사를 단단히 조여야 할지, 어떤 부분의 나사를 조금 헐렁하게 풀어둘지를 결정하는 게 중요합니다.

장편소설은 말 그대로 '긴 이야기'이기 때문에 구석구석까지 나사를 팽팽히 조여버리면 독자는 숨이 막힙니다. 군데군데 문장을 헐렁하게 풀어주는 것도 중요합니다. 그런 쪽의 호흡을 파악하지 않으면 안 됩니다. 전체와 세부의 균형을 적절히 유지하는 것. 그런 관점에서 문장의 세밀한 조정을 행합니다. 이따금 평론가 중에 장편소설의 일부분을 뽑아 '이렇게 조잡한 문장을 써서는 안 된다'고 비판하는 사람이 있지만, 내 생각을 말하자면, 그건 그다지 공정한 행위라고 할 수 없습니다. 왜냐하면 장편소설이라는 것에는—마치 맨몸의 인간처럼—어느 정도 조잡한, 헐렁하게 풀어진 부분도 필요하기 때문입니다. 그런 것이 있어야 팽팽히 조인 부분이 정당한 효과를 발휘합니다.

그리고 대개 이때쯤에 한 차례 긴 휴식을 취합니다. 가능하면 보름에서 한 달쯤 작품을 서랍 속에 넣어두고 그런 게 있다는 것조차 잊어버립니다. 혹은 잊어버리려고 노력합니다. 그 사이에 여행을 하거나 번역 일을 몰아서 하기도 합니다. 장편소설을 쓸 때는 일하는 시간도 물론 중요하지만 아무것도 하지 않는 시간도 그에 못지않게 중요한 의미가 있습니다. 공장 등에서의 제작 과정에, 혹은 건축 현장에 '양생養生'이라는 단계가 있습니다. 제품이나 소재를 '재워둔다'는 것입니다. 그냥 가만히 놔두면서 바람을 쐬게 한다, 혹은 내부가 단단히 굳도록 한다는 것이지요. 소설도 마찬가지입니다. 이 양생을 확실하게 해주지 않으면 덜 말라서 무른 것, 고르게 배어들지 않은 것이 나오고 맙니다.

그렇게 일단 작품을 진득하게 재운 다음에 다시 세세한 부분의 철저한 고쳐 쓰기에 들어갑니다. 진득하게 재운 작품은 나에게 이전과는 상당히 다른 느낌으로 다가옵니다. 전에는 보이지 않던 결점도 아주 또렷하게 보입니다. 깊이가 있는지 없는지 판단이 됩니다. 작품이 '양생'을 한 것과 마찬가지로 내 머리도 다시 멋지게 '양생'이 된 것입니다.

양생도 진득하게 했다, 그런 다음에 어느 정도 수정도 마쳤다. 자, 이 단계에서 큰 의미를 갖는 것이 바로 제삼자의 의견입니다. 내 경우, 작품으로서 어느 정도 형태가 갖춰진 참에 우선 아내에게 원고를 읽어달라고 합니다. 이건 작가로서의 거의 첫 단계에서부터 일관적으로 계속해온 일입니다. 그녀의 의견은 나에게는 말하자면 음악의 '기준음' 같은 것입니다. 집에 있는 오래된 스피커(실례)와도 같습니다. 나는 모든 종류의 음악을 이 스피커를 통해서 듣습니다. 특별히 훌륭한 스피커는 아닙니다. 1970년대에 구입한 JBL 시스템으로, 몸집은 크지만 현대의 최신 고급 스피커에 비하면 출력되는 음의 영역이 상당히 한정적입니다. 음의 분리도 그다지 좋다고 할 수 없습니다. 이른바 골동품 같은 것입니다. 하지만 어쨌든 나는 이 스피커 시스템으로 지금까지 온갖 음악을 들어왔기 때문에 거기서 나오는 소리가 내게는 음악의 재생음의 기준이 된 것이겠지요. 그렇게 몸에 배어버렸어요.

이런 말을 하면 혹시 화를 낼 분이 계실지도 모르지만, 출판사의 편집자는 일본의 경우, 전문직이라고 해도 결국은 샐러리맨이라서 각 회사에 소속된 사람이고 언제 자리가 바뀔지도 알 수 없습니다. 물론 예외는 있지만 대부분의 경우, 윗선에서 "자네가 이 작가를 담당하게"라고 지명을 받아 담당 편집자가 된 것이라서 어디까지 한 식구처럼 함께해줄 수 있을지 예측하기 어려운 면이 있습니다. 그런 점에서 아내는 좋든 나쁘든 우선 자리가 바뀌는 일은 없습니다. 내가 '관측 정점'이라고 하는 것은 그런 의미입니다. 오랜 세월 함께해왔기 때문에 '이 사람이 이런 독후감을 가진 것은 이러이러한 의미에서, 이러이러한 점에서 나온 것이구나' 하고 그 뉘앙스가 대강 이해가 됩니다(대강이라고 말한 것은, 아내를 모조리 이해한다는 건 원리적으로 불가능하기 때문입니다).

하지만 그렇게 해서 상대가 들려준 말을 그대로 다 받아들이는가 하면, 그렇게는 안 됩니다. 내 쪽에서는 오랜 시간을 들여 기나긴 소설을 이제 막 써낸 참이고, 양생에 의해 다소 식었다고는 해도 머릿속은 아직 충분히 흥분 상태이기 때문에 비판적인 말을 들으면 화가 납니다. 저절로 감정적이 됩니다. 거친 말다툼을 하는 일도 있습니다. 타인인 편집자를 상대로 그런 험한 말은 할 수 없으니까 그런 면에서는 한 식구라는 이점이 있다고 할 수 있겠지요. 나는 현실 생활에서는 특별히 감정적인 사람은 아니지만 이 단계에서는 적잖이 감정적이 될 수밖에 없는 부분이 있습니다. 아니, 그보다 감정을 일단 밖으로 토해내는 게 필요하기도 합니다.

그녀의 비평에는 '아닌 게 아니라 그렇다' '어쩌면 그럴지도 모르겠다' 하고 수긍이 가는 것도 있습니다. 그렇게 수긍하기까지 며칠씩 필요한 경우도 있지만. 또한 '아니, 그렇지 않아. 내 생각이 옳아'라고 생각되는 경우도 있습니다. 하지만 그런 '제삼자 도입' 과정에서 내게는 한 가지 개인적인 규칙이 있습니다. 그것은 '트집 잡힌 부분이 있다면 무엇이 어찌 됐건 고친다'는 것입니다. 비판을 수긍할 수 없더라도 어쨌든 지적받은 부분이 있으면 그곳을 처음부터 다시 고쳐 씁니다. 지적에 동의할 수 없는 경우에는 상대의 조언과는 전혀 다른 방향으로 고치기도 합니다.

그런데 방향성이야 어찌 됐든, 다시 자리를 잡고 앉아 그 부분을 고쳐 쓴 다음에 원고를 재차 읽어보면 거의 대부분의 경우, 이전보다 좋아졌다는 것을 깨닫게 됩니다. 내가 생각건대, 읽은 사람이 어떤 부분에 대해 지적할 때, 지적의 방향성은 어찌 됐건, 거기에는 뭔가 문제가 내포된 경우가 많습니다. 즉 그

부분에서 소설의 흐름이 많든 적든 턱턱 걸린다는 얘기입니다. 그리고 내가 할 일은 그 걸림을 제거하는 것입니다. 어떻게 제거하느냐는 작가 스스로 결정하면 됩니다. 설령 '이건 완벽하게 잘됐어. 고칠 필요 없어'라고 생각했다고 해도 입 다물고 책상 앞에 앉아 아무튼 고칩니다. 왜냐하면 어떤 문장이 '완벽하게 잘됐다'라는 일은 실제로는 있을 수 없으니까.

이번의 고쳐 쓰기는 처음부터 순서대로 할 필요는 없습니다. 문제가 된 부분, 비판받은 부분만 집중적으로 고쳐나갑니다. 그리고 고친 부분을 다시 한 번 읽어달라고 하고 그것에 대해 다시 토론을 해서 필요하다면 또 고칩니다. 그것을 다시 읽어달라고 해서 아직도 불만이 있다면 또다시 고칩니다. 그리고 어느 정도 정리가 된 참에 다시 처음부터 수정해서 전체적인 흐름을 확인하고 조정합니다. 여러 부분을 세세하게 손질한 탓에 전반적인 톤이 흐트러졌다면 그것을 고칩니다. 그런 다음에야 비로소 편집자에게 정식으로 읽어달라고 합니다. 그 시점에는 머리의 과열 상태는 어느 정도 해소된 참이라 편집자의 반응에 대해서도 나름대로 쿨하게 객관적으로 대처할 수 있습니다.

한 가지 재미있는 이야기가 있습니다. 1980년대 말, 내가 『댄스 댄스 댄스』라는 장편소설을 썼을 때의 일입니다. 나는 이 소설을 처음에 워드프로세서(후지쯔의 포터블)로 썼습니다. 대부분 로마의 아파트에서 썼지만 마지막 부분은 런던으로 옮겨 간 다음에 썼습니다. 다 쓴 원고를 플로피디스크에 넣어 그것을 들고 런던으로 이동한 것인데 런던에 자리를 잡고 열어보니 장章 하나가 통째로 사라지고 없었습니다. 그 당시에는 아직 워드프로세서를 쓰는 게 익숙하지 않아 조작을 잘못했던 것이겠지요. 뭐, 흔한 일입니다. 물론 기운이 쭉 빠졌습니다. 상당한 쇼크였어요. 분량이 꽤 많은 장이었고, '이건 내가 썼지만 아주 잘 썼다'고 자부했기 때문입니다. '에이, 흔한 일이지, 뭐'라고 간단히 포기할 수 없었습니다.

하지만 언제까지고 한숨을 내쉬며 고개를 내젓고 있을 수도 없지요. 마음을 추스르고 몇 주일 전에 고심참담하며 썼던 문장을 '으음, 이런 거였나……'라고 떠올려가며 재현 작업을 했습니다. 그렇게 해서 그 장을 어찌어찌 부활시켰습니다. 그런데 그 소설이 책으로 간행된 뒤에 행방불명되었던 오리지널이 불쑥 튀어나왔습니다. 전혀 예상도 못 했던 폴더에 섞여 있었습니다. 그 또한 흔한 일이지요. 그래서 '아, 난감하네. 이쪽이 더 잘 썼으면 어쩌지?'라고 내심 걱정하면서 읽어봤는데, 결론부터 말하자면 나중에 다시 쓴 버전이 명백히 뛰어났습니다.

여기서 내가 말하고 싶은 것은 어떤 문장이든 반드시 개량의 여지가 있다는 것입니다. 본인이 아무리 '잘 썼다' '완벽하다'라고 생각해도 거기에는 좀 더 좋아질 가능성이 있습니다. 그래서 나는 퇴고 단계에서는 자존심이나 자부심 따위는 최대한 내던져버리고 달아오른 머리를 적정하게 식히려고 노력합니다. 단지 그 달아오른 머리를 지나치게 식혀버리면 퇴고 자체를 못 하니까 그런 쪽으로는 약간 조심해야 합니다만. 그러고는 외부의 비판에 견뎌낼 태세를 정비합니다. 뭔가 재미없는 소리를 듣더라도 가능한 한 꾹 참고 꿀꺽 삼킨다. 작품이 출간된 뒤에 들어오는 비평은 마이페이스로 적당히 흘려버린다. 그런 것에 일일이 신경을 쓰다가는 몸이 당해내지를 못합니다(진짜로). 하지만 작품을 쓰는 동안에는 주위에서 들어오는 비평·조언은 가능한 한 허심탄회하게, 겸허하게 반영하지 않으면 안 된다. 그것이 옛날부터의 나의 지론입니다.

나는 소설가로서 오래도록 일해왔지만, 솔직히 말해 담당 편집자 중에는 '조금 안 맞는다' 싶은 사람도 있었습니다. 인간적으로는 나쁘지 않고, 다른 작가에게는 좋은 편집자였는지도 모르나 단지 내 작품의 편집자로서는 상성이 별로 좋지 않았던 것 같다, 라는 얘기입니다. 그런 사람이 제시하는 의견은 나로서는 약간 고개가 갸웃거려지는 경우가 많았고, 때로는 (솔직히 말해서) 신경에 거슬렸습니다. 화가 나는 일도 있었습니다. 하지만 이건 서로 간에 업무상 하는 일이니 좋게 좋게 풀어나가는 수밖에 없습니다.

어떤 장편소설을 쓸 때의 일인데 나는 원고 단계에서 '조금 안 맞는' 편집자가 지적한 부분을 모조리 뜯어고쳤습니다. 단지 대부분 그 사람의 조언과는 정반대 방향으로 고쳤습니다. 이를테면 '이곳은 길게 늘리는 게 좋겠다'고 말한 부분은 짧게 줄이고 '여기는 짧게 줄이는 편이 좋겠다'고 말한 부분은 길게 늘린 것입니다. 지금 생각해보면 상당히 난폭한 얘기지만 그래도 그 수정은 결과적으로 잘되었습니다. 작품은 그걸로 좀 더 뛰어난 것이 되었습니다. 즉 역설적이기는 하지만 그 편집자는 나에게 유용한 편집자였던 것입니다. 적어도 '듣기 좋은 말'만 하는 편집자보다는 훨씬 도움이 되었습니다. 나는 그렇게 생각합니다.

즉 중요한 것은 뜯어고친다는 행위 그 자체입니다. 작가가 '이곳을 좀 더 잘 고쳐보자'라고 결심하고 책상 앞에 앉아 문장을 손질한다, 라는 것 자체가 무엇보다 중요한 의미가 있습니다. 그에 비하면 '어떻게 수정하느냐'라는 방향성 따위는 오히려 이차적인 문제인지도 모릅니다. 많은 경우, 작가의 본능이나 직감은 논리성이 아니라 결심에 의해 좀 더 유효하게 이끌려 나옵니다. 숲을 몽둥이로 두드려 안에 숨은 새를 날아오르게 하는 것과 같은 일입니다. 어떤 몽둥이로 두드리든, 어떤 식으로 두드리든, 그 결과에 큰 차이는 없습니다. 아무튼 새를 날아오르게 하면 그걸로 좋은 것입니다. 새들의 움직임의 역동성이 고정되어가던 시야를 뒤흔듭니다. 그것이 내 의견입니다. 뭐, 상당히 난폭한 의견인지도 모르지만.

아무튼 고쳐 쓰는 데는 가능한 한 많은 시간을 들입니다. 주위 사람들의 충고에 귀를 기울이고(화가 나든 말든) 그것을 염두에 두고 참고하며 고쳐나갑니다. 조언은 중요합니다. 장편소설을 다 쓰고 난 작가는 대부분 흥분 상태로 뇌가 달아올라 반쯤 제정신이 아닙니다. 왜냐하면 제정신인 사람은 장편소설 같은 건 일단 쓸 리가 없기 때문입니다. 그러니까 제정신이 아닌 것 자체에는 딱히 문제가 없지만, 그래도 '내가 어느 정도 제정신이 아니다'라는 건 자각하지 않으면 안 됩니다. 그리고 제정신이 아닌 인간에게 제정신인 인간의 의견은 대체적으로 중요한 것입니다.

물론 타인의 의견을 모두 다 덥석 받아들여서는 안 됩니다. 개중에는 잘못짚은 의견, 부당한 의견이 있을지도 모릅니다. 하지만 어떤 의견이든 그것이 제정신에서 나온 것이라면 거기에는 뭔가 의미가 내포되어 있습니다. 그런 의견은 당신의 머리를 조금씩 냉각시켜 적절한 온도로 이끌어줍니다. 그들의 의견이란 즉 세상 사람들의 의견이고, 당신의 책을 읽는 건 결국 세상 사람들이기 때문에. 당신이 세상 사람들을 무시하려고 한다면 아마도 세상 사람들도 똑같이 당신을 무시할 것입니다. 물론 '그래도 상관없다'고 생각하신다면 나로서도 전혀 상관없습니다. 하지만 만일 당신이 세상 사람들과 어느 정도 괜찮은 관계를 유지하고 싶다고 생각하는 작가라면(아마도 대부분은 그렇겠지요) 당신의 작품을 읽어주는 '정점定點'을 하나든 둘이든 주위에 확보해두는 것이 중요합니다. 그 정점이 정직하고 솔직하게 독후감을 말해주는 사람이어야 한다는 건 당연한 얘기겠지요. 설령 비판을 받을 때마다 불끈 화가 나더라도.

몇 번이나 퇴고를 해야 하느냐, 라고 물어도 정확한 횟수까지는 잘 모릅니다. 원고 단계에서 이미 헤아릴 수 없을 만큼 고쳤고, 출판사에 건너가 교정지가 된 다음에도 상대가 지겨워할 만큼 몇 번씩 교정지를 내달라고 합니다. 교정지를 새까맣게 해서 돌려주고, 그렇게 해서 재차 보내준 교정지를 다시 새까맣게 하는 일의 반복입니다. 앞에서도 말했듯이 이건 끈기가 필요한 작업이지만 나에게는 그리 고통스러운 일은 아닙니다. 한 문장을 수없이 다시 읽으면서 여운을 확인하고 말의 순서를 바꾸고 세세한 표현을 변경하는 등의 '망치질'을 나는 태생적으로 좋아합니다. 교정지가 새까매지고 책상에 늘어놓은 열 자루 정도의

HB 연필이 점점 짧아지는 것을 볼 때마다 큰 희열을 느낍니다. 왠지는 모르겠는데 나는 그런 일이 진짜로 재미있어요. 하염없이 하고 있어도 전혀 질리지 않습니다.

내가 경애하는 작가 레이먼드 카버도 그런 '망치질'을 좋아하는 작가 중의 한 사람이었습니다. 그는 다른 작가의 말을 인용하는 형식으로 이렇게 말했습니다. '한 편의 단편소설을 써내고 그것을 찬찬히 다시 읽어보고 쉼표 몇 개를 삭제하고, 그러고는 다시 한번 읽어보고 똑같은 자리에 다시 쉼표를 찍어 넣을 때, 나는 그 단편소설이 완성되었다는 것을 깨닫는다'라고. 그 기분, 나도 충분히 이해합니다. 그것과 똑같은 일을 나도 수없이 경험했기 때문입니다. 이 정도가 한계다. 이 이상 더 고치면 도리어 맛이 사라질지도 모른다, 라는 미묘한 포인트가 있습니다. 그는 쉼표를 빼고 넣는 것을 예로 들어 그 포인트를 적확하게 시사한 것입니다.

그렇게 나는 장편소설을 씁니다. 사람마다 각자 마음에 드는 작품도 있고 별로 마음에 들지 않는 작품도 있겠지요. 나 스스로도 과거에 쓴 작품에 대해 결코 만족하는 건 아닙니다. '지금이라면 좀 더 잘 쓸 수 있을 텐데' 하고 통감하는 일도 있습니다. 다시 읽어보면 여기저기 결점이 눈에 띄어서 뭔가 특별한 필요가 없는 한 내가 쓴 책을 손에 드는 일은 거의 없습니다.

하지만 그 작품을 써낸 시점에는 틀림없이 그보다 더 잘 쓰는 건 나로서는 못 했을 것이다, 라고 기본적으로 생각합니다. 내가 그 시점에 전력을 다했다는 것을 알고 있기 때문입니다. 내가 쏟아붓고 싶은 만큼 긴 시간을 쏟아부었고, 내가 가진 에너지를 아낌없이 투입해 작품을 완성했습니다. 말하자면 '총력전'을 온 힘을 다해 치른 것입니다. 그러한 '모조리 쏟아부었다'는 실감이 지금도 내게 남아 있습니다. 적어도 장편소설에 있어서는 청탁을 받아서 쓴 적도 없고 마감에 쫓겨서 쓴 일도 없습니다. 내가 쓰고 싶은 것을 쓰고 싶은 때에 쓰고 싶은 만큼 썼습니다. 그것만은 자신 있게 단언할 수 있습니다. 그래서 나중에 '그 부분은 이렇게 했더라면 좋았을 텐데'라고 후회하는 일은 일단 없습니다.

시간은 작품을 만들어내는 데 매우 소중한 요소입니다. 특히 장편소설에서는 '사전 작업'이 무엇보다 중요합니다. 내 안에서 나와야 할 소설의 싹을 틔우고 통통하게 키워가는 '침묵의 기간'입니다. '소설을 쓰고 싶다'는 기분을 내 안에 서서히 만들어 갑니다. 그런 사전 작업에 들이는 시간, 그것을 구체적인 형태로 일으켜나가는 기간, 일어선 것을 냉암소에서 진득하게 '양생하는' 기간, 그것을 밖으로 꺼내 자연의 빛을 쏘이고 단단히 굳어져가는 것을 세세히 검증하고 쿵쾅쿵쾅 망치질을 하는 시간…… 그런 과정 하나하나에 충분한 시간을 들였느냐 아니냐는 오로지 작가 본인만이 실감할 수 있습니다. 그리고 그런 작업 하나하나에 들인 시간의 퀄리티는 틀림없이 작품의 '납득성'이 되어서 드러납니다. 눈에 보이지 않을지도 모르지만 거기에는 역력한 차이가 발생합니다.

친근한 예를 들자면, 온천물과 가정용 목욕물의 차이와 비슷합니다. 온천에서는 설령 물의 온도가 낮더라도 뼛속까지 지이잉 따끈함이 스미고 욕실을 나온 뒤에도 그 따뜻함은 쉽게 식지 않습니다. 하지만 집 안 욕실의 물이라면 뼛속까지 스며들지 않아서 나오자마자 몸이 식어버립니다. 이건 아마 여러분도 체험해보신 적이 있겠지요. 대부분의 일본인은 온천에 몸을 담그고 후우 한숨 돌리면서 '응, 그래, 이게 온천이지' 하고 맨살로 실감하지만, 평생 한 번도 온천에 몸을 담근 적이 없는 사람에게 이 실감을 말로 정확히 표현한다는 건 쉽지 않습니다.

뛰어난 소설이나 뛰어난 음악도 그것과 비슷한 점이 있습니다. 온천물과 가정용 목욕물, 온도계로 재보면 똑같은 온도라도 실제로 맨살을 그곳에 담가보면 차이를 알게 됩니다. 피부로 실감할 수 있습니다. 하지만 그 실감을 언어화하기는 어렵습니다.

"아니, 이게 지이잉 하고 온다니까. 말로는 표현하기 어려워"라는 식으로 말할 수밖에 없습니다. "그래도 온도는 똑같잖아. 그냥 착각한 거 아니야?"라고 누군가 말한다면—적어도 나처럼 과학 쪽에 지식이 없는 사람은—효과적인 반론은 하지 못합니다.

그래서 나는 내 작품이 간행되고 그것이 설령 혹독한—생각도 못 할 만큼 혹독한—비판을 받는다고 해도 '뭐, 어쩔 수 없지' 하고 넘어갈 수 있습니다. 왜냐하면 나에게는 '할 만큼은 했다'는 실감이 있기 때문입니다. 사전 작업에도 양생에도 진득하게 시간을 들였고, 망치질에도 충분히 시간을 들였다는. 그래서 아무리 혹독한 비판을 받아도 그것 때문에 위축되거나 자신감을 잃는 일은 일단 없습니다. 물론 약간 불쾌해지는 정도의 일은 가끔 있지만, 그리 대단한 건 아닙니다. '시간에 의해 쟁취해낸 것은 시간이 증명해줄 것'이라는 믿음이 있기 때문입니다. 그리고 세상에는 시간에 의해서가 아니면 증명할 수 없는 것이 있습니다. 만일 그러한 확신이 내 안에 없었다면 아무리 배짱 좋고 태평한 나라도 어쩌면 침울해졌을지 모릅니다. 하지만 '해야 할 일은 똑 부러지게 했다'는 확실한 실감만 있으면 기본적으로 아무것도 두려워할 게 없습니다. 그다음은 시간의 손에 맡기면 됩니다. 시간을 소중하게, 신중하게, 예의 바르게 대하는 것은 곧 시간을 내 편으로 만드는 것이기도 합니다. 여성을 대할 때와 똑같은 일이지요.

앞서 얘기했던 레이먼드 카버는 한 에세이에서 이런 말을 했습니다.

'시간이 있었으면 좀 더 잘 썼을 텐데―. 나는 소설 쓰는 친구가 그런 말을 하는 것을 듣고 정말 깜짝 놀랐다. 지금도 그 일을 떠올리면 아연해진다. (중략) 만일 그가 써낸 이야기가 힘이 닿는 한 최선을 다한 것이 아니었다면 대체 무엇 때문에 소설 따위를 쓰는가. 결국 우리가 무덤까지 가져갈 것은 최선을 다했다는 만족감, 힘껏 일했다는 노동의 증거, 그것뿐이다. 나는 그 친구를 향해 말하고 싶었다. 제발 부탁이다, 지금 당장 다른 일을 찾아봐라, 라고. 똑같이 먹고살기 위해 돈을 번다고 해도 세상에는 좀 더 간단하고 아마 좀 더 정직한 일거리가 있을 것이다. 그게 아니라면, 너의 능력과 재능을 최대한 쏟아부어 글을 써라. 그리고 변명이나 자기 정당화는 안 돼. 불평하지 마. 핑계 대지 말라고.'(졸역 「글쓰기에 대하여」)

평소에는 온후하던 카버가 웬일로 상당히 엄한 말투를 쓰고 있지만, 그가 말하고자 하는 것에는 나도 전적으로 동의합니다. 요즘에는 어떤지 잘 모르겠지만 옛날 작가들 중에는 '마감에 쫓기지 않고서는 소설 같은 건 못 쓴다'고 호언하는 사람이 적지 않았습니다. 그야말로 '문인답다'고 할까 스타일로서는 꽤 폼 나게 보이지만, 그렇게 시간에 쫓겨 급하게 글을 쓰는 방식이 언제까지고 가능한 게 아닙니다. 젊은 시절에는 그걸로 잘 풀렸더라도, 또한 어느 기간에 그런 방식으로 뛰어난 작품을 써냈더라도, 긴 스팬을 두고 부감해보면 시간의 경과와 함께 작품이 점점 묘하게 비쩍 마른 듯한 느낌이 듭니다.

시간을 내 편으로 만들자면 어느 정도 자신의 의지로 시간을 컨트롤할 수 있어야 한다는 것이 내 지론입니다. 시간에 컨트롤 당하기만 해서는 안 되지요. 그래서는 역시 수동적이 되고 맙니다. '시간과 밀물 썰물은 사람을 기다려주지 않는다'는 속담이 있지만, 그쪽에서 기다릴 생각이 없다면 그런 사실을 분명하게 받아들이고 이쪽의 스케줄을 적극적으로, 의도적으로 설정하는 수밖에 없습니다. 즉 수동적이 아니라 내 쪽에서 적극적으로 도전해가는 것입니다.

내 작품이 우수한지 어떤지, 만일 우수하다면 어느 정도나 우수한지, 그런 건 나는 알지 못합니다. 그건 본인이 나서서 이러니저러니 할 일이 아니지요. 작품에 대한 판단은, 말할 것도 없이, 독자 한 사람 한 사람이 내립니다. 그리고 그 가치를 명확하게 판정해주는 것은 시간입니다. 작가는 입 다물고 그것을 받아들이는 수밖에 없습니다. 현시점에서 말할 수 있는 것은 나는 그 작품들에 아낌없이 시간을 들였고, 카버의 말을 빌리자면 '힘이 닿는 한 최선을 다한 것'을 써내려고 노력했다는 정도입니다. 나의 어떤 작품도 '시간이 있었으면 좀 더 잘 썼을 텐데'라는 것은 없습니다. 만일 잘 못 쓴 것이 있다면 그 작품을 쓴 시점에는 내가 아직 작가로서의 역량이 부족했다—단지 그것뿐입니다. 유감스럽기는 해도 부끄러워해야 할 일은 아닙니다. 부족한 역량은 나중에 노력해서 채울 수 있습니다. 하지만 한번 잃은 기회를 돌이키는 것은 불가능합니다.

그렇게 글을 쓸 수 있는 내 나름의 고유한 시스템을 나는 오랜 세월을 들여 마련하고 내 나름대로 꼼꼼하고 주의 깊게 정비해가며 소중하게 유지 관리해왔습니다. 먼지를 닦고 기름을 칠하고 녹이 슬지 않게 신경을 썼습니다. 그리고 그 점에 대해서는 한 사람의 작가로서, 보잘것없지만, 자부심을 느낍니다. 개개의 작품의 완성도나 평가에 대해 말하기보다 오히려 그런 전반적인 시스템 자체에 대해서 이야기하는 게 나로서는 더 즐겁습니다. 이야기를 하는 구체적인 보람도 있습니다.

만일 독자가 내 작품에서 온천의 깊은 따끈함 같은 것을 맨살의 느낌으로 조금이나마 감지해준다면 그건 참으로 기쁜 일입니다. 나 역시 줄곧 그런 '실감'을 추구하며 수많은 책을 읽고 수많은 음악을 들어왔으니까.

　다른 무엇보다 자신의 '실감'을 믿기로 하십시다. 주위에서 뭐라고 하든 그런 건 관계없습니다. 글을 쓰는 자로서도 또한 그걸 읽는 자로서도 '실감'보다 더 기분 좋은 건 어디에도 없습니다.

한없이 개인적이고
피지컬한 업業

소설을 쓴다는 것은 밀실 안에서 이루어지는 한없이 개인적인 일입니다. 혼자 서재에 틀어박혀 책상을 마주하고 (대부분의 경우) 아무것도 없었던 지점에서 가공의 이야기를 일궈내고 그것을 문장의 형태로 바꿔나갑니다. 형상을 갖고 있지 않았던 주관적인 일들을 형상이 있는 객관적인 것으로(적어도 객관성을 추구하는 것으로) 변환해간다―극히 간단히 정의하자면 그것이 우리 소설가가 일상적으로 행하는 작업입니다.

"아니, 나는 서재 같은 대단한 건 없는데요"라는 사람도 아마 계시겠지요. 나도 소설을 처음 쓰기 시작할 무렵에는 서재 따위는 없었습니다. 센다가야의 하토노모리하치만 신사 근처의 비좁은 아파트(지금은 철거되었지만)에서 주방 식탁을 마주하고 아내가 잠들어버린 한밤중에 나 혼자 원고지에 사각사각 글을 썼습니다. 그렇게 『바람의 노래를 들어라』와 『1973년의 핀볼』, 처음 두 권의 소설을 써냈습니다. 나는 개인적으로 이 두 편에 (내 마음대로) '키친테이블 소설'이라는 이름을 붙였습니다.

소설 『노르웨이의 숲』의 첫 부분은 그리스 각지의 카페 테이블이나 페리 좌석, 공항 대합실, 공원 그늘, 싸구려 호텔의 책상에서 썼습니다. 큼직한 원고지를 일일이 들고 다닐 수 없어서 로마의 문구점에서 산 싸구려 노트북(옛날식으로 말하면 대학노트)에 BIC 볼펜으로 자디잔 글씨를 써 내려갔습니다. 주위가 와글와글 시끄럽고 테이블이 흔들거려 글씨를 제대로 쓸 수 없거나 노트에 커피를 흘리기도 하고, 호텔 책상에서 한밤중에 문장을 음미하는데 얇은 벽 너머로 옆방에서 남녀가 성대하게 일을 치르는 소리가 들리기도 하고, 뭐 이래저래 사연이 많았습니다. 지금 돌아보면 흐뭇한 에피소드 같지만 그때는 상당히 힘들었습니다. 일정한 주거지를 찾지 못해 그 뒤에도 유럽 각지를 돌아다니며 다양한 장소에서 그 소설을 썼습니다. 커피(인지 뭔지 모르겠는) 얼룩이 진 그 두툼한 노트는 지금도 내게 남아 있습니다.

하지만 어떤 장소가 됐든 인간이 소설을 쓰려고 하는 곳은 모두 다 밀실이고 이동식 서재입니다. 내가 말하려는 건 요컨대 그런 것입니다.

내가 생각건대 사람은 원래 누군가에게 부탁을 받아 소설을 쓰는 것이 아닙니다. '소설을 쓰고 싶다'는 강한 개인적 욕구가 있었기 때문에, 그런 내적인 힘을 바싹바싹 느꼈기 때문에, 나름대로 고생해가며 열심히 소설을 쓰는 것입니다.

물론 의뢰를 받아 소설을 쓰는 일도 있습니다. 직업적인 작가의 경우에는 아마 대부분이 그럴지도 모릅니다. 나 자신은 의뢰나 주문을 받아 소설을 쓰지 않는다는 것을 오랜 세월 동안 기본적인 방침으로 삼아왔지만, 나 같은 경우는 오히려 드물지도 모릅니다. 많은 작가들이 편집자에게서 "우리 잡지에 단편소설을 써주세요" "우리 출판사에 신간 장편소설을 부탁합니다"라는 의뢰를 받아 거기서부터 일이 시작되는 것 같습니다. 그런 경우, 통상적으로 약속한 기일이 있고 때에 따라서는 가불이라는 형식으로 계약금을 받기도 하는 모양입니다.

하지만 그렇더라도 역시 소설가는 스스로의 내적인 충동에 따라 자발적으로 소설을 쓴다고 하는 기본적인 절차는 전혀 달라지지 않습니다. 외부에서의 의뢰나 마감이라는 제약이 없으면 소설을 시작하지 못한다는 분도 어쩌면 계실지 모릅니다. 그러나 애초에 '소설을 쓰고 싶다'는 내적 충동이 없었다면 아무리 마감 날이 정해졌어도, 아무리 돈을 싸 들고 와서 울며불며 매달린다고 해도 소설이 술술 써지는 게 아닙니다. 당연한 이야기지요.

그리고 그 계기가 어떤 것이든 일단 소설을 쓰기 시작하면 소설가는 외톨이가 됩니다. 아무도 그/그녀를 도와주지 않습니다. 사람에 따라서는 리서처가 붙는 일도 있을지 모르지만 그 역할은 단지 자료나 재료를 수집하는 것뿐입니다. 아무도 그/그녀의 머릿속을 정리해주지 않고 아무도 적합한 단어를 어딘가에서 찾아와주지 않습니다. 일단 스스로 시작한 일은 스스로 추진해나가고 스스로 완성해내야 합니다. 요즘의 프로야구 투수처럼 일단 7회까지 던지고 그다음은 구원투수진에게 맡긴 채 벤치에서 땀을 닦고 있을 수는 없습니다. 소설가의 경우, 불펜에 대기 선수 따위는 없습니다. 그래서 연장전 15회가 됐든 18회가 됐든 시합이 결판날 때까지 끝끝내 혼자서 던지는 수밖에 없습니다.

이를테면, 이건 어디까지나 내 경우가 그렇다는 것인데, 장편소설 한 편을 쓰려면 일 년 이상(이 년, 때로는 삼 년)을 서재에 틀어박혀 책상 앞에서 혼자 꼬박꼬박 원고를 쓰게 됩니다. 새벽에 일어나 매일 다섯 시간에서 여섯 시간, 의식을 집중해서 집필합니다. 그만큼 필사적으로 뭔가를 생각하다 보면 뇌는 일종의 과열 상태에 빠져서(문자 그대로 두피가 뜨거워지기도 합니다) 한참 동안 머리가 멍해집니다. 그래서 오후에는 낮잠을 자거나 음악을 듣거나 그리 방해가 되지 않는 책을 읽기도 합니다. 그렇게 살다 보면 아무래도 운동 부족에 빠지기 쉬워서 날마다 한 시간 정도는 밖에 나가 운동을 합니다. 그리고 다음 날의 작업에 대비합니다. 날이면 날마다 판박이처럼 똑같은 짓을 반복합니다.

고독한 작업, 이라고 하면 너무도 범속한 표현이지만 소설을 쓴다는 것은—특히 긴 소설을 쓰는 경우에는—실제로 상당히 고독한 작업입니다. 때때로 깊은 우물 밑바닥에 혼자 앉아 있는 듯한 기분이 듭니다. 아무도 구해주러 오지 않고 아무도 "오늘 아주 잘했어"라고 어깨를 토닥이며 위로해주지도 않습니다. 그 결과물인 작품이 누군가에게 칭찬을 받는 일도 있지만(물론 잘되면), 그것을 써내는 작업 그 자체에 대해 사람들은 딱히 평가해주지 않습니다. 그건 작가 혼자서 묵묵히 짊어지고 가야 할 짐입니다.

나는 그런 쪽의 작업에 관해서는 상당히 인내심 강한 성격이라고 생각하지만, 그래도 때로는 지긋지긋하고 싫어질 때가 있습니다. 하지만 다가오는 날들을 하루 또 하루, 마치 기와 직인이 기와를 쌓아가듯이 참을성 있게 꼼꼼히 쌓아가는 것에 의해 이윽고 어느 시점에 '그래, 뭐니 뭐니 해도 나는 작가야'라는 실감을 손에 쥘 수 있습니다. 그리고 그런 실감을 '좋은 것' '축하할 것'으로서 받아들일 수 있습니다. 미국의 금주 단체 표어에 'One day at a time'(하루씩 꾸준하게)이라는 게 있는데, 그야말로 바로 그것입니다. 리듬이 흐트러지지 않게 다가오는 날들을 하루하루 꾸준히 끌어당겨 자꾸자꾸 뒤로 보내는 수밖에 없습니다. 그렇게 묵묵히 계속하다 보면 어느 순간 내 안에서 '뭔가'가 일어납니다. 하지만 그것이 일어나기까지 어느 정도 시간이 걸립니다. 당신은 그것을 참을성 있게 기다려야만 합니다. 하루는 어디까지나 하루씩입니다. 한꺼번에 몰아 이틀 사흘씩 해치울 수는 없습니다.

그런 작업을 인내심을 갖고 꼬박꼬박 해나가기 위해서는 무엇이 필요한가.

말할 것도 없이 지속력입니다.

책상 앞에 앉아 의식을 집중하는 건 사흘이 한도, 라는 사람은 도저히 소설가는 될 수 없습니다. 사흘이면 단편소설은 쓸수 있다, 라고 하는 사람도 있을지 모릅니다. 분명 맞는 말입니다. 사흘이면 단편소설 한 편쯤은 쓱싹 써낼 수도 있겠지요. 하지만 사흘 걸려 단편소설 한 편을 쓴 다음에 의식을 일단 제로 상태로 털어버리고 새로운 태세를 갖춰 다시 사흘 걸려 다음 단편소설을 한 편 쓴다, 라는 식의 사이클은 길게 반복할 수 있는 게 아닙니다. 그런 짤막짤막하게 끊기는 작업을 계속하다가는 아마 글을 쓰는 사람의 몸이 우선 당해내지 못합니다. 단편소설을 전문으로 하는 사람이라도 직업 작가로서 먹고사는 이상, 흐름이 어느 정도 연결되어야 합니다. 긴 세월 동안 창작 활동을 이어가려면 장편소설 작가든 단편소설 작가든 지속적인 작업을 가능하게 해줄 만한 지속력이 반드시 필요합니다.

그러면 지속력이 몸에 배도록 하기 위해서는 어떻게 하면 되는가.

거기에 대한 내 대답은 단 한 가지, 아주 심플합니다—기초 체력이 몸에 배도록 할 것. 다부지고 끈질긴, 피지컬한 힘을 획득할 것. 자신의 몸을 한편으로 만들 것.

물론 이건 어디까지나 나의 개인적인, 그리고 경험적인 의견에 지나지 않습니다. 보편성 따위는 없을지도 모릅니다. 그러나 나는 이 자리에서 애초에 개인 자격으로 이야기하는 것이니까 내 의견은 아무래도 개인적·경험적인 것이 되고 맙니다. 다른 의견도 많겠지만 그건 다른 사람의 입을 통해 들어주십시오. 나는 어디까지나 내 의견을 말씀드리도록 하겠습니다. 보편성이 있는지 없는지는 당신이 결정해주십시오.

세간의 많은 사람들은, 작가가 하는 일은 책상 앞에 앉아 글씨만 쓰면 되는 것이니까 체력은 관계가 없을 것이다, 컴퓨터 키보드를 두드릴 정도의(혹은 종이에 펜을 내달릴 정도의) 손가락 힘만 있으면 그걸로 충분하지 않은가, 라고 생각하는 것 같습니다. 작가란 애초에 불건강하고 반사회적, 반세속적인 존재라서 건강 유지나 피트니스는 필요 없다는 견해도 뿌리 깊게 남아 있습니다. 그리고 그런 얘기는 나도 어느 정도 이해가 됩니다. 그런 것은 스테레오타입의 작가 이미지, 라고 간단히 일축할 수는 없다고 생각합니다.

하지만 실제로 해보면 아마 아실 텐데, 날마다 대여섯 시간씩 책상의 컴퓨터 화면 앞에(물론 귤 박스 위 원고지 앞이라도 전혀 상관없습니다) 혼자 앉아 의식을 집중해서 이야기를 만들어가려면 웬만한 체력으로는 도저히 당해내지 못합니다. 젊은 시절에는 그것도 그리 어려운 일이 아닐 수 있습니다. 이십 대, 삼십 대…… 그런 시기에는 몸에 생명력이 넘치고 육체도 혹사당하는 것에 대해 불평을 늘어놓지 않습니다. 집중력도, 필요하다면 비교적 쉽게 일깨울 수 있고, 그것을 높은 수준에서 유지할 수 있습니다. 젊음이란 실로 멋진 것입니다(다시 한번 그때로 돌아가라고 한다면 좀 곤란하지만). 그러나 극히 일반적으로 말해서, 중년기로 접어들면 유감스럽게도 체력은 떨어지고 순발력은 저하하고 지속력은 감퇴합니다. 근육은 시들고 군살이 몸에 붙습니다. '근육은 빠지기 쉽고 군살은 붙기 쉽다'는 것이 우리 몸의 하나의 비통한 명제입니다. 그리고 그 같은 감퇴를 보완하려면 체력 유지를 위한 정기적이고 인위적인 노력이 불가결합니다.

또한 체력이 떨어지기 시작하면(이것도 어디까지나 일반적인 얘기지만) 그에 따라 사고 능력도 미묘하게 쇠퇴하기 시작합니다. 사고의 민첩성, 정신의 유연성도 서서히 상실됩니다. 나는 어느 젊은 작가와 인터뷰할 때, "작가는 군살이 붙으면 끝장이에요"라고 발언한 적이 있습니다. 그건 좀 극단적인 말이었고 예외도 물론 있을 겁니다. 하지만 전혀 틀린 말은 아니라고 생각합니다. 그것이 물리적인 군살이든, 메타포로서의 군살이든. 많은 작가들이 그런 자연스러운 쇠퇴를 문장 기법의 향상이나 성숙한 의식 같은 것으로 보완하지만 거기에도 역시 한계가 있습니다.

아울러 최근의 연구에 의하면 뇌 내에서 태어나는 해마 뉴런의 수는 유산소운동을 통해 비약적으로 증가한다고 합니다. 유산소운동이란 수영이나 조깅 같은 장시간에 걸친 적당한 운동을 말합니다. 그러나 그렇게 해서 새롭게 태어난 뉴런도 그대로 두면 28시간 뒤에는 별 쓸모도 없이 소멸해버립니다. 정말 아깝지요. 하지만 막 태어난 뉴런에 지적인 자극을 주면 그게 활성화해서 뇌 내의 네트워크와 이어져 신호 전달 커뮤니티의 유기적인 일부가 됩니다. 즉 뇌 내 네트워크가 좀 더 확장되고 촘촘해지는 것입니다. 그래서 학습과 기억 능력이 높아집니다. 그리고 그 결과, 임기응변으로 사고를 전환하거나 비범한 창조력을 발휘하기가 쉬워지는 것이지요. 좀 더 복잡한 사고를 하고 대담한 발상을 하는 게 가능해집니다. 즉 육체적인 운동과 지적인 작업의 일상적인 조합은 작가가 행하는 종류의 창조적인 노동에는 매우 이상적인 영향을 끼치는 셈입니다.

나는 전업 작가가 되면서부터 달리기를 시작해 (『양을 둘러싼 모험』을 쓰던 때부터) 삼십 년 넘게 거의 매일 한 시간 정도 달리기나 수영을 생활 습관처럼 해왔습니다. 몸이 애초에 튼튼하게 생겼는지, 그동안에 컨디션이 크게 무너진 일도 없고 팔다리를 다친 일도 없이(딱 한 번, 스쿼시를 하다가 근육이 찢어진 경험은 있지만), 거의 빠짐없이 날마다 달렸습니다. 일 년에 한 번은 마라톤 경기에 참가하고 철인레이스에도 참가하기 시작했습니다.

어떻게 그렇게 매일매일 달리느냐, 의지가 참 강하다, 라고 감탄하는 소리도 들리는데, 내가 보기에는 날마다 지하철을 타고 회사에 출퇴근하는 일반 샐러리맨이 체력적으로는 훨씬 대단합니다. 러시아워에 지하철을 한 시간씩 타는 것에 비하면 나좋을 때 한 시간 남짓 달리는 것쯤이야 아무것도 아니지요. 특별히 의지가 강한 것도 아닙니다. 달리기를 좋아해서 그냥 내 성격에 맞는 일을 습관적으로 계속하는 것뿐입니다. 아무리 의지가 강해도 자신에게 맞지 않는 일을 삼십 년씩이나 계속하지는 못하겠지요.

그리고 그런 생활을 차곡차곡 쌓아나가면서 나의 작가로서의 능력이 조금씩 높아지고 창조력은 보다 강고하고 안정적이 되었다는 것을 평소에 항상 느끼고 있습니다. 객관적인 수치를 내보이면서 "자, 이렇게요"라고 할 수는 없지만 자연스러운 감촉으로서, 실감으로서, 그런 게 내 안에 있습니다.

하지만 내가 그런 말을 해도 주위 사람들 대부분은 전혀 상대해주지 않았습니다. 오히려 비웃음을 당하는 일이 더 많았어요. 특히 십여 년 전까지는 그런 것에 대한 이해가 거의 없었습니다. '매일 아침마다 달리기를 하면 지나치게 건강해져서 좋은 문학작품은 쓸 수 없는 거 아니냐'라는 말도 자주 들었습니다. 그러잖아도 문학계에는 육체적인 단련을 애초에 경시하는 풍조가 있습니다. '건강 유지'라고 하면 많은 사람들은 근육이 불룩불룩한 마초를 연상하는 모양인데, 건강 유지를 위해 일상적으로 하는 유산소운동과 기구를 이용하는 보디빌딩은 얘기가 전혀 다릅니다.

날마다 달리는 것이 나에게 어떤 의미가 있는지, 나 자신은 오래도록 뭔가 좀 잘 알지 못했습니다. 날마다 달리다 보면 물론 몸은 건강해집니다. 지방은 줄고 균형 잡힌 근육이 붙고 몸무게도 조절됩니다. 그러나 꼭 그것만은 아니다, 라고 나는 늘 느끼고 있었습니다. 그 깊은 곳에는 좀 더 중요한 뭔가가 있다, 라고. 하지만 그 '뭔가'가 무엇인지, 나도 확실히 알지 못했었고 나도 잘 알지 못하는 것을 남에게 설명할 수도 없었습니다.

그럼에도 그 의미를 미처 파악하지 못한 채 우선 이 달리는 습관은 끈질기게 유지했습니다. 삼십 년이라면 상당히 긴 세월입니다. 그만한 세월 동안 줄곧 한 가지 습관을 변함없이 유지하려면 역시 상당한 노력이 필요합니다. 어떻게 그게 가능했는가. 달린다는 행위가 몇 가지 '내가 이번 인생에서 꼭 해야 할 일'의 내용을 구체적이고 간결하게 표상하는 듯한 마음이 들었기 때문입니다. 그런 대략적인, 하지만 강력한 실감(체감)이 있었습니다. 그래서 '오늘은 몸이 좀 안 좋아. 별로 달리고 싶지 않다'라는 생각이 들 때도 '이건 내 인생에서 아무튼 하지 않으면 안 되는 일이다'라고 나 자신에게 되뇌면서, 이래저래 따질 것

없이 그냥 달렸습니다. 그 문구는 지금도 나에게 일종의 만트라 주문처럼 남아 있습니다. '이건 내 인생에서 아무튼 하지 않으면 안 되는 일이다'라는 것.

딱히 '달리는 것 자체가 선善이다'라는 것은 아닙니다. 달리기는 그냥 달리기일 뿐입니다. 선일 것도 선이 아닐 것도 없습니다. 만일 당신이 '달리는 것 따위는 싫다'고 생각한다면 무리해서 달릴 필요는 없습니다. 달리든 달리지 않든 그건 개인의 자유입니다. 나는 '자, 모두 함께 달리기를 합시다'라는 캠페인을 하려는 게 아닙니다. 길을 가다가 고등학생들이 겨울 아침에 단체로 학교 밖을 달리는 것을 보면 '딱하기도 하지. 저 중에는 분명 달리고 싶지 않은 친구도 있을 텐데'라고 나도 모르게 가엾어할 정도입니다. 진짜로.

단지 나 개인에 관해서 말하자면 달린다는 행위가 나름대로 큰 의미가 있다는 얘기입니다. 라고 할까, 그것이 나에게, 혹은 내가 하려는 것에 어떤 형태로든 필요한 행위라는 내추럴한 인식이 늘 변함없이 내 안에 있었습니다. 그 생각이 항상 내 등을 밀어줬습니다. 혹한의 아침에, 혹서의 한낮에, 몸이 나른하고 마음이 내키지 않을 때, '자, 힘을 내서 오늘도 달려보자'라고 따스하게 격려해줬습니다.

하지만 뉴런 형성에 대한 과학 기사를 보고, 내가 지금까지

실천하고 실감(체감)해온 일이 본질적으로 잘못은 아니었다고 새삼 생각했습니다. 아니, 그보다 몸의 정직한 느낌에 주의 깊게 귀를 기울이는 것은 뭔가를 창조하려는 인간에게는 기본적으로 중요한 작업이었구나, 라고 통감했습니다. 정신이든 두뇌든 그건 결국 똑같이 우리 육체의 일부인 것입니다. 그리고 정신과 두뇌와 신체의 경계는 내가 생각하기에는—생리학자가 어떻게 설명하는지는 잘 모르겠지만—그다지 뚜렷하게 명확한 선으로 구분되는 게 아닙니다.

이건 내가 항상 말해온 것이라서 '또?'라고 생각하시는 분이 있을지도 모르지만, 역시 중요한 것인지라 여기서도 반복합니다. 끈질긴 것 같지만, 죄송합니다.

소설가의 기본은 이야기를 하는 것tell a story입니다. 그리고 이야기를 한다는 것은 말을 바꾸면 의식의 하부에 스스로 내려간다는 것입니다. 마음속 어두운 밑바닥으로 하강한다는 것입니다. 큼직한 이야기를 하려고 할수록 작가는 좀 더 깊은 곳까지 내려가야 합니다. 큼직한 빌딩을 지으려면 기초가 되는 지하 부분도 깊숙이 파 들어가야 하는 것과 마찬가지입니다. 또한 치밀한 이야기를 하려고 할수록 그 지하의 어둠은 더욱더 무겁고 두툼해집니다.

작가는 그 지하의 어둠 속에서 자신에게 필요한 것—즉 소설에 필요한 양분—을 찾아내 손에 들고 의식의 상부 영역으로 되돌아옵니다. 그리고 그것을 형태와 의미를 가진 문장으로 전환해나갑니다. 그 어둠 속에는 때로는 위험한 것들이 가득합니다. 그곳에서 서식하는 것은 때때로 다양한 형상을 취하며 사람을 미혹시키려 합니다. 또한 표지판도 지도도 없습니다. 미로 같은 곳도 있습니다. 지하 동굴이나 마찬가지입니다. 자칫 방심하면 길을 잃고 헤매고 맙니다. 그대로 지상에 돌아오지 못할지도 모릅니다. 그 어둠 속에는 집합적 무의식과 개인적 무의식 등이 뒤섞여 있습니다. 태고와 현대가 뒤섞여 있습니다. 우리는 그것을 해부하는 일 없이 그대로 들고 돌아오는데 어떤 경우에 그 패키지는 위험한 결과를 낳을 수 있습니다.

그 같은 깊은 어둠의 힘에 대항하려면, 그리고 다양한 위험과 일상적으로 마주하려면 반드시 피지컬한 강함이 필요합니다. 얼마나 필요한지 수치로 제시할 수는 없지만, 어쨌든 강하지 않은 것보다는 조금이라도 강한 편이 훨씬 더 좋겠지요. 그리고 그 강함이란 타인과 비교해 이러쿵저러쿵하는 강함이 아니라 나 자신에게 '필요한 만큼'의 강함을 말합니다. 나는 매일매일 소설을 계속 써나가는 작업을 통해 그것을 조금씩 실감하고 차츰차츰 깨달았습니다. 마음은 가능한 한 강인하지 않으면 안 되고 장기간에 걸쳐 그 마음의 강인함을 유지하려면 그것을 담는 용기인 체력을 증강하고 관리 유지하는 것이 불가결합니다.

내가 여기서 말하는 '강인한 마음'이란 실생활 수준에서의 실질적인 강함을 말하는 것이 아닙니다. 실생활에서 나는 지극히 보통의 인간입니다. 별것 아닌 일에 상처 받기도 하고, 거꾸로 하지 말아야 할 말을 해놓고 나중에 끙끙거리며 후회하기도 합니다. 유혹에는 쉽게 넘어가고 따분한 의무에서는 되도록 눈을 돌리려고 합니다. 사소한 일에 일일이 화를 내기도 하고, 그런가 하면 방심하다가 중요한 것을 깜빡 놓치기도 합니다. 되도록 변명은 하지 말자고 다짐하면서도 때로는 무심코 입 밖에 내뱉기도 합니다. 오늘은 술은 거르는 게 낫겠다고 생각하면서도 어느 틈에 냉장고에서 맥주를 꺼내 마십니다. 그런저런 점은 세간의 보통 사람과 거의 똑같을 거라고 짐작합니다. 아니, 어쩌면 평균보다 밑도는 수준인지도 모릅니다.

하지만 소설을 쓴다는 작업에 관해서 말한다면 나는 하루에 다섯 시간쯤 책상을 마주하고 상당히 강한 마음을 유지할 수 있습니다. 그 마음의 강함은—적어도 그 많은 부분은, 이라는 말인데—내 안에 천성적으로 갖춰진 것이 아니라 후천적으로 획득한 것입니다. 나는 자신을 의식적으로 훈련시킴으로써 그것을 몸에 배게 할 수 있었습니다. 좀 더 말하자면, 만일 그럴 마음만 먹는다면 그것은 '간단히'까지는 아니더라도 노력 여하에 따라 누구라도 어느 정도는 몸에 배게 할 수 있다는 생각이 듭니다. 물론 그 강함이란 신체적 강함의 경우와 마찬가지로 타인과 비교하거나 경쟁하는 게 아니라 자신의 지금 상태를 최선의 모양새로 유지하기 위한 강함을 말합니다.

군이 도덕적moralistic이 되라거나 금욕적stoic이 되라는 게 아닙니다. 도덕적이고 금욕적인 것과 뛰어난 소설을 쓰는 것 사이에는 딱히 직접적인 관계성은 없습니다. 아마 없을 거라고 생각합니다. 나는 단지 피지컬한 일에 좀 더 의식을 기울이는 게 좋겠다고 지극히 단순하게, 실무적으로 제안하는 것뿐입니다.

이런 사고방식, 삶의 방식은 어쩌면 세상 사람들이 품고 있는 일반적인 소설가의 이미지와는 다른지도 모릅니다. 나도 이런 얘기를 하면서 점점 불안이 엄습합니다. 퇴폐적으로 살면서 가정 따위는 돌보지 않고, 아내의 기모노를 전당포에 잡히고 돈을 마련해(이미지가 좀 지나치게 고리타분한가?) 때로는 술에 빠지고 여자에 빠지고, 아무튼 마음 내키는 대로 살면서 그러한 파탄과 혼돈을 통해 문학을 자아내는 반사회적인 문인—그런 고전적인 소설가 이미지를 어쩌면 세상 사람들은 아직도 내심 기대하는 게 아닐까. 혹은 스페인 내전에 참가해 포탄이 날아다니는 속에서 타닥타닥 타자기를 두드리는 '행동하는 작가'를 원하는 건 아닐까. 평온한 교외 주택가에 거주하고 일찍 자고 일찍 일어나는 건전한 생활을 하고 날마다 조깅을 거르지 않고 야채샐러드 요리를 좋아하며 서재에 틀어박혀 매일 정해진 시간에 글을 쓰는 작가라니, 그런 건 실은 아무도 원하지 않는 게 아닐까. 나는 세상 사람들이 품고 있는 로망에 쓸데없이 찬물을 끼얹고 있는 건 아닐까, 하고.

이를테면 앤서니 트롤럽이라는 작가가 있습니다. 19세기 영국 작가로, 수많은 장편소설을 발표해 당시에 큰 인기를 끌었습니다. 그는 런던 우체국 직원으로 근무하면서 어디까지나 취미로서 소설을 썼지만 이윽고 작가로 성공을 거둬 일대를 풍미하는 유행 작가가 됐습니다. 그래도 그는 우체국 일을 끝까지 그만두지 않았습니다. 날마다 출근하기 전에 새벽같이 일어나 책상 앞에서 자신이 정한 양의 원고를 부지런히 썼습니다. 그런 다음에 우체국에 갔습니다. 유능한 공무원이었는지 관리직으로 상당히 높은 자리까지 출세했습니다. 런던 거리 곳곳에 빨간 우체통이 설치된 것은 그의 업적이라고 알려져 있습니다(그때까지는 우체통이라는 게 없었다는군요). 우체국 일을 좋아해서 집필 활동이 아무리 바빠져도 그 일을 그만두고 전업 작가가 될 생각 따위는 하지 않았다고 합니다. 아마 꽤 특이한 분이었던 모양이에요.

그는 1882년에 67세로 세상을 떠났지만, 유고로 남겨진 자서전이 사후에 간행되면서 그야말로 로망이라고는 찾아볼 수 없는 그의 규칙적인 일상생활이 처음 세상에 공표되었습니다. 그때까지 사람들은 트롤럽이 어떤 인물인지 알지 못했었는데 실상이 드러나자 평론가도 독자도 너무 놀라고 낙담 실망해서 그때를 경계로 영국에서는 작가 트롤럽의 인기와 평가가 완전히 땅에 떨어졌다고 합니다. 나 같은 사람은 그런 얘기를 들으면 '와아, 대단하다. 진짜로 훌륭한 사람이네'라고 순수하게 감탄하고 트롤럽 씨를 존경해 마지않았을 텐데(아직 책을 읽어본 적은 없지만) 그 당시 사람들은 전혀 그렇지 않았습니다. "뭐야, 우리가 지금까지 이런 따분한 작가의 소설을 읽었어?" 하고 진심으로 화를 낸 모양입니다. 어쩌면 19세기의 영국 보통 사람들은 작가에 대해—혹은 작가의 삶의 방식에 대해—반세속적인 이상상理想像을 원했었는지도 모릅니다. 나도 이런 '범속한 생활'을 하다가 혹시 트롤럽 씨와 똑같은 일을 당하는 거 아니야? 그런 생각을 하면 저절로 움찔움찔합니다. 하긴 트롤럽 씨는 20세기에 들어서면서 재평가를 받았으니까 그건 잘됐다고 하면 잘된 일이지만…….

그러고 보니 프란츠 카프카도 프라하의 보험국에서 공무원으로 재직하며 틈틈이 꼬박꼬박 소설을 썼습니다. 그도 꽤 유능하고 성실한 공무원이었는지 직장 동료들이 상당히 높이 평가해줬습니다. 카프카가 결근하면 보험국 일이 돌아가지 않을 정도였다고 합니다. 트롤럽 씨와 마찬가지로 본업도 빈틈없이 잘하고 부업인 소설도 진지하게 써낸 사람입니다(단지 본업이 있었다는 게 그의 많은 소설이 미완성으로 끝난 데 대한 이유가 되는 듯한 느낌은 들지만). 하지만 카프카의 경우는 트롤럽 씨와는 다르게 그런 반듯한 생활 태도가 오히려 훌륭한 장점으로 평가되는 면이 있습니다. 어디서 그런 차이가 생겼는지, 좀 신기하지요. 사람들의 훼예포폄이란 참 알 수 없는 것입니다.

어쨌거나 작가에 대해 그런 '반세속적인 이상상'을 원하시는 분께는 참으로 죄송하지만, 그리고—누차 되풀이하는 것 같지만—어디까지나 나로서는 그렇다는 얘기지만, 육체적으로 절제하는 것은 소설가를 지속해나가기 위해서는 불가결한 일입니다.

내가 생각건대, 혼돈이란 어느 누구의 마음속에나 존재합니다. 내 안에도 있고 당신 안에도 있습니다. 하지만 그건 실생활에서 일일이 구체적으로, 눈에 보이는 형태로, 외부를 향해 드러내야 할 종류의 것은 아닙니다. "이거 봐, 내가 떠안은 혼돈이 이렇게나 크다니까" 하고 남들 앞에 자랑스럽게 내보일 만한 것은 아니다, 라는 얘기입니다. 자신의 내적인 혼돈을 마주하고 싶다면 입 꾹 다물고 자신의 의식 밑바닥에 혼자 내려가면 되는 것입니다. 우리가 직면해야만 할 혼돈은, 정면으로 마주할 만한 가치가 있는 참된 혼돈은, 바로 거기에 있습니다. 그야말로 당신의 발밑에 깊숙이 잠복하고 있는 것입니다.

그리고 그것을 충실하고 성실하게 언어화하기 위해 당신에게 필요한 것은 과묵한 집중력이며 좌절하는 일 없는 지속력이며 어떤 포인트까지는 견고하게 제도화된 의식입니다. 아울러 그러한 자질을 일정하게 유지하기 위해 필요한 것은 신체력입니다. 실로 재미라고는 없는, 말 그대로 산문적인 결론인지도 모르지만 그것이 소설가로서의 나의 기본적인 생각입니다. 그리고 비판을 받든 상찬을 받든 썩은 토마토 세례를 받든 아름다운 꽃 세례를 받든 나는 아무튼 그런 방법으로 글을 쓰는 것밖에는—그리고 또한 그렇게 사는 것밖에는—하지 못하는 것입니다.

나는 소설을 쓴다는 행위 자체를 좋아합니다. 그래서 이렇게 소설을 쓰고 거의 이것만으로 생활할 수 있다는 건 나에게는 참으로 감사한 일이고, 이렇게 살 수 있는 것에 대해서는 실로 큰 행운이라고 생각합니다. 실제로 인생의 어느 시점에 파격적인 행운이 없었다면 이런 건 도저히 달성하지 못했겠지요. 솔직히 그렇게 생각합니다. 행운이라기보다 거의 기적이라고 해야 할지도 모릅니다.

내 안에 원래 소설을 쓰는 재능이 다소나마 있었다고 해도 그건 유전이나 금광 같아서 만일 발굴되지 않았다면 깊고 깊은 땅속에 하염없이 잠들어 있었겠지요. '강력하고 풍성한 재능이 있다면 언젠가는 반드시 꽃피는 법'이라고 주장하는 사람도 있습니다. 하지만 내가 느낀 실감으로는―나는 내가 느낀 실감에 대해 약간의 자신감을 갖고 있는데―반드시 그렇다고는 할 수 없는 것 같습니다. 그 재능이 땅속의 비교적 얕은 곳에 묻힌 것이라면 그대로 놔둬도 자연스럽게 분출할 가능성이 있겠지요. 그러나 만일 그것이 상당히 깊은 곳에 묻힌 것이라면 그리 쉽게는 찾아지지 않습니다. 그것이 아무리 풍성하고 뛰어난 재능이라고 해도, 만일 마음먹고 '좋아, 이곳을 파보자'라고 실제로 삽을 들고 파내지 않는다면 땅속에 묻힌 채 영원히 그냥 지나쳐버리는 것이 될지도 모릅니다. 나 자신의 인생을 돌아보면서 절절히 그렇게 실감합니다. 모든 일에는 '물때'라는 게 있고, 그 물때는 한번 상실되면 많은 경우 두 번 다시 찾아오지 않습니다. 인생이란 때때로 변덕스럽고 불공평하며 어떤 경우에는 잔혹한 것입니다. 나는 우연히 그 호기를 제대로 포착할 수 있었습니다. 그건 지금 돌아보면 그야말로 행운 이외에 아무것도 아니라는 생각이 듭니다.

그런데 행운이란 말하자면 무료 입장권 같은 것입니다. 그런 점에서는 유전이나 금광과는 성격이 다릅니다. 그걸 찾아내고 일단 손에 넣으면 그다음은 만사 오케이, 살살 부채질이나 해가며 안일하게 인생을 살아갈 수 있다, 라는 건 아닙니다. 그 입장권이 있으면 당신은 행사장 안에 들어갈 수 있습니다─하지만 그냥 그것뿐입니다. 입구에서 입장권을 건네고 행사장 안으로 들어갔다, 그다음에 어떤 행동을 취할지, 거기서 무엇을 발견하고 무엇을 취하고 혹은 버릴지, 거기서 생기게 될 몇 가지 장애물을 어떻게 뛰어넘을지, 그건 어디까지나 개인의 재능이나 자질이나 기량의 문제고, 인간으로서의 기량의 문제고, 세계관의 문제고, 또한 때로는 극히 심플하게 신체력의 문제입니다. 어쨌든 그건 단순히 행운이라는 말만으로는 미처 다 처리되지 않는 사안입니다.

당연한 얘기지만, 인간에 다양한 타입이 있는 것처럼 작가에도 다양한 타입이 있습니다. 다양한 삶의 방식이 있고 글 쓰는 방법도 다양합니다. 세상을 보는 다양한 시선이 있고 언어를 선택하는 다양한 방식이 있습니다. 모든 것을 일률적으로 논하는 건 물론 안 될 일입니다. 내가 할 수 있는 것은 '나 같은 타입의 작가'에 대해서 말하는 것뿐입니다. 그래서 물론 한정적인 얘기일 수밖에 없습니다. 하지만 동시에 거기에는—직업적인 소설가라는 한 가지 점에 관해서 말하자면—개별적인 상이점을 꿰뚫는, 뭔가 그 근저에서부터 통하는 게 있을 것입니다. 한마디로 말하자면, 그것은 정신의 '터프함'이 아닐까라고 나는 생각합니다. 망설임을 헤쳐 나가고, 엄격한 비판 세례를 받고, 친한 사람에게 배반을 당하고, 생각지도 못한 실수를 하고, 어느 때는 자신감을 잃고 어느 때는 자신감이 지나쳐 실패를 하고, 아무튼 온갖 현실적인 장애를 맞닥뜨리면서도 그래도 어떻게든 소설이라는 것을 계속 쓰려고 하는 의지의 견고함입니다.

그리고 그 강고한 의지를 장기간에 걸쳐 지속시키려고 하면 아무래도 삶의 방식 그 자체의 퀄리티가 문제가 됩니다. 일단은 만전을 기하며 살아갈 것. '만전을 기하며 살아간다'는 것은 다시 말해 영혼을 담는 '틀'인 육체를 어느 정도 확립하고 그것을 한 걸음 한 걸음 꾸준히 밀고 나가는 것, 이라는 게 나의 기본적인 생각입니다. 살아간다는 것은 (많은 경우) 지겨울 만큼 질질 끄는 장기전입니다. 게으름 피우지 않고 육체를 잘 유지해나가는 노력 없이, 의지만을 혹은 영혼만을 전향적으로 강고하게 유지한다는 것은 내가 보기에는 현실적으로 거의 불가능합니다.

인생이란 그렇게 만만하지 않습니다. 경향傾向이 어느 한쪽으로 기울면 인간은 늦건 빠르건 반드시 다른 한쪽에서 날아오는 보복(혹은 반동)을 받게 됩니다. 한쪽 편으로 기울어진 저울은 필연적으로 원래 자리로 돌아가려고 합니다. 육체적인physical 힘과 정신적인spiritual 힘은 말하자면 자동차의 양쪽 두 개의 바퀴입니다. 그것이 번갈아 균형을 잡으며 제 기능을 다할 때, 가장 올바른 방향성과 가장 효과적인 힘이 생겨납니다.

이건 대단히 심플한 예지만, 만일 충치가 욱신욱신 아프다면 책상을 마주하고 찬찬히 소설을 쓸 수는 없습니다. 아무리 훌륭한 구상이 머릿속에 있고, 소설을 쓰고자 하는 강한 의지가 있고, 풍성하고 아름다운 스토리를 만들어내는 재능이 당신에게 갖춰져 있다고 해도, 만일 당신의 육체가 물리적인 격한 통증에 끊임없이 습격당한다면 집필에 의식을 집중하는 건 일단 불가능하겠지요. 우선 치과 의사에게 찾아가 충치를 치료하고—즉 몸을 합당하게 정비하고—그런 다음에 책상 앞에 앉아야 합니다. 내가 말하고 싶은 건 간단히 말하자면 그런 것입니다.

너무도 단순한 이론theory이지만 이건 내가 지금까지의 삶에서 내 몸으로 배운 것입니다. 육체적인 힘과 정신적인 힘은 균형 있게 양립하도록 해야 합니다. 각각 서로를 유효하게 보조해나가는 태세를 만들어야 합니다. 싸움이 장기전일수록 이 이론은 보다 큰 의미를 갖게 됩니다.

물론 당신이 유례를 찾기 힘든 천재여서 모차르트나 슈베르트나 푸시킨이나 랭보나 반 고흐처럼 단기간에 화려하게 꽃을 피워 사람들을 감동시키는 몇몇 아름다운, 혹은 숭고한 작품을 남기고 역사에 선명하게 이름을 새기고 그대로 타올라버리겠다, 그것으로도 충분하다, 라고 생각하신다면 나의 그런 이론은 전혀 맞지 않습니다. 내가 지금까지 얘기한 것은 부디 깔끔하게 싹 잊어주십시오. 그리고 원하는 일을 원하는 대로 하십시오. 말할 것도 없는 일이지만, 그것도 하나의 번듯한 삶의 방식입니다. 그리고 모차르트나 슈베르트나 푸시킨이나 랭보나 반 고흐 같은 천재 예술가는 어떤 시대에나 필요 불가결한 존재입니다.

하지만 그런 게 아니라면, 즉 당신이 (안타깝지만) 희유의 천재가 아니라 자신이 가진 (많든 적든 한정된) 재능을 시간을 들여 조금이라도 높이고 힘찬 것으로 만들어가기를 희망한다면, 내 이론은 나름대로 유효성을 발휘할 것이라고 생각합니다. 의지를 최대한 강고하게 할 것, 또한 동시에 그 의지의 본거지인 신체를 최대한 건강하게, 최대한 튼튼하게, 최대한 지장 없는 상태로 정비하고 유지할 것—그것은 곧 당신의 삶의 방식 그 자체의 퀄리티를 종합적으로 균형 있게 위로 끌어올리는 일로 이어집니다. 그런 견실한 노력을 아끼지 않는다면 거기서 창출되는 작품의 퀄리티 또한 자연히 높아질 것, 이라는 게 나의 기본적인 생각입니다(되풀이하는 것 같지만, 이 이론은 천재적인 자질을 가진 예술가에게는 적용되지 않습니다).

그러면 어떻게 삶의 방식의 질을 레벨업 해나갈 것인가. 그 방법은 사람마다 제각각입니다. 100명의 사람이 있다면 100가지 방법이 있습니다. 각자 스스로 자신의 길을 찾아나가는 수밖에 없습니다. 자신만의 스토리와 자신만의 문체를 각자 찾아나가는 수밖에 없는 것과 마찬가지로.

다시 프란츠 카프카를 예로 들자면, 그는 마흔이라는 젊은 나이에 폐결핵으로 세상을 떠났고 남겨진 작품의 이미지로 보면 그야말로 예민하고 육체적으로 허약한 느낌이 들지만, 의외로 몸을 만드는 데 진지하게 신경을 썼던 모양입니다. 철저하게 채식을 하고 여름이면 몰다우강에서 하루 1마일(1,600미터)씩 수영을 하고 날마다 시간을 들여 체조를 했다고 합니다. 카프카가 진지한 얼굴로 체조에 열중하는 모습, 잠깐 좀 구경해보고 싶지요?

나는 살아가고 성장해가는 과정 속에서 시행착오를 거듭하면서도 나만의 방식을 어떻게든 찾아나갔습니다. 트롤럽 씨는 트롤럽 씨의 방식을 찾아냈고 카프카 씨는 카프카 씨의 방식을 찾아냈습니다. 당신은 당신의 방식을 찾아내시기 바랍니다. 신체적으로도 정신적으로도 모두가 제각각 사정이 다를 것입니다. 모두가 제각각 자기만의 지론持論이 있을 것입니다. 하지만 내 방식이 조금이나마 참고가 된다면—말을 바꾸자면 그것이 조금이나마 보편성을 가졌다면, 이라는 얘기입니다—나로서는 물론 매우 기쁘게 생각합니다.

제
8
회

학교에 대해서

이번 회에는 학교 얘기를 하겠습니다. 나에게 학교는 어떤 장소(혹은 상황)였는지, 학교교육은 소설가인 나에게 어떻게 도움이 되었는지, 혹은 도움이 되지 않았는지, 그런 것에 대해 얘기해보고자 합니다.

부모님이 교사이기도 했고, 나 자신도 미국의 대학에서 몇 번 강의를 맡은 적이 있습니다(교원자격증 같은 건 없지만). 하지만 솔직히 말해서 학교라는 곳이 나는 전부터 좀 별로였습니다. 내가 다닌 학교에 대해 생각해보면, 이런 말은 학교 측에 대해서는 참으로 마음이 아프지만(죄송합니다), 그리 좋은 추억은 떠오르지 않습니다. 목덜미가 왠지 근질근질해질 정도입니다.

이건 학교 자체의 문제라기보다 오히려 내 쪽에 문제가 있었던 것인지도 모르겠습니다만.

어쨌든 대학을 드디어 졸업했을 때는 '아아, 이제 학교에는 가지 않아도 되겠구나'라고 생각하며 안도했던 게 기억납니다. 마침내 어깨에서 무거운 짐을 내려놓은 듯한 느낌이었습니다. 학교를 그리워한 적은 (아마) 한 번도 없었는지도 모릅니다.

자, 그러면 왜 나는 이제 새삼스럽게 학교에 대해서 말하려고 하는가.

그건 아마도 내가—이미 학교에서 아득히 멀리 떨어져 나온 인간으로서—슬슬 나 자신의 학교 체험에 대해, 혹은 교육 전반에 대해 느낀 것이며 생각한 것을 내 나름대로 정리해서 얘기해도 되겠다, 하는 마음이 들었기 때문입니다. 라고 할까, 나 자신을 얘기하는 데 있어서 어느 정도 그런 쪽을 밝혀두는 게 좋겠다, 하고요. 또한 거기에 더해 얼마 전에 등교 거부(회피)를 경험한 몇몇 젊은이들을 만나 대화를 나눈 것도 어쩌면 그 동기의 하나인지도 모르겠습니다.

정말 솔직히 말해서, 나는 초등학교 때부터 대학교 때까지 일관적으로 학교 공부를 그리 잘하지 못했습니다. 특별히 지독한 성적이었다든가 낙제생이었던 것은 아니고, 뭐 그럭저럭은 했던 것 같은데, 공부한다는 행위 자체를 원래 그리 좋아하지 않았고 실제로 별로 공부를 하지 않았습니다. 내가 다닌 고베의 고등학교는 공립의, 이른바 '입시교'였고, 학년당 학생이 600명이 넘는 큰 곳입니다. 베이비 붐의 '단카이 세대'라서 아무튼 아이들 수가 많았습니다. 정기고사 때마다 각 과목별로 상위 50명쯤의 명단이 발표되었는데(분명 그랬던 것으로 기억합니다) 그 명단에 내 이름이 실리는 일은 일단 없었습니다. 즉 상위 10퍼센트의 '성적 우수 학생'은 전혀 아니었던 것이지요. 뭐, 좋게 말해서 중상中上 정도였던 것 같습니다.

왜 학교 공부를 열심히 하지 않았는가 하면, 지극히 간단한 얘기인데, 우선 재미가 없었기 때문입니다. 그다지 흥미를 가질 수 없었습니다. 아니, 그보다 학교 공부보다 더 즐거운 일이 세상에 아주 많았습니다. 이를테면 책을 읽고 음악을 듣고 영화를 보러 가고 바다에 수영을 하러 가고 야구를 하고 고양이와 놀고, 그리고 좀 더 큰 뒤에는 친구들과 철야 마작을 하고 여자애와 데이트를 하고…… 등등입니다. 그에 비하면 학교 공부라는 건 무척 따분했습니다. 생각해보니 이건 뭐, 당연한 얘기군요.

하지만 나는 공부를 게을리하고 놀기만 한다는 의식은 딱히 없었습니다. 책을 많이 읽거나 음악을 열심히 듣는 것은―혹은 여자를 사귀는 것까지 포함시켜도 괜찮을지도―나에게 중요한 의미를 가진 개인적인 공부라는 것을 마음속으로 잘 알고 있었기 때문입니다. 어떤 의미에서는 오히려 학교 시험보다 더 중요한 일이다, 라고. 내 안에서 당시 어느 정도나 그런 의식이 명문화되고 또한 이론화되었는지는 정확히 생각나지 않지만, "학교 공부 따위는 재미없어"라고 정색을 하고 말할 만큼은 인식했던 것 같습니다. 물론 학교 공부 중에서도 흥미로운 주제에 관해서는 자진해서 공부를 하긴 했지만.

그리고 타인과 순위를 다투는 일에 옛날부터 별로 흥미가 없었다는 것도 있습니다. 무슨 폼 나는 얘기를 하자는 건 아니지만, 점수라느니 순위라느니 편차치(내가 십 대 때쯤에는 고맙게도 그런 건 존재하지 않았습니다)라느니, 그런 구체적인 숫자로 표시되는 우열에도 어쩐지 마음이 끌리지 않았습니다. 이건 뭐 타고난 성격이라고 할 수밖에 없다고 생각합니다. 남에게 지지 않으려는 경향이 (경우에 따라서는) 전혀 없지는 않지만, 타인과의 경쟁이라는 레벨에서는 그런 경향은 거의 나타나지 않습니다.

아무튼 책을 읽는 일은 당시의 내게는 무엇보다 중요했습니다. 말할 것도 없지만, 세상에는 교과서보다 훨씬 더 흥미진진하고 심오한 내용이 담긴 책이 널려 있습니다. 그런 책의 책장을 넘기고 있으면 그 내용이 읽는 족족 피와 살이 된다는 생생하고 물리적인 감촉이 있었습니다. 그래서 시험공부를 진지하게 하자는 등의 마음은 좀체 나지 않았습니다. 연호나 영어 단어를 기계적으로 머릿속에 주입하고 그것이 무엇보다 우선시되는 게 나 자신에게 도움이 되리라고는 별로 생각할 수 없었기 때문입니다. 계통적이 아니라 기계적으로 암기한 테크니컬한 지식은 시간이 지나면 자연히 새어 나가서 어딘가에—그렇죠, 지식의 무덤 같은 어슴푸레한 곳에—빨려 들어 지워져갑니다. 그런 것의 대부분은 언제까지고 기억에 담아둘 만큼의 필연성이 없기 때문입니다.

그런 것보다는 시간이 지나도 지워지지 않고 마음속에 남아 있는 것이 훨씬 더 중요합니다. 당연한 이야기죠. 하지만 그런 종류의 지식에는 그다지 즉효성은 없습니다. 그런 지식이 진가를 발휘하기까지는 상당히 긴 시간이 걸립니다. 유감스럽게도 눈앞의 시험 성적으로는 직접 연결되지 않습니다. 즉효성과 비즉효성의 차이는 예를 들어 말하자면 작은 주전자와 큰 주전자의 차이와 같습니다. 작은 주전자는 금세 물이 끓기 때문에 편리하지만 금세 식어버립니다. 한편 큰 주전자는 물이 끓기까지 시간이 걸리지만 일단 끓은 물은 웬만해서는 식지 않습니다. 어느 쪽이 더 뛰어나다는 것이 아니라 각각 용도와 본연의 특징이 있다는 얘기입니다. 잘 구분해가며 사용하는 게 중요합니다.

나는 고등학교 중반쯤부터 영어 소설을 원문으로 읽었습니다. 딱히 영어가 특기였던 것은 아니지만, 꼭 원어로 소설을 읽고 싶어서 혹은 아직 일본어로 번역되지 않은 소설을 읽고 싶어서 고베 항 근처 헌책방에서 영어 페이퍼백을 한 무더기에 얼마, 라는 식으로 사다가 뜻을 알든 모르든 닥치는 대로 와작와작 난폭하게 읽어댔습니다. 처음에는 아무튼 호기심에서 시작한 일입니다. 그러다 보니 나중에는 '익숙해졌다'고 할까, 그다지 저항감 없이 알파벳 책을 읽어냈습니다. 그 당시 고베에는 외국인이 많이 살았고 큰 항구가 있어서 선원들도 많이 찾아왔기 때문에 그런 사람들이 한꺼번에 팔고 가는 양서洋書가 헌책방에 가면 잔뜩 쌓여 있었습니다. 내가 당시에 읽은 책은 대부분이 화려한 표지의 미스터리나 SF 같은 것이라서 그리 어려운 영어가 아닙니다. 말할 것도 없지만, 제임스 조이스라든가 헨리 제임스라든가, 그런 까다로운 책은 고등학생으로서는 도저히 감당을 못 하지요. 하지만 어쨌거나 책 한 권을 처음부터 끝까지 일단은 영어로 읽을 수 있었습니다. 아무튼 호기심이 전부입니다. 그런데 그 결과, 영어 시험 성적이 향상되었는가 하면 그런 일은 전혀 없었습니다. 여전히 영어 성적은 시원찮았습니다.

어째서인가. 나는 당시 그것에 대해 상당히 골똘히 고민해봤습니다. 나보다 영어 시험 성적이 좋은 학생은 아주 많았지만 내가 본 바로는 그들은 영어 책 한 권을 통독하지는 못했습니다. 그러나 나는 대충 슬슬 즐기면서 읽을 수 있었어요. 그런데도 왜 내 영어 성적은 여전히 별로 좋지 않은가. 그래서 이래저래 생각한 끝에 내 나름대로 납득한 것은 일본 고등학교에서의 영어 수업은 학생들에게 살아 있는 실제적인 영어를 습득하게 하는 것을 목적으로 이루어지는 게 아니라는 것이었습니다.

그러면 대체 무엇을 목적으로 하는가. 대학 입시의 영어 시험에서 높은 점수를 따는 것, 그것을 거의 유일한 목적으로 하고 있었습니다. 영어로 책을 읽을 줄 안다거나 외국인과 일상 회화가 가능한 것은 적어도 내가 다닌 공립 고교의 영어 선생님에게는 사소한 일일 뿐이었습니다('쓸데없는 일'이라고까지는 하지 않겠지만). 그보다는 한 개라도 더 어려운 단어를 외우고 가정법 과거완료형이 어떤 구문이 되는지 외우고 올바른 전치사나 관사를 고르는 것이 중요한 작업입니다.

물론 그런 지식도 중요합니다. 특히 직업적으로 번역을 하게 된 뒤로는 그런 기초 지식의 부족을 새삼 통감하곤 했습니다. 하지만 그런 자잘한 테크니컬한 지식은 마음만 먹으면 나중에 얼마든지 보강할 수 있습니다. 혹은 현장에서 일을 하면서 필요에 따라 자연스럽게 습득할 수 있습니다. 그보다 더 중요한 것은 '나는 무엇 때문에 영어(혹은 특정한 외국어)를 배우려고 하는가'라는 목적의식입니다. 그것이 애매하면 공부는 그냥 '고역'이 되어버립니다. 내 경우는 목적이 아주 뚜렷했습니다. 아무튼 영어로(원어로) 소설을 읽고 싶다. 우선은 그것뿐입니다.

언어란 살아 있는 것입니다. 인간도 살아 있는 존재입니다. 살아 있는 인간이 살아 있는 언어를 자유자재로 다루려고 하는 것이라서 거기에는 반드시 유연성flexibility이 있어야 합니다. 서로가 자유자재로 움직여 가장 유효한 접점을 찾아내지 않으면 안 됩니다. 실로 당연한 얘기인데, 학교라는 시스템에서는 그런 사고방식은 전혀 당연한 얘기가 아니었습니다. 이건 역시 불행한 일이라고 나는 생각합니다. 즉 학교라는 시스템과 나라는 시스템이 잘 맞물리지 않았다는 뜻입니다. 그래서 학교에 가는 게 별로 즐겁지 않았습니다. 같은 반에 친한 친구와 몇몇 예쁜 여학생이 있어서 일단 날마다 다니기는 했지만.

물론 우리 시대가 그랬다는 얘기고, 내가 고교생이었던 것은 벌써 반세기 전의 옛날 일입니다. 그 뒤로 상황이 많이 변했을 거라고 생각합니다. 세계는 점점 글로벌화하고 있고 컴퓨터나 녹음 녹화기기 등의 도입으로 교육 현장의 설비도 개량되어 상당히 편리해졌겠지요. 그렇기는 한데 그 한편에서 학교라는 시스템의 양상, 그 기본적인 사고방식은 지금도 반세기 전과 별반 차이가 없는 게 아닌가 하는 느낌이 없잖아 있습니다. 외국어에 관해서 말하자면 지금도 역시, 정말로 살아 있는 외국어를 배워 익히기 위해서는 개인적으로 외국에 나가는 수밖에 방법이 없는 듯합니다. 유럽에 가면 젊은 사람들은 대부분 유창하게 영어를 씁니다. 책도 영어로 줄줄 읽어버려요(그 바람에 유럽 각국의 출판사는 자국어로 번역된 책이 팔리지 않아 난처할 정도입니다). 하지만 일본의 젊은이 대부분은 말하기가 됐건 읽기 쓰기가 됐건 지금도 여전히 살아 있는 영어는 제대로 사용하지 못하는 것 같습니다. 이건 역시 큰 문제라고 생각합니다. 이렇게 일그러진 교육 시스템을 그대로 방치해둔 채, 한편에서 초등학생 때부터 영어를 공부시켜본들 별로 도움이 되지 않겠지요. 교육산업의 배를 불려줄 뿐입니다.

영어(외국어)만이 아닙니다. 거의 모든 학과에서 이 나라의 교육 시스템은 기본적으로 개인의 자질을 유연하게 신장시키는 것은 그다지 고려하지 않는 게 아닌가라는 생각이 자꾸 듭니다. 아직도 매뉴얼대로 지식을 주입하고 입시 기술을 가르치는데 급급한 것처럼 보입니다. 그리고 어떤 대학에 몇 명이 합격했다, 라는 것에 교사도 학부모도 진짜로 일희일비합니다. 이건 적잖이 한심한 일이지요.

학교에 다니는 동안 부모님에게서 혹은 선생님에게서 "학교 다닐 때 아무튼 열심히 공부해. 어려서 좀 더 열심히 공부했더라면 좋았을 텐데, 하고 어른이 되면 반드시 후회할 테니까"라는 충고를 자주 들었지만, 나는 학교를 졸업한 뒤에 그런 생각을 해본 적이 단 한 번도 없습니다. 오히려 '학교 다니는 동안에 좀 더 마음 편히 자유롭게 내가 좋아하는 것들을 했더라면 좋았을 텐데. 그런 따분한 암기 공부만 하느라 인생을 낭비했다'라고 후회가 될 정도입니다. 하긴 나는 좀 극단적인 사례인지도 모르지만.

나는 내가 좋아하는 일, 흥미가 있는 일에 대해서는 열심히 철저하게 파고드는 성격입니다. 어중간한 지점에서 '뭐, 됐어'라고 멈춰버리지는 않습니다. 나 스스로 납득할 때까지 합니다. 그러나 흥미를 가질 수 없는 일은 그다지 열심히 하지 않습니다. 라고 할까, 열심히 하겠다는 마음이 어떻게 해봐도 들지 않습니다. 그런 쪽을 딱 잘라버리는 건 예전부터 상당히 확실했습니다. '이러저러한 것을 해라' 하고 외부에서(특히 위에서) 지시하는 일에 관해서는 아무리 노력해봐도 대충대충 넘어가버리게 됩니다.

스포츠만 해도 그렇습니다. 나는 초등학교 때부터 대학교 때까지 체육 수업이 정말 싫었습니다. 체육복으로 갈아입고 운동장에 끌려가 하고 싶지도 않은 운동을 해야 한다는 게 너무도 고역이었습니다. 그래서 꽤 오랜 동안 나는 운동에 소질이 없다고 생각했습니다. 하지만 사회에 나와 내 의지에 따라 운동을 시작해보니 이게 진짜로 재미있어요. '운동을 한다는 게 이렇게 즐거운 거였어?' 하고 새로운 깨달음을 얻은 듯한 기분이었습니다. 자, 그러면 지금까지 학교에서 가르쳐준 그 운동이란 대체 무엇이었는가. 그렇게 생각하니 그만 멍해져버렸습니다. 물론 사람마다 제각기 다른 문제라서 간단히 일반화할 수는 없겠지만, 극단적으로 말하면 학교의 체육 수업이란 운동을 싫어하는 사람을 만들기 위해 존재하는 게 아닌가, 하는 생각까지 들었습니다.

만일 인간을 '개적인 인격'과 '고양이적인 인격'으로 분류한다면 나는 거의 완벽하게 고양이적인 인격이라고 생각합니다. '우향우'라고 하면 나도 모르게 '좌향좌'를 해버리는 경향이 있어요. 그런 비뚤어진 짓을 하면서 이따금 '이러면 안 되는데'라고 생각하기는 하는데, 그래도 좋든 나쁘든 그것이 나의 타고난 천성입니다. 그리고 세상에는 원래 다양한 천성이 있어도 괜찮은 것입니다. 하지만 내가 경험한 일본의 교육 시스템은, 내가 보기에는 공동체에 도움이 되는 '개적인 인격'을 만드는 것이, 때로는 그것을 뛰어넘어 단체로 졸졸 목적지까지 끌려가는 '양적인 인격'을 육성하는 것이 목적인 것 같습니다.

그리고 그런 경향은 교육뿐만 아니라 회사나 관료 조직을 중심으로 하는 일본의 사회 시스템 자체에까지 퍼져 있는 것 같습니다. 또한 그것은—'수치 중시'의 경직성, '기계적인 암기'의 즉효성, 공리성 지향—다양한 분야에서 심각한 폐해를 낳고 있습니다. 어느 시기에는 그런 '공리적' 시스템이 분명 잘 돌아갔습니다. 사회 전체의 목적이나 목표가 대체적으로 자명했던 'Go, Go!'의 시대에는 그런 방식이 적합했었는지도 모릅니다. 그러나 전후의 부흥기가 끝나면서 고도 경제성장은 과거의 일이 되고, 거품경제가 어이없이 파탄이 나버린 뒤, 그런 '모두 함께 선단을 짜고 목적지를 향해 일념으로 돌진하자'는 식의 사회 시스템은 그 역할이 이미 끝나버렸습니다. 왜냐하면 앞으로 우리가 나아가야 할 목적지는 더 이상 단일한 시야로는 파악할 수 없는 것이 되었기 때문입니다.

　　물론 세상에 나처럼 제멋대로인 성격의 인간들만 있다면 그것도 좀 난감하겠지요. 하지만 앞서 든 비유로 말하자면, 큰 주전자와 작은 주전자는 주방에서 능숙하게 병용되지 않으면 안 됩니다. 용도에 맞게, 목적에 맞게, 그것들을 잘 구분해서 쓰는 것이 인간의 지혜입니다. 혹은 건전한 양식common sense입니다. 다양한 유형의, 다양한 시간성의 사고방식이나 세계관이 잘 조합되었을 때 비로소 사회가 원활하게, 좋은 의미에서 효율적으로, 돌아갑니다. 간단히 말하면 '시스템의 세련화'라는 것이 될지도 모르겠습니다.

어떤 사회에나 물론 합의consensus라는 건 필요합니다. 그게 없어서는 사회는 성립하지 못합니다. 그러나 그와 동시에 합의에서 얼마간 벗어난 곳에 자리한 비교적 소수파의 '예외'도 그 나름대로 존중받아야 합니다. 혹은 분명하게 시야에 넣어야 합니다. 성숙한 사회에서는 그런 균형이 중요한 요소가 됩니다. 그런 균형을 어떻게 잡아나가느냐에 따라 사회에 폭과 깊이와 내성內省이 생겨납니다. 그러나 내가 본 바로는, 현재 일본에서는 그런 쪽으로 향하는 방향키가 아직 충분히, 적절히 돌려지지 않은 것 같습니다.

이를테면 2011년 3월의 후쿠시마 원자력발전소 사고인데, 그 뉴스 보도를 따라가다 보면 '이건 근본적으로는 일본의 사회 시스템 자체가 몰고 온 필연적인 재해(인재) 아닌가'라는 암담한 마음이 듭니다. 아마 여러분도 거의 똑같은 생각을 하시지 않을까요.

원자력발전소 사고로 인해 수만 명의 사람들이 정든 고향에서 쫓겨나고 다시 돌아갈 전망조차 세울 수 없는 처지에 내몰렸습니다. 참으로 가슴 아픈 일입니다. 그 같은 상황을 몰고 온 것은, 직접적으로는 통상적인 상정 범위를 뛰어넘은 자연재해이며 몇 가지가 겹쳐진 불운한 우연 때문입니다. 하지만 그것이 이런 치명적인 비극의 단계까지 떠밀려 간 것은 내 생각에는 현행 시스템이 안고 있는 구조적인 결함 때문이고 그것이 낳은 왜곡 때문입니다. 시스템 안에서의 책임 부재이자 판단 능력의 결락 때문입니다. 타인의 아픔을 '상정'하는 일이 없는, 상상력을 상실한 잘못된 효율성 때문입니다.

'경제성이 좋다'는 것만으로, 거의 그 한 가지 이유만으로, 원자력발전이 국가정책으로서 우격다짐 식으로 추진되고 그 안에 잠재된 리스크(혹은 실제로 다양한 형태로 간간이 현실화되었던 리스크)는 의도적으로 사람들의 시선에서 은폐되었습니다. 한마디로 그에 대한 청구서가 날아온 것입니다. 사회 시스템의 근간에 스며든 그런 'Go, Go!'적인 체질을 백일하에 드러내고 문제점을 밝혀서 밑바탕부터 수정해나가지 않는 한, 그와 유사한 비극이 다시 어딘가에서 일어나지 않겠습니까.

원자력발전은 자원이 부족한 일본으로서는 아무래도 꼭 필요하다는 의견에는 나름대로 일리가 있는지도 모릅니다. 나는 원칙적으로 원자력발전에는 반대 입장이지만, 만일 신뢰할 수 있는 관리자에 의해 주의 깊게 관리되고 합당한 제삼의 기관이 엄격하게 운영을 감시하고 모든 정보가 정확히 공개된다면 그때는 어느 정도 협상의 여지가 있을지도 모릅니다. 하지만 원자력발전처럼 치명적인 피해를 몰고 올 가능성이 있는 설비를, 한 국가를 멸망시킬지도 모르는 위험성을 품은 시스템을(실제로 체르노빌 사고는 소련을 붕괴시키는 한 요인이 되었습니다), '수치 중시' '효율 우선'의 체질을 가진 영리기업에서 운영할 때, 그리고 인간성에 대한 공감이 결락된 '기계적 암기' '상의하달'의 관료 조직이 그것을 '지도'하고 '감시'할 때, 거기에서는 소름 끼칠 정도의 리스크가 생겨납니다. 그것은 국토를 오염시키고 자연을 뒤틀고 국민의 신체를 손상시키고 국가의 신용을 실추시키고 수많은 사람들로부터 고유의 생활환경을 앗아 가는 결과를 가져올지도 모릅니다. 아니, 바로 그런 일이 실제로 후쿠시마에서 일어난 것입니다.

얘기가 약간 거창해졌지만, 내가 말하고 싶은 것은 일본의 교육 시스템의 모순은 그대로 사회 시스템의 모순으로 이어진다는 것입니다. 혹은 오히려 그 반대일 수도 있겠지요. 어쨌든 이제 그런 모순을 더 이상 방치해둘 만한 여유가 없는 지점까지 와버렸습니다.

아무튼 다시 학교 얘기로 돌아가겠습니다.

내가 학생 시절을 보낸 1950년대 후반부터 1960년대까지는 따돌림이나 등교 거부는 아직 그다지 심각한 문제는 아니었습니다. 물론 학교나 교육 시스템에 문제가 없었던 것은 아니지만 (문제는 꽤 있었다고 생각합니다), 적어도 나 자신에 관해 말하자면 주위에서 따돌림이나 등교 거부의 예를 목격한 일은 거의 없습니다. 몇 건인가 있기는 있었지만 그다지 심각한 것은 아니었습니다.

전쟁 끝나고 얼마 안 된 참이라 나라 전체가 아직은 비교적 가난해서 모두가 '부흥' '발전'이라는 뚜렷한 목표를 갖고 움직였기 때문일 거라고 생각합니다. 문제점이나 모순이 있었다고 해도 거기에는 기본적으로 긍정적인 분위기가 있었습니다. 아이들 사이에서도 아마 주위의 그런 '방향성'이 눈에 보이지 않게 작용했던 것이겠지요. 아이들 세계에서 부정적인 정신 요소가 영향력을 끼치는 일은 일상적으로는 별로 없었던 것 같습니다. 그보다는 오히려 '지금처럼 열심히 하면 주위의 문제점이나 모순은 나중에 점점 사라질 것'이라는 낙관적인 마음이 밑바탕에 있었습니다. 그래서 나도 학교가 그리 좋지는 않았지만 뭐 '다니는 게 당연한 일'이라고 별다른 의문도 품지 않고 비교적 착실히 다녔습니다.

그러나 이제는 신문 잡지나 텔레비전 뉴스에 얘기가 나오지 않는 날이 드물 정도로 따돌림이나 등교 거부는 큰 사회문제가 됐습니다. 따돌림을 당한 적지 않은 수의 아이들이 스스로 목숨을 끊고 있습니다. 이건 참, 정말 비극이라는 말밖에는 달리 표현할 도리가 없습니다. 다양한 사람들이 이 문제에 대해 다양한 의견을 펼치고 사회적으로 다양한 대책이 취해지고 있지만 그런 경향이 잠잠해질 기미는 전혀 보이지 않습니다.

딱히 학생들 사이의 따돌림만이 아닙니다. 교사 측에도 상당히 문제가 있는 것 같습니다. 한참 전 이야기지만, 고베의 어떤 학교에서 수업 시작종과 함께 선생님이 무거운 정문을 닫아버리는 바람에 여학생이 거기에 끼여 사망한 사건이 있었습니다. '요즘에 학생들의 지각이 너무 많아져서 불가피한 일이었다'는 게 그 교사의 변명이었습니다. 지각은 물론 그리 칭찬할 만한 일은 아닙니다. 하지만 학교에 몇 분 지각하는 것과 한 사람의 목숨, 어느 쪽이 더 무거운 가치가 있는지, 이건 뭐 다시 생각해 볼 것도 없는 일이지요.

그 교사는 '지각은 용서하지 않는다'는 협소한 목적의식이 머릿속에서 이상하게 특화된 채 점점 커져버려서 세계를 균형 있게 바라보는 시선을 상실했습니다. 균형 감각은 교육자에게는 대단히 소중한 자질일 텐데 말입니다. 신문에는 '그래도 그 선생님은 누구보다 교육에 열성을 보이는 분이었는데'라는 학부모의 코멘트가 실렸습니다. 하지만 그런 말을 입에 올리는—입에 올릴 수 있는—분에게도 상당히 문제가 있는 것 같습니다. 살해된 측의 그 짓눌린 고통은 대체 어디로 내던진 걸까요.

비유적으로 '학생을 압살하는 학교'라는 건 상상할 수도 있겠지만, 실제로 육체적으로 학생을 압사시키는 학교라니, 이건 내 상상을 훌쩍 뛰어넘는 일입니다.

교육 현장의 그러한 병적인 증상(이라고 해도 무방하다고 생각합니다)은 말할 것도 없이 사회 시스템의 병적인 증상의 투영입니다. 사회 전체에 자연스럽고 힘찬 기운이 있고 목표가 분명하게 정해져 있으면 교육 시스템에 다소 문제가 있다고 해도 어떻게든 '대세의 흐름'을 타고 그럭저럭 뛰어넘을 수 있습니다. 하지만 사회의 힘찬 기운이 상실되고 폐색감閉塞感 같은 것이 곳곳에서 발생하기 시작했을 때, 그것이 가장 두드러지게 나타나고 가장 강한 영향을 받는 곳은 교육의 장입니다. 학교이며 교실입니다. 왜냐하면 어린아이들은 갱도의 카나리아처럼 그런 탁한 공기를 가장 먼저, 가장 민감하게 감지하는 존재이기 때문입니다.

아까도 말씀드렸듯이, 내가 어렸을 때는 사회 자체에 '발전 가능성'이 있었습니다. 그래서 개인과 제도가 서로 다투는 듯한 문제도 그 공간에 쭉쭉 흡수되어 그다지 큰 사회문제가 되지는 않았습니다. 사회 전체가 둥글둥글 굴러갔기 때문에 그 동력이 다양한 모순이나 욕구불만frustration을 삼켜 들였습니다. 말을 바꾸자면, 난처할 때 도망칠 수 있는 여지나 틈새 같은 것이 곳곳에 있었습니다. 하지만 고도성장 시대도 끝나고 거품경제 시대도 끝나버린 지금은 그런 피난 공간을 찾아내기가 어려워졌습니다. 큰 흐름에 내맡기면 어떻게든 될 것이라는 식의 대략적인 해결 방법은 더 이상 성립하지 않습니다.

'도망칠 곳이 부족한' 사회가 몰고 온 교육 현장의 심각한 문제에 대해 우리는 어떻게든 새로운 해결 방법을 찾아나가야 합니다. 아니, 순서대로 말하자면 그 새로운 해결 방법을 찾아낼 수 있을 만한 장소를 우선 어딘가에 마련할 필요가 있습니다.

그건 어떠한 장소인가.

개인과 시스템이 서로 자유롭게 이동하고 온건하게 협의negotiate하면서 각자에게 가장 유효한 접점을 찾아나가는 것이 가능한 장소입니다. 말을 바꾸자면, 한 사람 한 사람이 그곳에서 자유롭게 팔다리를 쭉쭉 펴고 느긋하게 호흡할 수 있는 공간입니다. 제도, 엄격한 상하 관계hierarchie, 효율, 따돌림, 그런 것에서 벗어날 수 있는 장소입니다. 간단히 말하면, 따스한 일시적 피난 장소입니다. 누구라도 그곳에 자유롭게 들어가고, 거기서 자유롭게 나오는 것도 가능합니다. 그곳은 말하자면 '개인'과 '공동체'의 완만한 중간 지역에 속하는 장소입니다. 그곳의 어디쯤에 자리를 잡을지는 한 사람 한 사람의 재량에 맡겨집니다. 우선 나는 그곳을 '개인 회복 공간'이라고 부르고자 합니다.

처음에는 작은 공간이라도 괜찮습니다. 딱히 대규모적인 것이 아니어도 됩니다. 수작업처럼 조촐한 장소에서 아무튼 다양한 가능성을 실제로 시험해보고, 만일 뭔가 잘될 것 같으면 그것을 하나의 모델=발판으로 삼아 좀 더 발전시켜나가면 됩니다. 그런 공간을 점점 확대해나가면 됩니다. 나는 그렇게 생각합니다. 시간은 좀 걸릴지도 모르지만 그것이 가장 올바르고 이치에 맞는 방식이 아닌가 하고 생각합니다. 그런 장소가 여러 곳에 자연 발생적으로 생겨났으면 합니다.

최악의 경우는, 문부과학성 같은 상위 관청에서 하나의 제도로서 그런 것을 현장에 밀어붙이는 것입니다. 우리는 여기서 '개인 회복'을 문제로 삼고 있는데, 그것을 국가가 나서서 제도적으로 해결하려고 들다가는 그야말로 본말전도라고 할까, 일종의 코미디가 될 수 있습니다.

개인적인 얘기지만, 지금 되돌아보면 학교 시절의 나에게 가장 큰 구원은 그곳에서 몇몇 친구를 사귄 것, 그리고 많은 책을 읽었던 것이라고 생각합니다.

책에 관해서 말하자면 나는 아무튼 실로 다양한 종류의 책을 불타는 가마에 삽으로 푹푹 퍼 넣듯이 닥치는 대로 허겁지겁 읽었습니다. 책을 한 권 한 권 맛보고 소화해나가는 것만으로도 하루하루가 너무 바빠서(미처 소화해내지 못한 것도 많았지만) 그것 이외의 일에 대해 머리를 굴릴 만한 여유는 거의 없는 상태였습니다. 나로서는 그게 오히려 좋았는지도 모른다고 이따금 생각합니다. 내 주위의 상황을 둘러보고 그곳에 있는 부자연스러움이나 모순이나 기만에 대해 진지하게 고민하고 납득이 되지 않는 것을 정면으로 따지고 들어갔다면 아마 막다른 곳에 내몰려 고통스러웠을지도 모릅니다.

그와 동시에, 다양한 종류의 책을 샅샅이 읽으면서 시야가 어느 정도 내추럴하게 '상대화'된 것도 십 대의 나에게는 큰 의미가 있었다고 생각합니다. 책에 묘사된 온갖 다양한 감정을 거의 나 자신의 것으로서 체험하고, 상상 속에서 시간과 공간을 자유롭게 오고 가면서 온갖 신기한 풍경을 바라보고 온갖 언어를 내 몸속에 통과시키는 것으로 내 시점은 얼마간 복합적인 것이 되었습니다. 즉 현재 내가 서 있는 지점에서 세계를 바라보는 것뿐만이 아니라 조금 떨어진 다른 지점에서 세계를 바라보는 나 자신의 모습까지 나름대로 객관적인 시선으로 바라보는 게 가능해진 것입니다.

어떤 일을 자신의 관점에서만 바라보면 아무래도 세계가 부글부글 끓어서 바짝 졸아듭니다. 온몸이 긴장하고 발걸음이 무거워져 자유롭게 움직이기가 어렵습니다. 하지만 몇 가지 시점에서 자신이 선 위치를 바라보게 되면, 바꿔 말해 나 자신이라는 존재를 뭔가 다른 체계에 맡길 수 있게 되면, 세계는 좀 더 입체성과 유연성을 갖기 시작합니다. 이건 인간이 이 세계를 살아가는 데 매우 중요한 의미가 있는 자세라고 나는 생각합니다. 독서를 통해 그것을 배운 것은 나에게는 큰 수확이었습니다.

만일 책이라는 게 없었다면, 만일 그토록 많은 책을 읽지 않았다면, 내 인생은 아마 지금보다 훨씬 더 썰렁하고 뻑뻑한 모습이 되었을 것입니다. 즉 나에게는 독서라는 행위가 그대로 하나의 큰 학교였습니다. 그것은 나를 위해 설립되고 운영되는 맞춤형 학교고, 나는 거기서 수많은 소중한 것들을 몸으로 배워나갔습니다. 까다로운 학칙도 없고 수치에 의한 평가도 없고 격렬한 순위 경쟁도 없었습니다. 물론 따돌림 같은 것도 없습니다. 나는 커다란 '제도' 안에 포함되어 있으면서도 책을 통해 그러한 나 자신만의 별도의 '제도'를 멋지게 확보할 수 있었습니다.

내가 머릿속에 그리는 '개인 회복 공간'은 바로 그런 것에 가까운 곳입니다. 아니, 꼭 독서만은 아닙니다. 현실의 학교 제도에 잘 섞이지 않는 아이라도, 교실에서의 공부에 그다지 흥미가 없는 아이라도, 만일 그런 맞춤형 '개인 회복 공간'을 손에 넣을 수만 있다면, 그리고 그곳에서 자신에게 맞는 것, 자신의 눈높이에 맞는 것을 찾아내고 그 가능성을 자신의 공간에서 키워나갈 수만 있다면, 훌륭하게 그리고 자연스럽게 '제도의 벽'을 극복해나갈 것이라고 생각합니다. 하지만 그러기 위해서는 그런 마음의 존재 방식='개인으로서의 삶의 방식'을 이해하고 평가해주는 공동체의 혹은 가정의 뒷받침이 필요합니다.

부모님이 두 분 다 국어 선생님이었기 때문에(어머니는 결혼하면서 사직했지만) 내가 책을 읽는 것에 대해서는 시종 거의 한 마디도 불만을 갖지 않았습니다. 내 학교 성적에 대해서는 적잖이 불만이 있었을 텐데 그래도 '책이나 읽고 있지 말고 시험공부를 하라'는 식의 말은 들어본 적이 없습니다. 어쩌면 조금쯤은 그런 말을 했었는지도 모르지만 내 기억에는 남아 있지 않습니다. 뭐, 기억도 안 날 정도로만 얘기했던 것이겠지요. 그것 역시 내가 부모님에게 감사하지 않으면 안 될 일 중의 하나라고 생각합니다.

또 한 가지, 거듭 말하지만 나는 학교라는 '제도'를 그다지 좋아할 수 없었습니다. 몇몇 훌륭한 선생님들을 만났고 몇 가지 중요한 것도 배웠지만 그것을 상쇄하고도 남을 만큼 거의 대부분의 수업이나 강의가 따분했습니다. 학교생활을 마친 시점에

'인생에서 이제 더 이상의 따분함은 필요 없는 거 아닌가?'라는 생각이 들 만큼 따분했습니다. 하지만 그렇게 생각해봤자 우리 인생에는 따분한 것들이 차례차례, 용서 없이, 하늘에서 내려오고 땅에서 솟아오르는 법이지만.

그나저나 학교가 너무 좋아서 견딜 수 없다, 학교에 가지 못해 너무 섭섭하다, 라는 사람은 어쩌면 소설가는 못 될지도 모릅니다. 왜냐하면 소설가란 머릿속에서 자신만의 세계를 자꾸자꾸 만들어가는 사람이기 때문입니다. 나도 수업 중에 선생님 말씀은 제대로 듣지 않고 온갖 공상에 빠져들었던 듯한 느낌이 듭니다. 만일 내가 지금 어린아이라면 학교에 제대로 동화하지 못해 등교 거부아가 되었을지도 모릅니다. 내 소년 시절에는 다행인지 불행인지 등교 거부라는 게 아직 트렌드는 아니었기 때문에 '학교에 가지 않겠다'는 선택지 자체가 영 머릿속에 떠오르지 않았던 것 같습니다.

어떤 시대에나 어떤 세상에나 상상력이라는 것은 중요한 의미가 있습니다.

상상력과 대척점에 있는 것 중의 하나가 '효율'입니다. 수만 명에 달하는 후쿠시마 사람들을 고향 땅에서 몰아낸 것도 애초의 원인을 따져보면 바로 그 '효율'입니다. '원자력발전은 효율성이 높은 에너지고 따라서 선善이다'라는 발상이, 그런 발상에서부터 결과적으로 날조되어진 '안전 신화'라는 허구가, 이러한 비극적인 상황을, 회복하기 어려운 참사를, 이 나라에 몰고 온 것입니다. 그것은 바로 우리가 가진 상상력의 패배, 라고 말해도 무방할지 모릅니다. 지금부터라도 늦지 않습니다. 우리는 그런 '효율'이라는 성급하고 위험한 가치관에 대항할 수 있는 자유로운 사고와 발상의 축을 개개인 속에 확립하지 않으면 안 됩니다. 그리고 그 축을 공동체＝커뮤니티로 키워나가야 합니다.

그렇지만 내가 학교교육에 바라는 것은 '아이들의 상상력을 풍부하게 키워주자'는 것은 아닙니다. 그렇게까지는 바라지 않습니다. 어린아이들의 상상력을 풍부하게 키워주는 것은 무엇보다도 아이들 자신이기 때문입니다. 선생님도 아니고 교육 설비도 아닙니다. 더더구나 정부나 지자체의 교육 방침 같은 건 결코 아닙니다. 아이들 모두가 하나같이 풍부한 상상력을 가진 것은 아닙니다. 달리기를 잘하는 아이가 있고 그 한편에는 달리기를 별로 잘하지 못하는 아이가 있는 것과 똑같은 일입니다. 상상력이 풍부한 아이들이 있고 그 한편에는 상상력이 별로 풍부하다고는 할 수 없는―하지만 아마도 다른 방면에 뛰어난 재능을 발휘할―아이들이 있습니다. 당연한 일이지요. 그것이 사회입니다. '아이들의 상상력을 풍부하게 키워주자'라는 것이 하나의 정해진 '목표'가 되어버리면 그건 그것대로 또 일이 이상

해질 것 같습니다.

내가 학교에 바라는 것은 '상상력을 가진 아이들의 상상력을 압살하지 말아달라'는 단지 그것뿐입니다. 그걸로 충분합니다. 하나하나의 개성에 살아남을 수 있는 장소를 부여해주었으면 합니다. 그렇게 하면 학교는 좀 더 충실하고 자유로운 장소가 될 것입니다. 그리고 그와 병행해 사회 자체도 좀 더 충실하고 자유로운 장소가 될 것입니다.

나는 한 사람의 소설가로서 그렇게 생각합니다. 하긴 내가 이런 생각을 해봤자 당장 뭐가 어떻게 달라지는 것도 아니겠지만.

어떤 인물을 등장시킬까?

'소설의 등장인물로 실제 있는 사람을 모델로 사용합니까?'
라는 질문이 자주 들어옵니다. 대답은 대체적으로 '노'지만 부
분적으로는 '예스'입니다. 나는 지금까지 꽤 많은 소설을 써왔
는데 처음부터 의도적으로 '이 캐릭터는 실제 이 사람을 염두에
두고 썼다'라는 경우는 두세 번밖에 없습니다. '이건 이 사람이
모델일 것이다' 하고 누군가 눈치를 채기라도 하면—특히 그 누
군가가 본인이라면—진짜 안 좋은데, 라고 내심 걱정하면서 썼
습니다만(모두 아주 잠깐 나오는 조역이었습니다) 다행히 그런
지적을 받은 적은 아직 한 번도 없습니다. 그 인물을 일단 모델
로 앉히기는 했어도 나름대로 주의를 기울여 철저히 바꿔 썼기

때문에 주위 사람들은 분명 알지 못했을 것입니다. 아마 본인도.

그보다는 오히려 어느 누구도 염두에 두지 않고 내 머릿속에서 만들어낸 가공의 캐릭터를 누군가 '이 사람이 모델이다'라는 식으로 단정해버리는 경우가 훨씬 더 많았습니다. 경우에 따라서는 '이 캐릭터는 내가 모델'이라고 당당히 주장하는 사람까지 나옵니다. 서머싯 몸은 한 소설에서 전혀 면식이 없는, 이름조차 들은 적이 없는 사람에게서 '내가 소설의 모델로 쓰였다'라고 소송을 당해 곤혹스러웠던 이야기를 했습니다. 그의 소설은 한 사람 한 사람의 캐릭터를 생생하고도 리얼하게, 어떤 경우에는 상당히 심술궂게(좋게 말하면 풍자적으로) 묘사하기 때문에 그런 리액션도 강했던 것이겠지요. 그의 그런 재치 넘치는 인물 묘사를 읽다가 마치 자신이 개인적인 비판을 받고 웃음거리가 된 것처럼 느끼는 사람이 나올 만도 합니다.

많은 경우, 내 소설에 등장하는 캐릭터는 이야기의 흐름 속에서 자연스럽게 형성됩니다. '이런 캐릭터를 내놓자'고 미리 정하는 일은, 아주 조금의 예외를 제외하고는 일단 없습니다. 글을 써나가는 사이에, 등장하는 사람들의 실상實像의 축 같은 것이 자연스럽게 세워지고 거기에 다양한 디테일이 차례차례 제 마음대로 붙어나갑니다. 자석이 쇳조각을 붙여가는 것처럼. 그렇게 해서 전체적인 인간상이 만들어집니다. 나중에 생각해보면 '아, 이 디테일은 그 사람의 이러저러한 부분과 좀 비슷한 것 같다'라는 일이 가끔 있습니다. 하지만 처음부터 '좋아, 이번에는 그 사람의 이 부분을 사용해보자'라고 미리 정해놓고 캐릭터를 만드는 일은 일단 없습니다. 많은 작업이 오히려 자동적으로 이루어집니다. 즉 나는 그 캐릭터를 만들 때 뇌 내 캐비닛에서 거의 무의식적으로 정보의 단편을 꺼내다가 그것을 조합한다, 라는 얘기가 될 것 같습니다.

그런 자동적인 작용에 나는 지극히 개인적으로 '오토매틱 난쟁이'라는 이름을 붙였습니다. 나는 대체로 매뉴얼 기어 차를 줄곧 탔었지만 맨 처음 오토매틱 기어 차를 운전했을 때는 '이 기어박스 안에는 분명 난쟁이 몇 명이 살고 있고 그들이 서로 분담해 기어를 조작하는 게 틀림없다'고 느꼈습니다. 그리고 언젠가 그 난쟁이들이 "아, 남을 위해 이렇게 아득바득 일하는 것도 이제 지쳤다. 오늘은 좀 쉬자" 하고 파업을 일으켜 차가 고속도로 위에서 갑자기 멈추는 거 아닌가 하는 어렴풋한 공포감도 느꼈습니다.

내가 그런 얘기를 하면 다들 웃겠지만, 뭐 아무튼 '캐릭터 만들기' 작업에서는 내 안에 살아 숨 쉬는 무의식 속의 '오토매틱 난쟁이'들이 아직까지는 (투덜투덜 불평을 늘어놓으면서도) 여전히 아득바득 일을 해주는 것 같습니다. 나는 그걸 열심히 문장으로 받아쓰는 것뿐입니다. 물론 그렇게 쓰인 것이 그대로 작품이 되는 게 아니라 나중에 수없이 뜯어고치면서 형태가 바뀝니다. 그런 고쳐 쓰기 작업은 자동적이라기보다 좀 더 의식적으로, 좀 더 논리적으로 이루어집니다. 하지만 원형을 만들어가는 것은 상당히 무의식적이고 직감적인 작업입니다. 아니, 그보다 그렇게 할 수밖에 없습니다. 그러지 않으면 어딘가 부자연스러운, 살아 있지 않은 인간상이 나오기도 합니다. 그래서 그런 초기 과정은 '오토매틱 난쟁이에게 전적으로 맡겨버리는' 상태가 됩니다.

소설을 쓰려면 무엇이 어찌 됐든 책을 많이 읽어야 한다, 라는 얘기와 동일한 의미에서, 인간을 묘사하려면 사람을 많이 알아야 한다, 라고 할 수 있습니다.

사람을 알아야 한다고 해도 상대를 이해하거나 분석하는 선까지 갈 필요는 없습니다. 그 사람의 겉모습이나 언행의 특징 등을 언뜻 눈에 담아두기만 하면 됩니다. 단 자신이 좋아하는 사람도, 그다지 좋아하지 않는 사람도, 솔직히 영 안 맞는 사람도, 가능한 한 가리지 말고 관찰하는 게 중요합니다. 왜냐하면 자신이 좋아하는 사람, 자신이 관심을 가질 만한 사람, 이해하기 쉬운 사람만 등장시켰다가는 그 소설은 (장기적으로 보면 그렇다는 얘기인데) 폭이 부족한 것이 되기 때문입니다. 서로 다른 다양한 유형의 사람들이 있고, 그런 사람들이 서로 다른 다양한 행동을 취하고, 그런 것이 맞부딪치면서 상황이 굴러가고 얘기가 앞으로 나아갑니다. 그러니까 얼른 한 번 보고 '이 인간은 영 마음에 안 드네'라는 생각이 들더라도 눈을 돌리지 말고 '어떤 부분이 마음에 들지 않는가' '어떤 식으로 마음에 들지 않는가' 등의 요점을 머릿속에 담아둡니다.

　꽤 오래전에—삼십 대 중반쯤이었던 것 같은데—어떤 사람에게서 "당신이 쓰는 소설에는 나쁜 사람이 없네요"라는 말을 들은 적이 있습니다(한참 나중에야 안 것이지만, 커트 보니것도 돌아가시기 전의 아버님에게서 완전히 똑같은 말을 들었다고 합니다). 듣고 보니 나도 아닌 게 아니라 그렇다는 생각이 들어서 그 뒤로는 의식적으로 네거티브한 캐릭터를 소설에 등장시키려고 시도해봤습니다. 하지만 좀체 마음먹은 대로 풀리지를 않아요. 당시 나는 이야기를 크게 굴려 가는 것보다 나 자신의 사적인—어느 쪽인가 하면 조화로운—세계를 구축하는 것에 마음이 쏠려 있었기 때문입니다. 거친 현실 세계에 대항하는 피난처로서, 우선 그런 나 자신의 안정된 세계를 확립하지 않으면 안 되었습니다.

그러나 나이가 들면서―(인간으로서, 작가로서) 성숙해지면서, 라고 말해도 무방할지 모르겠는데―아주 조금씩이나마 내가 쓰는 이야기에 네거티브한, 혹은 조화롭지 않은 경향을 가진 캐릭터를 배합하는 게 가능해졌습니다. 어떻게 그게 가능해졌는가 하면, 우선 첫째로 나 자신의 소설 세계의 형태가 일단 만들어지고 그것이 그럭저럭 기능을 하게 되면서 그다음 단계로 이 세계를 보다 넓고 깊게, 보다 역동적인 것으로 만들어내는 게 중요한 과제가 되었기 때문입니다. 그러기 위해서는 거기에 등장하는 인물들을 좀 더 다양하고 풍성하게 만들고 그들이 취하는 행동의 진폭을 좀 더 큰 것으로 만들어야 합니다. 그런 필연성이 점점 강하게 느껴졌습니다.

　거기에 더해 나 자신이 실생활에서 다양한 종류의 체험을 거쳤다는―거치지 않을 수 없었다는―것도 있습니다. 서른 살에 일단 직업적인 소설가가 되고 나라는 존재가 공인이 되면서 좋든 싫든 상당히 강한 저항을 정면으로 받게 되었습니다. 나 자신은 결코 자진해서 사람들 앞에 나서는 성격이 아니지만 본의 아니게 등을 떠밀려 앞에 나서야 하는 경우가 있습니다. 때로는 하고 싶지 않은 일도 해야 하고, 친하게 지내던 사람에게 배신을 당해 낙담하는 일도 있었습니다. 이용하기 위해 마음에도 없는 상찬의 말을 늘어놓는 사람이 있는가 하면 별 의미도 없이―

나로서는 그렇게밖에는 생각되지 않는데—험한 말을 퍼붓는 사람도 있었습니다. 있는 소리 없는 소리, 별별 말을 다 듣기도 합니다. 그 밖에 보통 사람은 생각도 못 할 온갖 기묘한 일을 겪기도 했습니다.

나는 그런 네거티브한 일을 맞닥뜨릴 때마다 거기에 관여한 사람들의 모습이나 언행을 세밀히 관찰하는 데 주의를 기울였습니다. 어차피 난감한 일을 겪어야 한다면 거기서 뭔가 도움이 될 만한 것이라도 건져야지요(아무튼 본전이라도 뽑자, 라는). 당연히 그때는 나름대로 상처를 받고 우울해지기도 했지만, 그런 체험은 소설가인 나에게는 무척 자양분이 가득한 것이었구나, 그런 느낌을 이제는 갖고 있습니다. 물론 멋지고 즐거운 일도 상당히 많았을 텐데, 지금까지도 또렷이 기억나는 건 왠지 네거티브한 체험 쪽입니다. 다시 떠올려서 즐거운 일보다 오히려 다시 떠올리고 싶지 않은 일들이 더 많이 떠올라요. 결국은 그런 일에서 오히려 배워야 할 것들이 더 많았다는 얘기인지도 모릅니다.

생각해보니 내가 좋아하는 소설에는 대부분 흥미로운 조역들이 많이 등장하는 것 같습니다. 그런 의미에서 우선 머리에 떠오르는 소설은 도스토옙스키의 『악령』입니다. 읽어본 분들은 아시겠지만 이 소설에는 아무튼 괴팍한 조역들이 줄줄이 나옵니다. 긴 소설인데도 읽으면서 싫증이 나지 않아요. 저절로 '어떻게 이런 놈이'라는 생각이 드는 컬러풀한 인물들, 괴상망측한 인간들이 차례차례 모습을 드러냅니다. 도스토옙스키라는 사람은 분명 엄청나게 거대한 뇌 내 캐비닛을 갖고 있었던 모양이지요.

일본 소설로 말하자면, 나쓰메 소세키의 소설에 나오는 사람들도 실로 다채롭고 매력적입니다. 아주 잠깐 얼굴을 내미는 캐릭터라도 생생하게 살아 있고 독특한 존재감이 있습니다. 그런 인물들이 발하는 말 한 마디, 표정, 동작이 묘하게 마음속에 오래도록 남아 있곤 합니다. 나쓰메 소세키의 소설을 읽으면서 항상 감탄하는 점은 '이 자리에 이 인물이 필요해서 일단 내놓는다'는 땜질 식 등장인물은 거의 한 사람도 없다는 것입니다. 머리로 생각해서 만든 소설이 아니에요. 분명한 체감이 있는 소설입니다. 말하자면 문장 하나하나마다 밑천을 털어 넣고 있습니다. 그런 소설은 읽으면서 하나하나 믿음이 갑니다. 안심하고 읽을 수 있습니다.

소설을 쓰면서 내가 가장 즐겁게 느끼는 것 중의 하나는 '마음만 먹으면 나는 누구라도 될 수 있다'는 것입니다.

나는 애초에 일인칭 '나僕'로 소설을 쓰기 시작해 그런 글쓰기 방식을 이십 년쯤 유지했습니다. 단편에서는 이따금 삼인칭을 쓰기도 했지만 장편에 있어서는 줄곧 일인칭 '나'로 밀어붙였습니다. 물론 나=무라카미 하루키가 아니라(레이먼드 챈들러=필립 말로가 아닌 것처럼) 각각의 소설에 따라 '나'의 인물상은 바뀌었지만 그래도 계속 일인칭으로 쓰다 보니 현실의 '나'와 소설 주인공인 '나'의 경계선이 때로는—쓰는 사람 쪽에서도, 또한 읽는 사람 쪽에서도—얼마간 불명료해지는 건 어쩔 수 없는 일입니다.

처음에는 그래도 문제가 없었는데, 라고 할까, 나 자신이 가공의 '나'를 지렛대의 받침점으로 삼아 소설 세계를 만들어내고 크게 펼쳐가는 것을 하나의 목적으로 삼았는데, 그러다 보니 점점 그것만으로는 충분하지 않다는 느낌이 들었습니다. 특히 소설의 분량이 늘어나고 범위가 커지면서 '나'라는 인칭만으로는 약간 비좁고 답답하게 느껴졌습니다. 『세계의 끝과 하드보일드 원더랜드』에서는 '나僕(남성이 일상적으로 동년배나 연하에게 쓰는 일인칭)'와 '저私(남녀 모두 표준어로서 주로 공적인 자리에서 쓴다)'라는 두 종류의 일인칭을 각 장별로 분류해가며 썼는데 그것도 일인칭 기능의 한계를 타개해보려는 시도 중의 하나였습니다.

일인칭만을 사용한 장편소설은 『태엽 감는 새』(1994, 1995)

가 마지막 작품인 셈입니다. 그런데 분량이 그만큼 길어지자 '나'의 시점으로 이야기하는 것만으로는 도저히 당해낼 수 없어서 곳곳에 다양한 소설적 연구를 도입했습니다. 다른 사람의 서술을 끼워 넣고 긴 서간문을 끼워 넣고……. 아무튼 온갖 화법의 테크닉을 도입해 일인칭의 구조적 제한을 돌파하려고 했습니다. 하지만 역시나 '여기까지가 한계다'라고 느끼는 바가 있어서 그다음 『해변의 카프카』(2002)에서는 반절만 삼인칭으로 대체했습니다. 카프카 소년의 장은 그때까지 해왔던 대로 '나'라는 화자로 이야기하지만 그 이외의 장은 삼인칭입니다. 절충적이라고 할 수도 있지만, 반절이나마 삼인칭의 목소리를 도입해서 소설 세계의 폭을 넓힐 수 있었다―라고 나는 생각합니다. 적어도 나 자신은 이 소설을 쓰면서 『태엽 감는 새』의 집필 때보다 기법적인 면에서 훨씬 자유로워졌다고 느꼈습니다.

그다음에 쓴 단편소설집 『도쿄 기담집』, 중편소설 『애프터 다크』는 처음부터 끝까지 순수한 삼인칭입니다. 나는 거기서, 즉 단편소설과 중편소설이라는 포맷에서, 나 스스로 삼인칭을 제대로 쓸 수 있다는 것을 확인했습니다. 방금 구입한 스포츠카를 산길로 몰고 가 다양한 기능의 휠을 확인해보는 것처럼. 그런 흐름을 순서대로 추적해보면 일인칭에 이별을 고하고 삼인칭만으로 소설을 쓰기까지 등단 후 이십 년 가까운 세월이 필요했던 셈입니다. 꽤 긴 세월이지요.

　인칭의 전환에 왜 그렇게 긴 시간을 끌었는가. 정확한 이유는 나도 잘 모르겠습니다. 아무튼 '나'라는 일인칭으로만 소설을 쓰는 작업에 내 몸과 정신psyche이 완전히 길들어버렸다는 뜻이겠지요. 그래서 그 전환에 시간이 걸렸던 것이라고 생각합니다. 그건 내게는 단순한 인칭의 변화라기보다, 좀 과장해서 말하자면 시좌視座의 근본적인 변경에 가까운 일이었는지도 모릅니다.

　나는 매사에 일의 추진 방식을 전환하는 데 시간이 걸리는 성격인 듯합니다. 이를테면 등장인물에 이름을 붙이는 게 오랫동안 잘되지 않았습니다. '쥐'라든가 '제이'라든가, 그런 호칭은 뭐 그럭저럭 괜찮았지만, 제대로 된 성씨와 이름은 어떻게 해봐도 붙일 수 없었습니다. 어째서인가. 그렇게 물어봐도 나도 잘 모르겠습니다. "사람에게 이름을 붙인다는 게 왠지 좀 창피해서"라고 말할 수밖에 없습니다. 잘 설명할 수는 없지만 나 같은 사람이 마음대로 남에게(설령 그것이 내가 만든 가공의 인물이라고 해도) 이름을 부여하다니, '뭔가 사기 치는 것 같은' 느낌이 들었습니다. 처음에는 소설을 쓴다는 행위 자체가 나로서는 어쩐지 창피한 일이었습니다. 소설을 쓰다 보면, 마치 내 마음속을 벌거숭이로 남들 앞에 내던지는 것 같아서 상당히 창피했습니다.

주요 등장인물에게 겨우겨우 이름을 붙이게 된 것은 작품으로 말하면, 아, 『노르웨이의 숲』(1987)부터군요. 즉 그때까지 초기의 팔 년쯤은 기본적으로 이름 없는 인물을 데려다 일인칭으로 소설을 썼습니다. 생각해보면 상당히 부자유스럽고 멀리 우회하는 제도를 나 스스로 밀어붙이며 소설을 써온 셈인데, 그때는 그게 별로 신경 쓰이지 않았습니다. 뭐, 다 그런 거지, 라고 생각하며 그냥 썼습니다.

하지만 소설이 길고 복잡해지면서 거기에 등장하는 사람들의 이름이 없는 것에 나도 역시나 부자유를 느끼게 됐습니다. 등장인물의 수가 불어나면, 그리고 그들이 이름이 없으면, 당연히 거기에는 구체적인 혼란이 생겨납니다. 그래서 그만 포기하고 마음을 굳게 먹고는 『노르웨이의 숲』을 쓸 때 '이름 붙이기'를 단행했습니다. 쉽지는 않았지만 눈을 질끈 감고 '에잇' 하고 해치웠더니 그 뒤부터는 등장인물에 이름을 붙이는 게 그리 어려운 일이 아니었습니다. 이제는 별로 힘들일 것도 없이 쓱쓱 적당한 이름을 붙입니다. 『색채가 없는 다자키 쓰쿠루와 그가 순례를 떠난 해』처럼 주인공 이름을 제목에까지 사용합니다. 『1Q84』도 여주인공의 이름이 '아오마메'로 정해진 시점에 이야기가 힘을 받아 앞으로 쭉쭉 나아가기 시작했습니다. 그런 의미에서 이름이라는 건 소설에 매우 중요한 요소입니다.

그처럼 나는 새로운 소설을 쓸 때마다 '좋아, 이번에는 이런 것에 도전해보자'라는 구체적인 목표—대부분은 기술적인, 눈에 보이는 목표—를 한두 가지씩 설정했습니다. 나는 그런 식의 글쓰기를 좋아합니다. 새로운 과제를 달성하고 지금까지 못 해본 것을 해내면서 나 자신이 조금씩 작가로서 성장한다는 구체적인 실감을 얻을 수 있습니다. 한 단 한 단 사다리를 딛고 올라가는 것처럼. 소설가의 좋은 점은 설령 쉰 살이 되더라도, 예순 살이 되더라도, 그런 발전과 혁신이 가능하다는 것입니다. 연령 제한이라는 게 별로 없습니다. 예를 들어 스포츠 선수라면 아무래도 그렇게는 안 되겠지요.

소설이 삼인칭이 되고 등장인물의 수가 불어나고 그들이 각각 이름을 얻는 것에 의해 이야기의 가능성은 뭉클뭉클 커졌습니다. 즉 다양한 종류의, 다양한 색깔의, 다양한 의견이나 세계관을 가진 인물을 등장시킬 수 있었고 그런 사람들이 다종다양하게 얽혀 드는 양상을 묘사할 수 있었습니다. 그리고 무엇보다 멋진 것은 나 자신이 '거의 누구라도 될 수 있다'는 것이었습니다. 일인칭으로 글을 쓸 때도 '거의 누구라도 될 수 있다'는 감각은 있었지만 삼인칭이 되자 그 선택지가 훨씬 더 넓어졌습니다.

일인칭 소설을 쓸 때, 많은 경우 나는 주인공인(혹은 화자인) '나'를 대략 '넓은 의미에서 가능성으로서의 나 자신'으로 인식했었다고 생각합니다. 그것은 '실제의 나'는 아니지만 장소나 시간이 바뀐다면 어쩌면 이렇게 되었을지도 모르는 나 자신의 모습입니다. 그런 형태로 가지를 쳐나가면서 나는 나 자신을 분할하고 있었다는 얘기인지도 모릅니다. 그리고 나 자신을 분할하고 스토리 안에 던져 넣는 것을 통해 나라는 인간을 검증하고 나와 타자와의─혹은 세계와의─접점을 확인했던 것입니다. 처음 한동안은 그런 글쓰기 방식이 내게 잘 맞았습니다. 그리고 내가 애호하는 소설도 대부분 일인칭이었습니다.

이를테면 피츠제럴드의 『위대한 개츠비』도 일인칭 소설입니다. 주인공은 제이 개츠비지만 화자는 어디까지나 닉 캐러웨이라는 청년입니다. 나(닉)와 개츠비의 접점의 미묘한, 하지만 드라마틱한 이동을 통해 피츠제럴드는 자신의 본모습을 풀어나갑니다. 그런 시점이 이야기에 깊이를 부여해줍니다.

그러나 이야기를 닉의 시점에서 풀어나갔다는 것은 소설이 현실적인 제약을 받는다는 뜻이기도 합니다. 닉의 눈길이 닿지 않는 곳에서 뭔가 일이 일어나도 그것을 이야기에 반영하기가 어렵기 때문입니다. 피츠제럴드는 다양한 수법을 활용하고 소설적인 테크닉을 총동원해 그 제약을 교묘하게 뛰어넘었습니다. 그것도 물론 아주 재미있지만, 그런 기술적 연구에는 역시 한계가 있습니다. 실제로 그 뒤에 피츠제럴드는 『위대한 개츠비』 같은 구성의 장편소설은 쓰지 않았습니다.

샐린저의 『호밀밭의 파수꾼』도 매우 교묘하게 쓰인 뛰어난 일인칭 소설이지만 그도 그 후 똑같은 방식의 장편소설은 발표하지 않았습니다. 아마 구성상의 제약으로 인해 소설 쓰는 방법이 '동공이곡同工異曲'이 되는 것을 우려했기 때문이 아닌가 하고 나는 추측합니다. 그리고 아마 그들의 그런 판단은 옳았을 겁니다.

이를테면 레이먼드 챈들러의 필립 말로 같은 '시리즈 소설'이라면 그런 제약이 초래하는 '협소함'이 거꾸로 유효하고 친밀한 루틴routine이 되어서 훌륭하게 제 기능을 발휘할 수 있지만(내 경우, 초기의 「쥐」 시리즈에 그런 면이 좀 있는지도 모릅니다), 단본單本인 경우에는 일인칭이 가진 제약의 벽은 글을 쓰는 입장에서는 점점 답답한 것이 되는 일이 많습니다. 그래서 나도 일인칭 소설이라는 형식에 대해 다양한 방향에서 접근하며 새로운 영역을 개척하려고 노력했던 것인데 역시 『태엽 감는 새』에 이르러 '이제 슬슬 한계'라고 통감했습니다.

『해변의 카프카』의 반절 분량에 삼인칭을 도입하면서 가장 안도했던 것은 주인공 카프카 소년의 이야기와 병행해 나카타 씨(신비한 노인)와 호시노(약간 조폭 같은 트럭 운전기사)의 이야기를 자유롭게 펼쳐나간 것입니다. 그렇게 해서 나는 나 자신을 분할하는 것과 동시에 나를 타자에 투영할 수 있었습니다. 좀 더 정확히 말하면 분할한 나 자신을 타자에 위탁할 수 있었다는 것입니다. 그리고 그렇게 하면서 조합combination의 가능성이 큰 폭으로 확대되었습니다. 아울러 스토리도 복합적으로 가지를 쳐서 다양한 방향으로 퍼져나갔습니다.

그렇다면 좀 더 일찌감치 삼인칭으로 바꿨으면 좋지 않았느냐, 그랬으면 좀 더 진보도 빨랐을 텐데, 라고 하실 것 같은데 실제로는 그게 그리 간단하지 않습니다. 성격적으로 별로 융통성이 없다는 것도 있지만, 소설적 시좌를 바꾸면 소설의 구조 자체에 크게 손을 대야 하고 그 변혁을 뒷받침하기 위한 확실한 소설적 기술과 기초 체력도 필요합니다. 그렇기 때문에 조금씩 상황을 봐가면서 단계적으로 할 수밖에 없는 면이 있습니다. 신체로 말하면, 운동 목적에 맞춰 골격과 근육을 아주 조금씩 개조해나가야 하는 것과 같습니다. 육체 개조—거기에는 공력과 시간이 필요한 것이지요.

어찌 됐든 2000년대 들어서 나는 삼인칭이라는 새 비이클을 얻으면서 소설의 새로운 지평에 발을 내디뎠습니다. 그곳에는 툭 트인 개방감이 있었습니다. 문득 주위를 둘러보니 장벽이 사라지고 없었다, 라는 느낌입니다.

말할 것도 없지만, 캐릭터는 소설에서 지극히 중요한 요소입니다. 소설가는 현실감이 있고 그러면서도 흥미롭고, 언동에 적당히 예측 불가능한 면이 있는 인물을 작품의 중심에—혹은 중심 근처에—앉혀야만 합니다. 뻔히 알 만한 인물들이 뻔히 알 만한 말만 하거나 뻔히 알 만한 짓만 하는 소설이라면 독자들이 그리 많이 찾지 않겠지요. 물론 '그런 당연한 것을 당연하게 써내는 소설이 뛰어난 것'이라고 하는 분도 더러 계시겠지만 나로서는(어디까지나 개인적인 취향으로서) 그런 이야기에는 아무래도 흥미를 가질 수 없습니다.

하지만 '리얼하고 흥미롭고 어느 정도 예측 불가능한 것' 이상으로 소설 캐릭터에 특히 중요한 것은 나로서는 '그 인물이 얼마나 이야기를 앞으로 끌고 가주느냐' 하는 점입니다. 등장인물을 만든 것은 물론 작자지만, 참된 의미에서 살아 있는 등장인물은 어느 시점부터 작자의 손을 떠나 자립적으로 움직입니다. 이건 나뿐만 아니라 수많은 픽션 작가들이 흔쾌히 인정하는 일입니다. 실제로 그런 현상이 일어나지 않고서는 소설을 계속 써낸다는 건 상당히 빡빡하고 힘겨운 작업이 됩니다. 소설이 제대로 궤도에 오르면 등장인물들이 독자적으로 움직이고 스토리가 제 마음대로 흘러가고, 그 결과 소설가는 단지 눈앞에서 진행되는 것을 그대로 문장으로 받아쓰기만 하는 지극히 행복한 상황이 출현합니다. 그리고 어떤 경우에는 그 캐릭터가 소설가의 손을 잡고 그/그녀가 미처 예상조차 하지 못한 뜻밖의 장소로 이끌어주기도 합니다.

구체적인 사례로 최근에 출간한 내 소설을 얘기해볼까요. 장편소설『색채가 없는 다자키 쓰쿠루와 그가 순례를 떠난 해』에는 기모토 사라라는 상당히 멋진 여성이 등장합니다. 실은 이 작품은 원래 단편으로 할 생각으로 쓰기 시작했습니다. 200자 원고지로 약 120매를 예상하고.

줄거리를 간단히 설명하자면, 주인공 다자키 쓰쿠루는 나고야 출신으로, 고교 시절에 친하게 지내던 네 명의 친구에게서 절교를 당합니다. "이제 너는 보고 싶지 않다. 말도 섞기 싫다"라는 것입니다. 그 이유는 설명해주지 않습니다. 그도 굳이 묻지 않았습니다. 다자키 쓰쿠루는 도쿄의 대학에 들어가고 도쿄의 철도 회사에 취직해 이제 서른여섯 살이 되었습니다. 고교 시절의 친구들에게서 이유도 모른 채 절교당한 일은 마음에 깊은 상처로 남았습니다. 하지만 그는 그것을 깊숙한 안쪽에 감춰

두고 현실적으로는 온화한 인생을 보냅니다. 회사 일도 순조롭고 주위 사람들에게도 호감을 얻고 연인도 몇 명 사귀었습니다. 그러나 어느 누구와도 정신적으로 깊은 관계를 맺지 못합니다. 그러다가 두 살 연상의 사라를 만나 연인 관계가 됩니다.

그는 뭔가 얘기 끝에 고교 시절의 친한 친구 네 명에게서 거부당했던 체험을 사라에게 말합니다. 사라는 잠시 생각해보더니, 즉시 나고야로 돌아가 십팔 년 전에 그곳에서 대체 무슨 일이 있었는지 알아봐야 한다고 쓰쿠루에게 말합니다. "(너는) 네가 보고 싶은 것만 볼 게 아니라 꼭 봐야 할 것을 봐야 해"라고.

사실 나는 사라가 그런 말을 하기 전까지 다자키 쓰쿠루가 그 네 명의 친구를 만나러 간다는 건 생각도 못 했습니다. 나는 그가 자신의 존재를 부정당한 이유도 알지 못한 채 인생을 조용히, 미스터리하게 살아가야 했다, 라는 비교적 짤막한 이야기를 쓸 예정이었습니다. 하지만 사라가 그렇게 말하는 바람에 (그녀가 쓰쿠루를 향해 하는 말을 나는 그대로 받아썼을 뿐입니다) 나는 쓰쿠루를 나고야에 보내야 했고 결국에는 핀란드에까지 보내게 됐습니다. 그리고 그 네 친구가 어떤 사람들인지, 각각의 캐릭터를 새롭게 만들어야 했습니다. 그들이 걸어온 각각의 인생도 구체적으로 그려내지 않으면 안 되었습니다. 그 결과, 당연한 얘기지만, 이 이야기는 장편소설이라는 체재를 취하게 됐습니다.

즉 사라의 말 한 마디가 거의 한 순간에 이 소설의 방향과 성격과 규모와 구조를 바꿔버린 것입니다. 이건 나 스스로도 깜짝 놀랐습니다. 생각해보면 그녀는 주인공 다자키 쓰쿠루가 아니라 실은 작자인 나를 향해 말을 건넸던 것입니다. "너는 이제 그다음 스토리를 써야 한다. 너는 그 영역에 이미 발을 들였고 이미 그만한 능력을 갖고 있으니까"라고. 요컨대 사라 역시 나의 분신의 투영이었다는 얘기인지도 모릅니다. 그녀는 내 의식의 또 다른 모습으로서 나에게 지금 이 지점에 안주하고 있어서는 안 된다는 것을 짚어주었습니다. "좀 더 깊이 파고들어 글을 써라" 하고. 그런 의미에서 『색채가 없는 다자키 쓰쿠루와 그가 순례를 떠난 해』는 나에게는 결코 적지 않은 의미를 가진 작품입니다. 형식은 이른바 '리얼리즘 소설'이지만 수면 아래에서는 다양한 일들이 복합적으로, 또한 은유적으로 펼쳐진 소설이라고 생각합니다.

내가 의식했던 것보다 훨씬 더, 내 소설 속 캐릭터들은 작자인 나를 다그치고 격려하고 등을 떠밀어 앞으로 나아가게 해주었는지도 모릅니다. 그건 『1Q84』를 쓸 때, 아오마메의 언동을 묘사하면서 절절히 느낀 것이기도 합니다. 그녀가 내 안의 뭔가를 억지로 열고(열어주고) 있는 것 같다, 라고 느꼈습니다. 그

나저나 돌아보면 남성 캐릭터보다 여성 캐릭터가 더 나를 이끌어주고 몰아세웠던 경우가 많았던 것 같아요. 나도 왜 그런지는 모르겠지만.

내가 말하려는 것은, 어떤 의미에서 소설가는 소설을 창작하는 것과 동시에 소설에 의해 스스로 어떤 부분에서는 창작당하고 있다는 것입니다.

이따금 '왜 당신과 비슷한 나이대의 사람이 주인공인 소설은 쓰지 않느냐'는 질문을 받습니다. 이를테면 내가 지금 육십 대 중반인데, 왜 그 나이의 사람에 대한 이야기는 쓰지 않느냐. 자기 또래의 삶에 대해 말하는 것이 작가로서 자연스러운 일 아니냐, 라는 것이지요.

하지만 나는 좀 잘 모르겠는데, 작가가 왜 자신과 같은 나이대의 사람에 대해 쓰지 않으면 안 되는 걸까요. 왜 그것이 '자연스러운 일'일까요. 앞서도 말씀드렸듯이 내가 소설을 쓰면서 가장 기쁘게 느끼는 것 중의 하나가 '마음만 먹으면 누구라도 될 수 있다'는 것입니다. 그런데 내가 왜 그 멋진 권리를 스스로 내던져야 하는 걸까요.

『해변의 카프카』를 썼을 때, 나는 쉰을 좀 넘은 나이였지만 주인공을 열다섯 살 소년으로 설정했습니다. 그리고 그 글을 쓰는 동안 나 자신을 열다섯 살 소년처럼 느꼈습니다. 물론 그것은 지금 현재 실제로 열다섯 살인 소년이 느낄 만한 '느낌'과 똑같은 것은 아니겠지요. 그건 어디까지나 내가 열다섯 살이었던 때의 감각을 가공으로 '현재'에 옮겨 온 것입니다. 하지만 소설을 쓰면서 나 자신이 열다섯 살이었던 때에 실제로 숨 쉬었던 공기나 실제로 보았던 빛을 거의 그대로 생생하게 내 안에서 재현할 수 있었습니다. 아주 깊숙한 곳에 오래도록 감춰져 있던 감각을 문장의 힘으로 멋지게 끌어낸 것입니다. 그건 뭐랄까, 정말로 멋진 체험이었습니다. 이런 것은 어쩌면 소설가가 아니고서는 맛볼 수 없는 감각인지도 모릅니다.

그러나 그 '멋진 것'을 단순히 나 혼자 즐기기만 해서는 작품으로 성립하지 않습니다. 그것을 상대화해나가지 않으면 안 됩니다. 즉 그 기쁨을 독자와 공유하는 형태로 전달해야 하는 것입니다. 그러기 위해서 나는 나카타 씨라는 육십 대 '노인'을 등장시켰습니다. 나카타 씨도 어떤 의미에서는 나의 분신입니다. 나의 투영입니다. 그 안에 그런 요소가 있습니다. 그리고 카프카 소년과 나카타 씨가 병행해 서로 호흡을 주고받는 것으로 소설은 건전한 균형을 획득합니다. 적어도 작자인 나는 그렇게 느꼈고 지금도 똑같이 그렇게 느낍니다.

언젠가는 나와 같은 나이대의 주인공이 등장하는 소설을 쓸

지도 모릅니다. 하지만 그것이 지금 시점에 '꼭 필요한 일'이라고는 생각하지 않습니다. 소설을 쓸 때는 우선 아이디어가 불쑥 떠오릅니다. 그리고 그 아이디어에서 스토리가 자연스럽게, 자발적으로 펼쳐집니다. 처음에도 말씀드렸듯이 그곳에 어떤 인물이 등장할지는 어디까지나 스토리 스스로가 결정할 일입니다. 내가 생각해서 결정하는 것이 아닙니다. 작가인 나는 충실한 필기자로서 그 지시에 따를 뿐입니다.

언젠가 나는 레즈비언 성향의 스무 살 여성이 될지도 모릅니다. 언젠가 나는 서른 살의 실업 중인 하우스 허즈번드가 될지도 모릅니다. 그러면 나는 그때그때 주어진 구두를 신고 거기에 내 발 사이즈를 맞춰 행동에 들어갑니다. 단지 그것뿐입니다. 발 사이즈에 구두를 맞추는 게 아니라 구두 사이즈에 발을 맞추는 것입니다. 현실적으로는 일단 안 될 일이지만 소설가로 오래 살다 보면 그런 일이 자연스럽게 가능해집니다. 왜냐하면 그건 가공의 일이니까. 그리고 가공의 일이란 꿈속에서 일어나는 일과 똑같은 것이니까. 꿈이란―그것이 자면서 꾸는 꿈이건 깨어서 꾸는 꿈이건―거의 선택의 여지가 없는 일이지요. 나는 기본적으로 그 흐름에 따르는 수밖에 없습니다. 그리고 그 흐름에 자연스럽게 따르는 한, 온갖 '안 될 일'이 자유롭게 가능해집니다. 그것이 바로 소설 쓰는 일의 큰 기쁨입니다.

'왜 당신과 비슷한 나이대의 사람이 주인공인 소설은 쓰지 않느냐'는 질문을 받을 때마다 나는 그렇게 대답해드리고 싶은데, 그러자면 설명이 너무 길어지고 상대도 쉽게 이해해줄 것 같지 않아서 매번 적당히 어물거리고 넘어갑니다. 실실 웃으면서 "네, 그렇군요. 나중에 차차 그런 소설도 쓰겠지요"라느니 뭐니 해가면서.

하지만 그것과는 별도로—소설에 등장시키느냐 마느냐와는 별도로—지극히 일반적인 의미에서도 '지금 이곳의 나 자신'을 객관적으로 정확히 바라본다는 것은 무척 어려운 일입니다. 지금 현재진행형의 나 자신은 웬만해서는 파악하기 어려워요. 어쩌면 그렇기 때문에 더더욱 나는 다양한 사이즈의 내 것이 아닌 구두에 발을 밀어 넣고, 그것으로 지금 이곳에 있는 나 자신을 종합적으로 검증해보는 것인지도 모릅니다. 마치 삼각법으로 위치를 측정하는 것처럼.

어쨌든 소설의 등장인물에 대해 나는 배워야 할 것들이 아직 많습니다. 그와 동시에 내 소설의 등장인물에게서 내가 배워야 할 것들도 아직 많습니다. 앞으로도 온갖 이상하고 신기하고 또한 컬러풀한 캐릭터를 소설 속에 등장시켜 숨 쉬게 해주고 싶습니다. 새 소설을 쓰기 시작할 때, 나는 항상 가슴이 두근두근 설렙니다. 이번에는 또 어떤 인물들을 만날까, 하고.

제
10
회

누구를 위해서 쓰는가?

인터뷰 등에서 "무라카미 씨는 어떤 독자를 상정하고 소설을 쓰십니까?"라는 질문을 받곤 합니다. 그때마다 어떻게 대답해야 할지, 상당히 망설여집니다. 왜냐하면 딱히 누군가를 위해 소설을 쓴다는 의식이 내게는 애초에 없었고 지금도 딱히 없기 때문입니다.

나를 위해서 쓴다, 라는 건 어떤 의미에서는 진실이라고 생각합니다. 특히 첫 소설 『바람의 노래를 들어라』를 한밤중에 주방 식탁에서 썼을 때는 그게 일반 독자의 눈에 가닿으리라고는 전혀 생각도 못 했으니까(정말로) 대체적으로 나 자신이 '기분이 좋아진다'는 것만 의식하면서 썼습니다. 내 안에 존재하는 몇 가지 이미지를, 나에게 딱 감이 오는, 납득이 가는 단어를 사용하고 그 말을 적절히 조합해 문장의 형태로 만들어간다……. 머릿속에 있는 건 단지 그것뿐이었습니다. 어떤 사람이 이 소설(같은 것)을 읽을 것인지, 그 사람들이 내가 써낸 것에 과연 공감해줄지, 여기에 어떤 문학적 메시지가 담겨 있는지, 아무튼 그런 복잡한 건 도저히 생각할 여유도 없었고 또한 생각할 필요도 없었습니다. 아주 깔끔하다고 할까, 실로 단순한 얘기지요.

아울러 거기에는 아마 '자기 치유'적인 의미도 있었다고 생각합니다. 왜냐하면 모든 창작 행위에는 많든 적든 스스로를 보정補正하고자 하는 의도가 내포되어 있기 때문입니다. 즉 자신을 상대화하는 것을 통해, 자신의 영혼을 지금 존재하는 것과는 다른 형식에 끼워 맞추는 것을 통해, 살아가는 과정에서 불가피하게 발생하는 다양한 모순이나 뒤틀림, 일그러짐 등을 해소해나간다―혹은 승화해나간다―는 것입니다. 그게 잘되면 그런 작용을 독자와 공유한다는 것입니다. 딱히 구체적으로 의식하지는 않았지만 내 마음도 그때 그러한 자기 정화 작용을 본능적으로 추구했는지도 모릅니다. 그렇기 때문에 그야말로 지극히 자연스럽게 소설이 쓰고 싶어졌던 것이겠지요.

하지만 그 작품이 문예지의 신인상을 타고, 책으로 출판되어 그럭저럭 잘 팔려 나가고, 입소문이 나고, 일단 '소설가'라는 이름이 붙는 처지가 되자 나도 어쩔 수 없이 '독자'의 존재를 의식하지 않을 수 없었습니다. 내가 쓴 소설이 서적으로서 서점 책장에 진열되고 내 이름이 당당히 표지에 인쇄되어 불특정 다수의 사람들에게 읽히는 것이니까 그에 상응하는 긴장감을 갖고 글을 써야만 합니다. 그렇지만 '내가 즐기기 위해서 쓴다'는 기본적인 자세는 별로 달라지지 않았습니다. 내가 글을 쓰면서 즐거우면 그것을 똑같이 즐겁게 읽어주는 독자가 틀림없이 어딘가에 있을 것이다. 그 수는 별로 많지 않을지도 모른다. 하지만 그걸로 괜찮지 않은가. 그 사람들과 멋지게, 깊숙이 서로 마음이 통했다면 그걸로 일단은 충분하다, 라고.

『바람의 노래를 들어라』에 이어 『1973년의 핀볼』, 그리고 단편집 『중국행 슬로보트』『4월의 어느 맑은 아침에 100퍼센트의 여자를 만나는 것에 대하여』정도까지는 대체로 그런 내추럴하게 낙관적이라고 할까 상당히 마음 편한 자세로 썼습니다. 당시 나는 따로 가게 일(본업)도 있어서 그쪽 수입으로 별반 부족함 없이 먹고살 수 있었습니다. 소설은 말하자면 '취미 같은 것'으로 여가가 날 때마다 쓴 것입니다.

어느 고명한 문예비평가(이미 돌아가셨지만)는 '이 정도의 글을 문학이라고 생각해서는 곤란하다'고 내 첫 소설 『바람의 노래를 들어라』를 혹평했지만, 그걸 보고 '당연히 그런 의견도 있을 수 있지'라고 나는 순순히 생각했습니다. 그런 말씀에 딱히 반발심을 느끼지도 않았고 화가 나지도 않았습니다. 그분과 나는 '문학'을 바라보는 방식이 애초에 달랐습니다. 그 소설이 사상적으로 이러저러하다, 사회적 역할이 어떠어떠하다, 전위냐 후위냐, 순수문학이냐 아니냐, 나는 그런 건 전혀 생각하지 않았습니다. 나로서는 '그냥 쓰면서 즐거우면 그걸로 좋지 뭐' 라는 자세에서 시작한 것이라 애초에 얘기가 서로 맞물릴 리가 없습니다. 『바람의 노래를 들어라』에는 데릭 하트필드라는 가공의 작가가 등장하는데, 그가 쓴 작품 중에 『기분 좋다는 게 뭐가 나빠? *What's Wrong About Feeling Good?*』라는 제목의 소설이 있습니다. 정말로 그게 당시 내 머릿속 한복판에 자리 잡고 있던 사고방식입니다. 기분 좋다는 게 뭐가 나빠?

지금 생각해보면 심플하다고 할까 상당히 난폭한 사고방식이지만, 당시에는 아직 젊기도 했고(삼십 대 초반), 학생운동의 파도를 이제 막 건너온 끝이라는 시대적 배경도 있어서 나름대로 반항 정신이 강했기 때문에 그런 말하자면 '안티테제'적인, 권위나 체제에 대드는 듯한 부루퉁한 자세를 기본적으로 유지하고 있었습니다(상당히 건방지고 어린애 같기는 했어도 그건 그것대로 결과적으로 좋았던 게 아닌가, 라고 되돌아보며 생각합니다).

그런 자세가 서서히 변화를 보였던 것은 『양을 둘러싼 모험』(1982)을 쓰기 시작할 무렵부터입니다. 계속 이대로 '기분 좋다는 게 뭐가 나빠?'라는 식으로 글을 쓰면 직업 작가로서 아마 어딘가에서 막다른 길에 몰린다는 건 나 자신도 대강 짐작하고 있었습니다. 지금은 이런 소설 스타일을 '참신한 것'으로 받아들이고 좋아해주는 독자라도 계속 똑같은 것만 읽다 보면 나중에는 지겨워하겠지요. '에이, 또 이거야?'라고 하게 됩니다. 물론 글을 쓰는 나 자신도 지겨워집니다.

게다가 원래 나는 그런 스타일의 소설을 쓰고 싶어서 쓴 게 아니었습니다. 장편소설에 정면으로 뛰어들 만한 문장 기술이 아직 없어서 일단 그런 '숭숭 뚫린' 타입의 소설을 쓴 것뿐입니다. 그 '숭숭 뚫린 방식'이 우연히 새롭고 신선했다, 라는 얘기입니다. 단지 나로서는 기왕 소설가가 되었으니 좀 더 깊고 큼직한 소설을 써보고 싶은 마음이 있었습니다. 하지만 '깊고 큼직한 소설'이라고 해도 문학적으로 번듯한 소설, 그야말로 주류파의 문학을 하고 싶었던 것은 아닙니다. 쓰면서 나 자신이 기분 좋고, 동시에 정면 돌파적인 힘을 가진 소설을 쓰고 싶었습니다. 내 안에 있는 이미지를 단편적이고 감각적으로 문장화하는 것만이 아니라 내 안에 있는 아이디어나 의식을 좀 더 종합적이고 입체적인 문장으로 만들어가고 싶었던 것입니다.

나는 그 전해에 무라카미 류의 장편소설 『코인로커 베이비스』를 읽고 '와아, 대단하다'라고 감탄했지만 그건 오로지 무라카미 류만 쓸 수 있는 소설입니다. 또한 나카가미 겐지의 몇몇 장편소설을 읽고 역시 깊이 감탄했지만 그것 또한 오로지 나카가미 씨만 쓸 수 있는 글입니다. 모두 내가 쓰고 싶은 것과는 달랐습니다. 당연한 일이지만, 나는 나대로 독자적인 길을 개척해나가야 합니다. 선행하는 그러한 작품에 담긴 파워를 구체적인 예로 염두에 두면서 내가 아니면 쓸 수 없는 것을 쓰지 않으면 안 됩니다.

나는 그 명제에 대한 답을 찾기 위해 『양을 둘러싼 모험』의 집필에 착수했습니다. 지금의 내 문체를 가능한 한 무겁게 만들지 않고, 그 '기분 좋음'을 손상시키지 않고(말을 바꾸자면 이른바 '순문학' 장치에 먹혀들지 않고), 소설 그 자체를 깊고 묵직한 것으로 만들고 싶다—그게 내 기본 구상이었습니다. 그러기 위해서는 스토리라는 틀을 적극적으로 도입하지 않으면 안 됩니다. 내 경우, 그런 생각은 아주 확실했습니다. 그리고 스토리를 중심에 앉히면 아무래도 장기전이 됩니다. 지금까지 해왔던 대로 '본업'을 갖고 여가 시간에 틈틈이 할 수 있는 일이 아닙니다. 그래서 『양을 둘러싼 모험』에 착수하기 전에 나는 경영하던 가게를 매각하고 이른바 전업 작가가 됐습니다. 당시는 아직 문필 활동보다 가게 쪽 수입이 더 많았지만 마음을 굳게 먹고 그 것을 버리기로 했습니다. 생활 자체를 소설 쓰는 일에 집중하고 싶었기 때문입니다. 내가 가진 시간을 모조리 소설 집필에 쏟아 붓고 싶었습니다. 약간 과장해서 말하자면, 퇴로를 끊어버린 것 입니다.

주위 사람들은 하나같이 '그렇게 서두르는 건 좋지 않다'고 반대했습니다. 가게가 잘되는 참이고 수입도 안정적인데 지금 남의 손에 넘기는 건 너무 아깝지 않으냐, 경영은 다른 사람에 게 맡겨놓고 당신은 소설을 쓰면 될 게 아니냐, 라고. 아마 그때 는 다들 내가 소설만으로 먹고살 수 있을 거라고는 생각을 못 했던 것이겠지요. 하지만 나는 전혀 망설임이 없었습니다. 예전 부터 '뭔가 하기로 들면 내 손으로 철두철미하게 하지 않고서는 성이 차지 않는' 면이 있었습니다. '가게는 적당히 다른 사람에 게 맡겨놓고'라는 어중간한 짓은 성격상 못 합니다. 여기가 내 인생의 중요한 고비다. 마음을 굳게 먹고 결단을 내려야 한다. 아무튼 단 한 번이라도 좋으니 내가 가진 능력을 모조리 쏟아부 어 소설을 쓰고 싶다. 안 된다면 뭐, 그때는 어쩔 수 없다. 다시 처음부터 새로 시작하면 된다. 그렇게 생각했습니다. 그래서 가 게를 팔고, 장편소설을 집중해서 쓰기 위해 도쿄를 떠나기로 했 습니다. 도회지를 벗어나 일찍 자고 일찍 일어나는 생활을 하고 체력 유지를 위해 날마다 달리기를 했습니다. 마음먹고 내 삶을 밑바탕부터 바꿔버린 것입니다.

그때부터 나는 독자라는 존재를 분명히 염두에 둘 수밖에 없게 되었는지도 모릅니다. 하지만 그게 어떤 독자인지, 구체적으로 이래저래 고민하지는 않았습니다. 왜냐하면 굳이 고민할 필요도 없었기 때문입니다. 그때는 삼십 대 초반이었으니 내가 쓴 소설을 읽어주는 사람은 어떻게 생각해보든 동년배나 혹은 좀 더 연하입니다. 즉 '젊은 남녀'지요. 그 당시 나는 '신예 작가'(라고 내 입으로 말하기는 좀 겸연쩍지만)였고 내 작품을 지지하는 사람들은 명백히 젊은 세대의 독자들이었습니다. 그리고 그들이 어떤 사람들인지, 무슨 생각을 하는지, 일일이 고민할 것도 없었습니다. 작자인 나와 독자는 당연한 일처럼 하나였습니다. 되돌아보면 나에게는 그때가 저자와 독자의 '밀월 기간'이라고 해도 무방한 시기였습니다.

『양을 둘러싼 모험』은 이런저런 사정으로 게재지 《군조》 편집부에서는 당시 상당히 냉랭한 대접을 받았지만(그렇게 기억합니다), 다행히 많은 독자의 지지를 얻어 평판도 괜찮았고 책도 예상보다 많이 팔렸습니다. 즉 나는 전업 작가로서 일단 순조로운 스타트를 끊은 셈입니다. 그리고 '내가 하려는 일이 방향적으로는 잘못되지 않았다'라는 확실한 감촉도 얻었습니다.

그런 의미에서 『양을 둘러싼 모험』은 나에게는 장편소설 작가로서의 실질적인 출발점이었던 셈입니다.

그로부터 세월이 흘러 나는 육십 대 중반이 되고, 젊은 신예 작가로 불리던 때에서 상당히 먼 지점까지 건너왔습니다. 딱히 그럴 생각도 없었는데 시간이 지나면 인간은 자연히 나이를 먹습니다(어쩔 수 없는 일이지요). 그리고 내 책을 읽는 독자층도 그 세월과 함께 바뀌었습니다. 라고 할까, 당연히 바뀌었겠지요. 하지만 "그렇다면 현재 당신의 책을 읽는 독자는 어떤 사람들입니까?"라고 묻는다면 나는 "전혀 모르겠는데요"라고 답할 수밖에 없습니다. 네, 정말 잘 모릅니다.

나의 거처에는 독자에게서 수많은 편지가 날아오고 또한 이런저런 기회에 몇몇 독자들을 직접 만나는 일도 있습니다. 하지만 그들은 나이도 성별도 사는 지역도 실로 제각각이라서 내 책을 주로 어떤 사람들이 읽고 있는지, 구체적인 이미지는 떠오르지 않습니다. 나로서는 영 짐작하기가 어렵고 아마 출판사 영업 팀에서도 실태를 잘 알지 못할 것 같습니다. 남녀 비율은 정확히 반반, 여성 독자들 중에 아름다운 분이 많다는 점을—이건 거짓말이 아닙니다—빼고는 이렇다 할 공통된 특징이 눈에 띄지 않습니다. 예전에는 도시에서 잘 팔리고 지방에서는 별로 잘

나가지 않는 경향이었다는데 요즘은 그렇게까지 확실한 지역 차는 없습니다.

그러면 독자의 상像을 잘 알지도 못한 채 소설을 쓰고 있느냐, 라고들 하실 것 같은데 생각해보면 그 말이 맞는지도 모릅니다. 내 머릿속에는 구체적인 독자의 상은 떠오르지 않습니다.

내가 아는 한, 대부분의 작가들이 독자와 함께 나이를 먹는 것 같습니다. 즉 작가가 나이를 먹으면 일반적으로 말해 독자도 거기에 맞춰 나이를 먹어간다는 것입니다. 그래서 작가의 나이대와 독자의 나이대가 대략 겹쳐지는 일이 적지 않은 것 같습니다. 이건 뭐, 간단한 얘기일 수도 있겠지요. 그렇다면 당연히 자신과 대략 비슷한 나이의 독자를 상정해 소설을 쓰게 됩니다. 그런데 내 경우에는 아무래도 그렇지 않은 것 같아요.

또한 처음부터 어떤 특정한 연대나 특정한 층을 타깃으로 하는 소설 장르도 있습니다. 이를테면 라이트노벨은 십 대 청소년을, 로맨스 소설은 이십 대와 삼십 대 여성을, 역사소설, 시대소설 등은 중노년 남성을 대략 타깃으로 잡아서 씁니다. 이것도 말하자면 간단한 얘기지요. 하지만 내가 쓰는 소설은 그런 것과도 약간 다릅니다.

결국 여기서 얘기가 한 바퀴 빙 돌아 다시 처음으로 돌아가지만, 어떤 사람들이 내 책을 읽는지 전혀 알지 못하기 때문에

'그렇다면 내가 즐기기 위해 쓰는 수밖에 없다'라는 게 되어버립니다. 원점 복귀라고나 할까, 뭔가 좀 신기하군요.

단지 내가 작가가 되고 정기적으로 책이 출간되는 동안에 한 가지 몸으로 배운 교훈이 있습니다. 그것은 '어떤 이야기를 어떻게 쓰든 결국 어디선가는 나쁜 말을 듣는다'는 것입니다. 이를테면 긴 소설을 쓰면 '너무 길다. 장황하게 늘어놓았다. 반으로 줄여도 충분하다'라고 하고, 짧은 소설을 쓰면 '내용이 얄팍하다. 엉성하다. 명백히 태만한 티가 난다'라고 합니다. 똑같은 소설을 어떤 곳에서는 '같은 얘기를 되풀이한다. 매너리즘이다. 따분하다'라고 하고, 또 다른 곳에서는 '전작이 더 낫다. 새로운 시도가 겉돌고 있다'라고 하기도 합니다. 생각해보면 이미 이십오 년 전쯤부터 '무라카미는 시대에 뒤떨어진다. 이제 끝났다'는 말을 들었습니다. 불평을 늘어놓는 쪽에서야 간단하겠지만 (생각나는 대로 입에 올릴 뿐 구체적인 책임은 지지 않아도 되니까) 그런 말을 듣는 쪽에서는 일일이 진지하게 상대했다가는 우선 몸이 당해내지 못합니다. 그래서 저절로 '뭐든 상관없어. 어차피 나쁜 말을 들을 거라면 아무튼 내가 쓰고 싶은 것을 쓰고 싶은 대로 쓰자'라고 하게 됩니다.

리키 넬슨이 만년에 발표한 노래 〈가든파티〉에는 이런 노랫말이 있습니다.

모든 사람을 즐겁게 해줄 수 없다면

나 혼자 즐기는 수밖에 없지

이런 기분, 나도 잘 압니다. 모두를 즐겁게 해주려고 해봐도 그건 현실적으로 불가능하고 오히려 나 자신이 별 의미도 없이 소모될 뿐입니다. 그러느니 모른 척하고 내가 가장 즐길 수 있는 것을, 내가 하고 싶은 것을, 내가 원하는 방식으로 하면 됩니다. 그렇게 하면 만일 평판이 좋지 않더라도, 책이 별로 팔리지 않더라도, '뭐, 어때, 최소한 나 자신이라도 즐거웠으니까 괜찮아'라고 생각할 수 있습니다. 나름대로 납득할 수 있습니다.

또한 재즈 피아니스트 텔로니어스 멍크는 이렇게 말했습니다.

"내가 할 말은 네가 원하는 대로 연주하면 된다는 거야. 세상이 무엇을 원하는지, 그런 건 생각할 것 없어. 연주하고 싶은 대로 연주해서 너를 세상에 이해시키면 돼. 설령 십오 년, 이십 년이 걸린다고 해도 말이야."

물론 나 자신이 즐거우면 그게 결과적으로 뛰어난 예술 작품이 된다는 것은 아닙니다. 말할 것도 없지만, 거기에는 준열한 자기 상대화 작업이 필요합니다. 최소한의 지지자를 획득하는 것도 프로로서 필수 조건입니다. 하지만 그런 부분만 어느 정도 해결할 수 있다면 그다음은 '나 자신이 즐길 수 있다' '나 자신이 납득할 수 있다'는 게 무엇보다 중요한 기준이 아닌가 하고 나는 생각합니다. 즐겁지도 않은 일을 하면서 살아가는 인생이란 아무리 살아봤자 별로 즐겁지 않기 때문입니다. 그렇잖아요? 기분 좋다는 게 뭐가 나빠?—라는 출발점으로 다시 돌아간다고나 할까요.

그래도 '당신은 정말 자신만 생각하며 소설을 쓰느냐'고 다시금 정면으로 질문한다면 나 역시 "아뇨, 물론 그렇지는 않습니다"라고 대답합니다. 앞에서도 말했듯이 나는 한 사람의 직업적인 작가로서 항상 독자를 염두에 두고 글을 씁니다. 독자의 존재를 잊는 건—잊어버리자고 생각해봤자—불가능한 일이고 또한 바람직한 일도 아닙니다.

그러나 독자를 염두에 둔다고 해도, 이를테면 기업에서 상품을 개발할 때처럼 시장조사를 하고 소비자층을 분석하고 타깃을 구체적으로 상정하고, 그런 것은 아닙니다. 내가 머릿속에 떠올리는 것은 어디까지나 '가공의 독자'입니다. 그 사람은 나이도 직업도 성별도 없습니다. 물론 실제로는 있겠지만 그런 건 얼마든지 교환 가능합니다. 요컨대 딱히 중요한 요소가 아니라는 얘기입니다. 중요한 것, 교환 불가능한 것은 나와 그 사람이

이·어·져· 있·다, 라는 사실입니다. 어디서 어떤 상태로 이어져 있는지, 세세한 것까지는 모르겠습니다. 하지만 한참 저 아래쪽, 어두컴컴한 곳에서 나의 뿌리와 그 사람의 뿌리가 이어져 있다는 감촉입니다. 그것은 너무도 깊고 어두운 곳이라서 잠깐 내려가 상황을 살펴본다거나 하는 것은 불가능합니다. 그러나 이야기라는 시스템을 통해 우리는 그것이 이어졌다고 감지합니다. 양분이 오고 간다고 실감합니다.

그렇지만 나와 그 사람은 뒷골목을 걷다가 마주치더라도, 지하철 바로 옆자리에 앉아 있더라도, 슈퍼마켓 계산대에서 앞뒤로 줄을 서 있더라도, 서로의 뿌리가 이어진 것은 (대부분의 경우) 깨닫지 못합니다. 우리는 서로 낯선 이들로서 그냥 스쳐 지나가고, 아무것도 모른 채 각자 갈 길을 갈 뿐입니다. 아마 두 번 다시 마주칠 일도 없겠지요. 하지만 실·제·로·는· 땅속에서, 일상생활이라는 단단한 표층을 뚫고 들어간 곳에서, '소설적으로' 이어져 있습니다. 우리는 공통의 이야기를 마음속 깊은 곳에 간직합니다. 내가 상정하는 것은 아마도 그런 독자입니다. 나는 그런 독자들이 조금이라도 즐겁게 읽어주기를, 뭔가 느껴주기를 희망하면서 매일매일 소설을 씁니다.

그에 비하면 일상적으로 주위에 존재하는 현실의 사람들은 꽤 성가십니다. 내가 책을 새로 낼 때마다 사람들은 마음에 든

272

다, 마음에 안 든다, 라고들 말합니다. 분명하게 의견이나 독후감을 밝히지 않더라도 그런 건 얼굴을 보면 대개 알 수 있습니다. 당연한 일이지요. 인간에게는 각자의 취향이라는 게 있으니까. 내가 아무리 열심히 노력해도 리키 넬슨이 노래한 것처럼 '모두를 즐겁게 해줄 수는 없는' 것입니다. 그리고 주위 사람들의 그런 개별적인 반응을 직접 지켜본다는 것은 글을 쓴 사람으로서는 상당히 힘겨운 일입니다. 그런 때는 '역시 나 혼자 즐기는 수밖에 없지'라고 심플하게 모른 척합니다. 그런 두 가지 자세를 나는 경우에 따라 나 좋을 대로 구별해가며 쓰고 있습니다. 이건 오랜 세월 작가로서 살아오는 가운데 몸에 익힌 기술입니다. 어쩌면 살아가기 위한 지혜 같은 것이지요.

내가 흐뭇하게 생각하는 것 중의 하나는 내 소설이 다양한 연령대의 사람들에게 읽히고 있다는 점입니다. '우리 집은 삼대에 걸쳐 무라카미 씨의 책을 읽고 있습니다'라는 편지가 이따금 날아옵니다. 할머니가 읽고(그녀는 나의 예전 '젊은 독자'였는지도 모릅니다), 어머니가 읽고, 아들이 읽고, 그 여동생이 읽고……. 그런 일이 아마도 여기저기서 일어나는 모양입니다. 그런 이야기를 들으면 나는 정말 기분이 환해집니다. 한 권의 책을 한 지붕 아래 몇 사람이 돌아가며 읽는다는 것은 그 책이 여전히 살아 있다는 뜻입니다. 물론 다섯 명이 각각 한 권씩 사서 읽어주면 매출이 오르니까 출판사로서는 좋겠지만, 저자로서는 한 권의 책을 다섯 명이 소중히 읽어주는 편이 정말로 솔직히 말해서 훨씬 더 기쁩니다.

그런가 하면, 옛 동창이 전화를 해서 "고등학교 다니는 아들이 네 책을 다 읽어서 나와 이따금 그 책에 대한 얘기를 해. 평소에는 부자간에 거의 대화가 없는데 네 책 덕분에 자주 이야기를 나누게 됐어"라는 말을 해준 적이 있습니다. 목소리 톤이 어딘지 흐뭇하게 들렸습니다. 아, 그래, 내 책도 조금쯤은 세상에 도움이 되는구나, 라고 생각했습니다. 적어도 부자간의 커뮤니케이션에는 도움이 되었고 이건 무시할 수 없는 공적功績이 아닌가 하고 생각합니다. 나는 아이가 없지만, 다른 사람의 아이들이 내 책을 기꺼이 읽어준다면, 그리고 거기에 공감 같은 것이 생겼다면, 나도 작으나마 다음 세대에 뭔가를 남긴 셈이니까.

단지 현실적인 얘기를 하자면, 내가 독자 여러분과 개인적으로 직접 관계를 갖는 일은 거의 없다고 해도 무방합니다. 나는 일단 공공장소에는 나가지 않고 미디어에 얼굴을 내미는 일도 거의 없습니다. 텔레비전이나 라디오에 나 스스로 출연한 적은 한 번도 없습니다(본의 아니게 자기들 마음대로 보여준 적은 몇 번 있었지만). 사인회도 일단 하지 않습니다. 왜냐고 자주 질문이 들어오는데, 결국 나는 직업적인 문필가이며 내가 가장 잘하는 일은 소설을 쓰는 것이고 나로서는 가능한 한 그쪽에 전력을 기울이고 싶기 때문입니다. 인생은 짧고 손에 쥔 시간도 에너지도 한정적입니다. 본업 이외의 일에는 되도록 시간을 빼앗기고 싶지 않습니다. 다만 외국에서의 강연이나 낭독, 사인회라면 일 년에 한 번 정도는 하고 있습니다. 이건 일본인 작가의 일종의 책무로서 어느 정도는 응해줘야 할 일이라고 생각하기 때문입니다. 일단 그런 쪽에 대한 것은 다음에 다시 정식으로 이야기할 기회를 갖고자 합니다.

단, 인터넷에 홈페이지를 개설한 적은 몇 번 있었습니다. 개설할 때마다 몇 주일 기간 한정으로 운영했지만, 무척 많은 메일을 받았습니다. 원칙적으로 나는 그 메일을 모두 다 읽었습니다. 너무 긴 메일은 사선斜線 읽기를 할 수밖에 없었지만, 아무튼 도착한 메일은 빠짐없이 봤습니다.

그리고 전체 메일의 십 분의 일쯤에는 답장을 했습니다. 질문에 답하고 작은 상담에 응하고 메시지에 대한 느낌도 써주고……. 가벼운 코멘트에서부터 비교적 진지한 긴 답장까지 다양한 종류의 메일을 주고받았습니다. 그 기간(몇 달에 걸친 적도 있었는데)에는 다른 일은 거의 넣지 않고 끙끙거리며 답장을 썼는데 그 답장을 받은 사람 대부분이 내가 직접 썼다는 걸 믿지 않는 눈치였습니다. 나 대신 다른 누군가가 썼을 거라고 생각한 모양이에요. 연예인의 팬레터에 이따금 그런 대필 답장이 있으니까 나도 그랬을 거라고 생각한 것이겠지요. 내가 홈페이지에 '답장은 틀림없이 제가 씁니다'라고 미리 말씀드렸는데 아무래도 그 말을 곧이곧대로 믿지 않은 것 같습니다.

특히 젊은 여자분이 "무라카미 씨에게서 답장이 왔다" 하고 기뻐했더니 남자 친구가 "이런 바보, 그런 걸 본인이 일일이 써줄 리가 있어? 무라카미도 이래저래 바쁜 사람이야. 누군가 대신 써주고 공식적으로는 자기가 썼다고 하는 거야"라는 식으로 찬물을 끼얹는 상황이 빈발했던 모양입니다. 나는 잘 몰랐는데 세상에는 의심 깊은 사람들이 꽤 많은 모양이에요(아니면 실제로 속이려는 사람이 많은 건가요). 하지만 정말로 직접 열심히 답장을 썼습니다. 나는 메일 답장 같은 걸 쓰는 속도가 꽤 빠른 편이라고 생각하는데, 그래도 양이 많아서 상당히 힘든 작업이었습니다. 하지만 정말 재미있었고 이래저래 배운 것도 많았습니다.

그렇게 현실의 독자와 직접 메시지를 주고받으면서 한 가지, 퍼뜩 깨달은 게 있습니다. 그것은 '이 사람들은 총체mass로서 내 작품을 정확히 이해해준다'라는 것입니다. 한 사람 한 사람의 개별적인 독자를 보면 거기에는 때로 오해도 있고 지나치게 비약하는 일도 있고, 혹은 '그건 좀 틀린 생각인데?'라는 면도 없지 않습니다(죄송합니다). '열렬한 애독자'라고 자칭하는 사람들 역시 개개의 작품에 대해 상찬할 경우도 있고 비판할 때도 있습니다. 공감이 있는가 하면 반발도 있습니다. 보내준 의견을 하나하나 읽어보면 아무튼 각양각색인 것처럼 느껴집니다. 하지만 몇 걸음 물러나 조금 떨어진 곳에서 전체상을 바라보면 '이 사람들은 총체로서 정말 올바르게, 깊게, 나를 혹은 내 소설을 이해해주는구나'라는 실감이 들었습니다. 자잘한 개별적인 들쭉날쭉은 있지만 그걸 모두 더하고 빼서 평평하게 고르면 최종적으로는 자리 잡아야 할 곳에 정확히 자리 잡고 있는 것입니다.

'아, 그런 거였구나'라고 나는 그때 생각했습니다. 산등성이에 걸린 안개가 스르륵 걷히는 것처럼. 그런 인식을 얻은 것은 나로서는 좀처럼 하기 힘든 체험이었다고 생각합니다. 인터넷 체험, 이라고나 할까. 너무도 중노동이라 똑같은 일은 아마 더 이상 못 하지 않을까 싶긴 합니다만.

나는 앞서 '가공의 독자'를 염두에 두고 글을 쓴다고 말했지만, 그건 이 '총체로서의 독자'라는 것과 대략 동일한 의미라고 생각합니다. 총체라고 하면 이미지가 지나치게 커져서 머릿속에 잘 들어오지 않으니까 그것을 '가공의 독자'라는 단체單體로 일단 응축시킨 것이지요.

　일본 서점에 가면 남성 작가와 여성 작가를 별도의 코너로 나눠놓은 게 자주 보입니다. 외국 서점에는 그런 구별이 별로 없는 것 같은데 말이에요. 어딘가에는 있을지도 모르지만 적어도 나는 지금까지 본 적이 없습니다. 그래서 왜 남녀로 나눠놓았을까 하고 나름대로 이래저래 생각해봤는데 어쩌면 여성 독자는 여성 작가가 쓴 책을 읽는 경우가 많고 남성 독자는 남성 작가가 쓴 책을 읽는 경우가 많아서 '그렇다면 편리하게 구입할 수 있게 애초에 매장을 나눠놓자'라고 했는지도 모릅니다. 생각해보니 나도 여성 작가의 책보다는 남성 작가의 책을 읽는 경우가 약간 더 많은 것 같습니다. 하지만 그건 '남성 작가의 책이라서 읽는다'는 게 아니라 어쩌다 보니 결과적으로 그런 것뿐이고 물론 여성 작가 중에도 좋아하는 작가가 많습니다. 이를테면 외국 작가로는 제인 오스틴, 카슨 매컬러스를 무척 좋아합니다. 작품을 전부 다 읽었습니다. 앨리스 먼로도 좋아하고, 그레이스 페일리의 작품은 몇 권 번역도 했습니다. 그래서 그렇게 간단히 남성 작가와 여성 작가의 매장을 딱 나눠놓으면 곤란한데, 라는 마음도 들지만(그래서는 읽는 책의 남녀 분리가 점점 더 심화

될 테니) 내가 그런 의견을 말해도 사회에서는 영 귀를 기울여 주지 않더라고요.

앞서 잠깐 말씀드렸듯이 나 개인에 대해 말하자면 내 소설의 독자는 남녀 비율이 대략 비슷한 모양입니다. 본격적으로 조사해서 통계를 낸 건 아니지만 지금까지 다양한 실제 독자들을 만나 이야기하고, 그리고 아까도 말했던 것처럼 메일을 주고받으면서 '아, 남녀가 대략 반반이구나'라고 실감했습니다. 일본에서도 그렇고 외국에서도 그렇습니다. 균형이 잘 잡혀 있어요. 왜 그렇게 됐는지는 잘 모르겠지만 솔직히 이건 기뻐할 일이라는 생각이 듭니다. 세계 인구는 남녀가 대략 반반이니까 책의 독자가 남녀 반반이라는 건 자연스럽고 건전한 일이 아니겠습니까.

젊은 여성 독자와 이야기하다 보면 "무라카미 씨는 (육십 대 남성인데도) 어떻게 젊은 여자의 기분을 그렇게 잘 아십니까?"라는 질문이 들어옵니다(물론 그렇게 생각하지 않는 분도 많겠지만 이건 독자 의견의 한 가지 예로서 일단 얘기한 것입니다. 죄송합니다). 나는 내가 젊은 여자의 기분을 잘 알고 있다고는 생각해본 적도 없었기 때문에(진짜로) 그런 말을 들으면 상당히 놀랍습니다. 그런 때는 "아마 스토리를 만들면서 열심히 그 등장인물이 되어보려고 했기 때문에 그 사람이 무엇을 어떻게 느끼고 어떻게 생각하는지 점점 자연스럽게 알게 된 것 아닐까요. 어디까지나 소설적으로, 라는 얘기지만"이라고 대답하기로 했습니다.

즉 소설이라는 설정 안에서 캐릭터를 운용할 때는 그런 것도 어느 정도 알게 되기는 하지만, 그건 '현실의 젊은 여자를 잘 이해한다'는 것과는 조금 다른 일입니다. 살아 있는 여성 인간에 대해서는, 유감스럽다고 해야 할까, 나도 그리 잘 알지 못합니다. 하지만 실제 젊은 여성들이―적어도 그중 일부는―내가(즉 육십 대 중반의 아저씨가) 쓴 소설을 즐기고 거기 등장하는 인물에 공감하며 읽어준다면 그건 내게는 무엇보다 기쁜 일입니다. 그런 현상은 실제로는 거의 기적에 가까운 일이 아닌가 하는 생각까지 듭니다.

물론 세간에는 남성 독자 대상의 책, 여성 독자 대상의 책이 있어도 좋겠지요. 그런 것도 필요합니다. 그러나 나 자신은 내가 쓴 책이 남녀 구별 없이 독자의 마음을 환기하고 감동시킬 수 있었으면 좋겠다고 생각합니다. 그리고 연인끼리, 남녀 그룹이, 혹은 부부가, 부모와 자식이, 내 책에 대해 열띤 대화를 나눠준다면 그보다 더 기쁜 일은 없겠지요. 소설이란, 스토리란, 남녀와 세대 간의 대립이나 그 밖에 다양한 스테레오타입의 대립을 누그러뜨리고 그 날카로운 칼끝을 완화하는 기능을 가진 것이라고 나는 항상 생각하기 때문입니다. 이건 두말할 것도 없이 훌륭한 기능입니다. 내가 쓴 소설이 이 세계에서 아주 조금이라도 그런 포지티브한 역할을 해주기를 나 혼자 은근히 바라고 있습니다.

한마디로 말해버리자면—너무 뻔한 얘기라 입 밖에 내기도 면구스럽지만—나는 등단한 이래 일관적으로 독자 복은 많았구나, 라고 절절히 느낍니다. 되풀이하는 것 같지만 나는 비평적으로는 오랜 세월에 걸쳐 상당히 혹독한 평가를 받는 처지였습니다. 내 책을 출간한 출판사 내부에서도 나를 지지하는 편집자보다 비판적인 입장을 취하는 편집자가 더 많았습니다. 이래저래 항상 심한 말을 듣거나 냉랭한 취급을 받았습니다. 어쩐지 줄곧 (때로는 좀 강하고 때로는 좀 약해지는 시기적인 변동은 있었지만) 역풍을 맞아가며 나 혼자 묵묵히 일해온 듯한 마음이 들 정도입니다.

그래도 내가 위축되거나 우울해하지 않고 여기까지 건너온 것은(이따금 적잖이 소모되는 일은 있었으나) 내 책에 독자가 분명하게 따라주었기 때문입니다. 게다가, 이런 말을 내 입으로 하는 건 좀 그렇지만, 상당히 수준 높은 독자들입니다. 이를테면 책을 읽고 나서 '음, 재미있네' 하고 어딘가에 넣어두고 그냥 잊어버리는 게 아니라 '이건 어째서 재미있을까'라고 다시금 생각해보는 그런 독자가 많습니다. 그리고 그들 중 일부는—그것도 결코 적지 않은 수의 사람들—똑같은 책을 재차 읽었습니다. 경우에 따라서는 몇십 년이라는 오랜 기간에 걸쳐 몇 번씩. 어떤 이는 마음 맞는 친구에게 그 책을 빌려줘서 읽게 하고 서로의 의견과 감상을 주고받았습니다. 그렇게 다양한 방식으로 이야기를 입체적으로 이해하고 혹은 공감의 양상을 확인했습니다. 나는 그런 얘기를 수많은 독자들의 입을 통해 들었습니다. 그리고 그때마다 깊은 감사의 마음을 품지 않을 수 없었습니다. 그건 저자에게는 그야말로 이상적인 독자이기 때문입니다(나 역시 젊은 시절에 그런 식으로 책을 읽었습니다).

또한 내가 적잖이 자랑스럽게 생각하는 것은 지난 삼십오 년여 동안 책을 낼 때마다 독자 수가 꾸준히 증가했다는 점입니다. 물론 초기에 『노르웨이의 숲』이 압도적으로 잘 팔린 적은 있었지만, '부동층'을 포함한 그런 일시적인 숫자의 변동과는 별도로, 새 소설이 나오기를 기다렸다가 사서 읽어주는 '기초층'의 수는 지속적으로 차근차근 증가한 것으로 보입니다. 수치를 봐도 그렇지만 감촉으로서도 그건 뚜렷이 잡힙니다. 그런 경향은 일본뿐만 아니라 외국에서도 분명하게 번져가고 있습니다. 재미있게도 일본 독자든 해외 독자든 이제는 대부분 똑같은 방식으로 내 책을 읽어주는 것 같습니다.

말을 바꾸면, 독자와 나 사이에 굵고 곧은 파이프를 연결하고 그것을 통해 직접 주고받는 시스템을 시간을 들여 구축해왔다는 얘기입니다. 매스미디어나 문학계와 같은 '중개업자'를 (그다지) 필요로 하지 않는 시스템입니다. 거기서 무엇보다 필요한 것은 말할 것도 없이 저자와 독자 사이의 내추럴한, 자연 발생적인 '신뢰감'입니다. 많은 독자들이 '무라카미가 내는 책이라면 일단 사서 읽어보자. 손해는 안 볼 것이다'라고 생각해주실 만한 신뢰 관계 없이는 아무리 굵은 직통 파이프를 연결한다고 해도 그런 시스템은 오래 굴러가지 못합니다.

　　예전에 개인적으로 작가 존 어빙을 만나 대화했을 때, 그는 독자와의 관계에 대해 재미있는 이야기를 해주었습니다. "이봐요, 작가에게 가장 중요한 건 독자에게 메인라인mainline을 히트hit 하는 거예요. 말이 좀 험하기는 하지만." 미국 속어로 '메인라인을 히트 한다'는 것은 정맥주사를 맞는다, 즉 상대를 '애딕트addict'(마약중독자)로 만든다는 뜻입니다. 그 정도로 끊으려야 끊을 수 없는 커넥션을 만든다, 다음 주사를 애타게 기다리는 듯한 관계를 만든다는 것이지요. 이건 알아듣기 쉬운 비유이기는 한데 이미지가 좀 반사회적이라서 나는 '직통 파이프'라는 온건한 표현을 썼지만 뭐, 말하고자 하는 바는 대략 같습니다. 저자와 독자가 개인적으로 직거래를 한다("형씨, 물건 괜찮은 거 있는데, 어때?")—라는 친밀하고 피지컬한 느낌이 불가결한 것입니다.

이따금 독자에게서 아주 재미있는 편지가 날아오기도 합니다. '이번에 나온 신간을 읽고 크게 실망했습니다. 유감스럽지만 나는 이 책이 별로 마음에 들지 않습니다. 하지만 다음 책은 꼭 살 거예요. 열심히 해주세요'라는 편지입니다. 솔직히 말하겠는데, 나는 이런 독자를 정말 좋아합니다. 정말 감사하게 생각합니다. 거기에는 틀림없는 '신뢰감'이 있기 때문입니다. 그런 사람들을 위해 나는 '다음 책'을 제대로 써야지, 라고 생각합니다. 그리고 그 책이 그/그녀의 마음에 들기를 진심으로 기원합니다. 단 '모든 사람을 즐겁게 할 수는 없는' 일이라서 실제로 어떻게 될지는 나도 잘 모르겠습니다만.

해외에 나간다.
새로운 프런티어

내 작품이 본격적으로 미국에 알려진 것은 1980년대도 끝나가던 무렵, '고단샤 인터내셔널'(KI)에서 영어판 『양을 둘러싼 모험』이 하드커버로 번역 출간되고, 잡지 《뉴요커》에 단편소설 몇 편이 채택 게재된 것이 맨 처음이었습니다. 당시 고단샤는 맨해튼 중심지에 사무실을 마련하고 현지에서 편집자를 채용해 상당히 적극적으로 사업을 펼쳐나갔습니다. 미국에서의 출판 사업에 본격적으로 진출하려고 한 것입니다. 이 회사는 나중에 '고단샤 아메리카'(KA)가 됩니다. 자세한 속사정은 모르지만, 고단샤의 자회사고 현지법인인 것으로 알고 있습니다.

엘머 루크라는 중국계 미국인이 편집의 중심을 맡고 그 밖에 몇 명의 유능한 현지 스태프들(홍보와 영업 쪽 전문가)이 있었습니다. 사장은 시라이 씨라는 분으로, 일본식의 번거로운 절차는 별로 따지지 않고 미국인 스태프들이 가능한 한 자유롭게 활동하도록 해주는 타입이었습니다. 그래서 회사 분위기도 여유가 있었습니다. 미국인 스태프들은 상당한 열의를 갖고 내 책의 출판을 도와줬습니다. 그 얼마 뒤에 나도 뉴저지주에 체재하게 되어서 한 번씩 뉴욕에 나갈 때마다 브로드웨이에 자리한 KA 사무실에 들러 그들과 얘기를 나누곤 했습니다. 일본 회사라기보다 분위기는 미국 회사에 가까웠습니다. 전원이 멋쟁이 뉴요커, 그야말로 에너지가 넘치고 유능해서 함께 일하면서 무척 재미있었습니다. 그 시절의 이런저런 일들은 내게는 정말 즐거운 추억입니다. 나도 아직 사십 대 초반이었기 때문에 온갖 재미난 일들이 있었습니다. 지금도 그들 중 몇 명과는 친하게 지냅니다.

앨프리드 번바움의 신선한 번역 덕분에 『양을 둘러싼 모험』은 예상보다 평판이 좋아 《뉴욕 타임스》에서 크게 다뤄주고 존 업다이크는 《뉴요커》에 호의적인 장문의 논평을 써줬습니다. 하지만 영업적인 성공과는 한참 거리가 멀었습니다. '고단샤 인터내셔널'이라는 출판사 자체가 미국에서는 아직 신참이고 나 자신도 물론 무명이었기 때문에 그런 책은 서점에서 좋은 자리에 진열해주지 않습니다. 지금처럼 전자책이라든가 인터넷 판매라도 있었으면 좀 나았을지 모르지만 그건 한참 나중의 일입니다. 그래서 어느 정도 화제가 되기는 했지만 그것이 판매로 직결되지는 않았습니다. 『양을 둘러싼 모험』은 나중에 빈티지(랜덤하우스)에서 페이퍼백으로 나와 그건 꾸준히 롱셀러가 됐습니다만.

이어서 『세계의 끝과 하드보일드 원더랜드』 『댄스 댄스 댄스』를 냈는데 그것 역시 비평가들의 평가도 좋았고 나름대로 화제가 됐지만 전체적으로 '컬트적'인 영역에만 머물렀을 뿐 판매 면에서는 아쉬움이 있었습니다. 그즈음의 일본 경제는 한창 호경기를 누리던 때라서 『*Japan as Number One*』이라는 책까지 나오는, 이른바 'Go, Go!'의 시대였는데도 유독 문화 쪽에 관해서는 그리 알려져 있지 않았습니다. 미국인과 대화하다 보면 화젯거리는 대부분 경제문제고 문화에 대해서는 별로 신통치 않았습니다. 사카모토 류이치, 요시모토 바나나는 그 당시에도 꽤 이름이 알려졌지만, (유럽이야 어찌 됐든) 최소한 미국 시장에서는 대중의 시선을 적극적으로 일본 문화로 끌어모으는 흐름은 만들지 못했습니다. 극단적으로 말한다면, 일본은 '돈은 많지만 정체를 알 수 없는 나라'라는 식으로 그 당시에는 인식되었던 것이지요. 물론 가와바타 야스나리, 다니자키 준이치로, 미시마 유키오를 통해 일본 문학을 높이 평가하는 사람들도 있었지만 그들은 기껏해야 한 줌의 인텔리들입니다. 대부분이 도회지에 거주하는 '고답적'인 독서인이었습니다.

그래서 《뉴요커》에 내 단편소설 몇 편이 실렸을 때는 무척 기뻤지만(그 잡지를 애독해온 나로서는 꿈 같은 일이었기 때문에), 유감스럽게도 거기서 한 단계 뛰어오르지는 못했습니다. 로켓으로 말하면, 초기 속도는 좋았는데 2단계의 부스트가 먹히지 않은 것입니다. 하지만 그 뒤로 오늘에 이르기까지 나와 《뉴요커》의 우호적인 관계는 편집장이나 담당 편집자가 교체되어도 여전히 변하는 일 없이, 나에게는 항상 든든한 홈그라운드가 되었습니다. 그들은 내 작품 스타일이 마음에 들었는지(회사 분위기와 잘 맞았던 모양입니다) '전속 작가 계약'을 맺었습니다. 나중에 J. D. 샐린저가 똑같은 계약을 했다는 얘기를 듣고, 큰 영광이라고 생각했습니다.

《뉴요커》에 게재된 내 첫 작품은 단편 「TV 피플」(1990/9/10)이고 그 뒤로 이십오 년 동안 모두 스물일곱 편의 작품이 채택되어서 실렸습니다. 《뉴요커》 편집부의 작품 채택 판정은 몹시 엄정해서 아무리 유명한 작가라도, 아무리 편집부와 친밀한 작가여도 잡지가 설정한 기준이나 취향에 맞지 않는(다고 여겨지는) 작품은 단호히 각하됩니다. 샐린저의 「조이Zooey」조차 만

장일치의 판단으로 각하되었습니다(편집장 윌리엄 숀의 진력으로 결국 게재되었지만). 물론 내 작품도 몇 번이나 각하되었습니다. 그런 점은 일본의 잡지와는 상당히 다릅니다. 하지만 그런 엄격한 난관을 뚫고 작품이 꾸준히 《뉴요커》에 실리면서 미국 독자를 개척할 수 있었고 내 이름도 점점 일반인에게 스며들었습니다. 그 효과는 무척 컸다고 생각합니다.

《뉴요커》라는 잡지가 가진 명망과 영향력은 일본의 잡지로서는 상상도 못 할 만큼 강합니다. 일본에서 100만 부가 팔렸다, 일본에서 '○○상'을 탔다, 라고 해도 미국에서는 "아, 그래요?" 하고 끝나지만 《뉴요커》에 작품 몇 편이 실렸다고 하면 사람들의 반응이 당장 달라집니다. 그런 랜드마크 잡지가 한 권이라도 존재하는 문화라는 게 참 부럽다는 생각이 자주 듭니다.

업무상 알게 된 몇몇 미국인들에게서 '여기서 작가로 성공하려면 미국 에이전트와 계약하고 미국 쪽의 대형 출판사에서 책을 내지 않고서는 어렵다'는 충고를 들었습니다. 굳이 들을 것도 없이 분명 맞는 말이라고 나 자신도 실감했습니다. 적어도 당시는 그런 상황이었습니다. 그래서 KA 사람들에게는 죄송하지만 내 발로 직접 뛰어다니며 미국의 에이전트와 출판사를 찾기로 했습니다. 뉴욕에서 몇몇 사람들과 면접한 끝에 문예 에이전트는 대기업 에이전시 ICM(인터내셔널 크리에이티브 매니지먼트)의 어맨다(통칭 빈키) 어번, 출판사는 랜덤하우스 휘하의 크노프(톱은 서니 메타), 크노프에서의 담당 편집자는 게리 피스켓존으로 결정했습니다. 세 명 모두 미국 문예계에서는 슈퍼 톱클래스의 사람들입니다. 지금 생각하면 그만한 인물들이 내게 관심을 가져준 것이 정말 놀랍지만, 당시에는 나도 필사적이었기 때문에 상대가 얼마나 대단한 사람인지, 그런 건 돌아볼 여유도 없었습니다. 아무튼 아는 이의 연출에 의지해 다양한 사람들과 면담하고 '이 사람이라면'이라고 생각되는 상대를 선택했을 뿐입니다.

생각건대 이 세 사람이 내게 관심을 가진 이유는 세 가지였습니다. 첫 번째는, 내가 레이먼드 카버의 번역자고 그의 작품을 일본에 소개했다는 점입니다. 이 세 사람은 그대로 레이먼드 카버의 에이전트고 출판사 대표고 담당 편집자입니다. 이건 결코 우연이 아니라고 나는 생각합니다. 어쩌면 고인이 된 레이먼드 카버가 이끌어준 것인지도 모릅니다(그때는 그가 고인이 된 지 아직 사오 년밖에 안 된 때였습니다).

두 번째는 『노르웨이의 숲』이 일본에서 200만 부(세트) 가까이 팔린 것이 미국에서도 화제가 됐다는 점입니다. 200만 부라는 건 미국에서도 문예 작품으로는 좀처럼 보기 힘든 수치입니다. 덕분에 내 이름도 업계에 어느 정도 알려져서 『노르웨이의 숲』이 마치 첫인사의 명함처럼 통했던 것입니다.

세 번째는 내가 미국에서 작품을 발표하기 시작하고 그것이 그럭저럭 화제가 되면서 뉴커머로서의 '장래성'을 높이 평가해준 것입니다. 특히 《뉴요커》에서의 높은 평가의 영향이 컸습니다. 윌리엄 숀의 뒤를 이어 이 잡지의 편집장을 맡은 '전설의 편집자' 로버트 고틀리브가 왜 그런지 개인적으로 나를 좋아해서 자신이 직접 회사 안을 구석구석 안내해준 것도 내게는 멋진 추억입니다. 직속 담당 편집자 린다 애셔도 매우 매력적인 여성으로 나오는 묘하게 죽이 잘 맞았습니다. 이제는 《뉴요커》를 사직한 지 꽤 오래됐지만 아직도 그녀와는 친교가 있습니다. 생각해보면 미국 시장에서 나를 키워준 것은 바로 《뉴요커》인지도 모릅니다.

결과적으로 그 세 명의 출판인(빈키, 메타, 피스켓존)과 맺어진 것이 일이 잘 풀린 큰 요인이었다고 생각합니다. 그들은 대단히 유능하고 열의가 넘치고 폭넓은 커넥션과 업계에 대한 확실한 영향력을 갖고 있었습니다. 그리고 크노프 사내 (명물) 디자이너 칩 키드는 최초의 『코끼리의 소멸』에서부터 최근에 출간한 『색채가 없는 다자키 쓰쿠루와 그가 순례를 떠난 해』까지 내 책 모두를 디자인해주었고 그게 상당히 인기가 있었습니다. 그의 북 디자인을 보고 싶어서 내 신간을 기다리는 이들이 있었을 정도입니다. 그런 인재들을 만날 수 있었던 것도 나에게는 큰 행운이었습니다.

또 하나의 요인은 내가 '일본인 작가'라는 사실을 테크니컬한 의미에서 일단 보류해두고 처음부터 미국인 작가와 똑같은 링에서 뛰어보기로 결심했던 것에 있지 않은가 싶습니다. 내가 직접 번역자를 찾아 개인적으로 번역을 의뢰하고 그 번역본을 직접 체크하고, 그렇게 영어로 번역한 원고를 에이전트에게 가져가 출판사에 판매하는 방식을 취했습니다. 그렇게 하면 에이전트도 출판사도 나를 미국인 작가와 똑같은 스탠스stance로 다룰 수 있습니다. 즉 외국어로 소설을 쓰는 외국인 작가가 아니라 미국 작가들과 똑같은 그라운드에 서서 그들과 똑같은 규칙으로 플레이를 하는 것입니다. 우선 그런 시스템을 내 쪽에서 분명하게 설정했습니다.

그런 결정을 내린 것은 빈키를 처음 만났을 때, '영어로 읽지 못하는 작품은 취급할 수 없다'고 나에게 분명하게 말했었기 때문입니다. 그녀는 직접 작품을 읽고 가치를 판단한 다음에 거기서부터 일을 시작합니다. 그녀가 읽지 못하는 작품을 가져가봤자 일이 되지 않는 것입니다. 에이전트로서는 뭐, 당연한 일이

지요. 그래서 내가 우선 납득할 만한 영어 번역을 준비하기로
한 것입니다.

일본이나 유럽의 출판 관계자들은 '미국 출판사는 상업주의
에 치우쳐 영업 실적에만 신경을 쓸 뿐, 긴 안목으로 작가를 키
우지 않는다'는 식으로 말하곤 합니다. 반미 감정까지는 아니지
만, 미국식 비즈니스 모델에 대한 반감(혹은 호감의 결여)이 느
껴지는 일도 가끔 있습니다. 분명 미국의 출판 비즈니스에 그런
면이 전혀 없다고 한다면 거짓말이 되겠지요. '에이전트도 출판
사도 책이 잘 팔릴 때는 작가를 떠받들어주다가 안 팔리면 그
즉시 냉랭해진다'고 불평하는 미국인 작가를 몇 명이나 봤습니
다. 아닌 게 아니라 그런 면도 있겠지요. 하지만 꼭 그런 것만은
아닙니다. 마음에 드는 작품에 대해, 이 사람이다 싶은 작가에
대해, 에이전트나 출판사가 코앞의 이해득실을 따지지 않고 전
력을 다하는 예를 나는 곳곳에서 봤습니다. 거기에는 편집자 개
인의 의지나 의욕이 중요한 역할을 합니다. 이런 일은 전 세계
어디서나 대부분 똑같은 게 아닌가 하고 생각합니다.

어느 나라에서나 내가 본 바로는 출판 일을 하거나 편집자가
되려는 사람들은 애초에 책을 좋아하는 사람들입니다. 미국 역
시 단순히 돈을 많이 벌겠다, 경비를 호화롭게 쓰고 싶다고 생
각하는 사람은 일단 출판업계 쪽으로는 오지 않습니다. 그런 사

람들은 월가에 가거나 매디슨가(광고업계)로 갑니다. 특별한 예를 제외하고 출판사가 지불하는 급료는 그리 높은 편이 아니기 때문입니다. 그래서 더더욱 출판업계에서 일하는 사람들 사이에는 많든 적든 '나는 책이 좋아서 이 일을 하고 있다'는 자부심과 의욕이 있습니다. 일단 작품이 마음에 들면 이해득실을 따지지 않고 열과 성을 다해 뛰어줍니다.

한동안 미국 동부(뉴저지와 보스턴)에서도 살았던 적이 있어서 빈키와 게리, 서니와는 개인적으로 교제하며 친밀한 관계를 맺었습니다. 멀리 떨어진 지역의 사람들이 오랜 세월에 걸쳐 일하는 것이라서 역시 때때로 얼굴을 마주 보며 다양한 이야기를 나누고 식사를 함께 하기도 합니다. 그런 건 어느 나라나 똑같습니다. 모두 에이전트에게 맡겨버리고 담당자와는 거의 만나지도 않은 채 '알아서 적당히 해달라'고 일임하는 자세여서는 일이 잘 풀리지 않습니다. 물론 작품 자체에 압도적으로 강한 힘이 있다면 그렇게 해도 괜찮겠지만, 솔직히 나는 그렇게까지 자신이 있는 것도 아니고, 어떤 일이든 '내가 할 수 있는 일은 가능한 한 해본다'는 성격이라서 최대한 내 발로 직접 뛰었습니다. 일본에서 등단할 당시에 했던 일을 다시 한번 미국에서 한 셈입니다. 사십 대에 다시 '신인 상태'로 리셋 했다고나 할까.

그렇게 적극적으로 미국 시장을 개척하기로 마음먹었던 것은 그때까지 일본 국내에서 이래저래 재미없는 일이 많아서 '이대로 국내에서 어물어물해봤자 별 볼 일 없겠다'고 통감한 것이 컸다고 생각합니다. 당시는 이른바 거품경제 시대여서 일본에서 '글쟁이'로 먹고사는 건 그리 어려운 일은 아니었습니다. 인구가 1억이 넘는데 거의 모든 사람이 일본어를 읽을 수 있습니다. 즉 기초적인 독서 인구는 상당히 많은 편이에요. 게다가 일본 경제는 전 세계가 눈이 휘둥그레질 만큼 호조를 보여서 출판계도 활황을 누리던 시절입니다. 주식은 상승 일변도고 부동산도 급등해 세상에 돈이 남아돌았기 때문에 새 잡지가 줄줄이 창간되고 각 잡지마다 광고가 얼마든지 들어왔습니다. 작가로서도 원고 청탁이 안 들어와 힘들 일은 없었습니다. 그때는 '돈 되는 일거리'도 많았습니다. '경비는 얼마든지 대줄 테니 세계 어디든 원하는 곳에 가서 원하는 대로 기행문을 써달라'는 의뢰도 있었습니다. 낯선 사람에게서 '이번에 프랑스의 성을 한 채 사들였는데 거기서 일 년쯤 머물면서 느긋하게 소설을 써보시겠느냐'는 멋들어진 제안이 들어오기도 했습니다(양쪽 다 정중히 거절했지만). 지금 생각해보면 도무지 믿어지지 않는 얘기지요. 소설가에게 주식이라고 할 소설 자체는 그리 팔리지 않더라도 그런 맛있는 '부식거리'만으로도 충분히 먹고살 수 있었습니다.

하지만 그건 마흔을 목전에 둔(즉 작가로서 매우 중요한 시기인) 나로서는 그리 반길 만한 환경이라고 할 수 없었습니다. '민심을 현혹하다'라는 표현이 있는데, 그야말로 그 말 그대로였습니다. 사회 전체가 술렁술렁 들떠서 입만 벌렸다 하면 돈 얘기입니다. 차분히 자리를 잡고 시간을 들여 장편소설을 쓸 만한 분위기가 아니었습니다. 이런 곳에 있다가는 나까지 자칫 망가져버릴 것 같다—그런 기분이 점점 강해졌습니다. 좀 더 팽팽하게 긴장된 환경에 자리를 잡고 새로운 프런티어를 개척하고 싶다. 나 자신의 새로운 가능성을 시험해보고 싶다. 그렇게 생각했습니다. 그래서 더더욱 1980년대 후반에 일본을 떠나 외국을 중심으로 생활하게 된 것입니다. 『세계의 끝과 하드보일드 원더랜드』를 출판한 다음의 일입니다.

또 한 가지, 일본 내에서 내 작품과 나 개인에 대한 비난이 상당히 심했다는 것도 있습니다. 나는 기본적으로 '결함 있는 인간이 결함 있는 소설을 쓰고 있으니까 남들이 어떻게 말하든 별수 없다'라는 식으로 생각했고 실제로 신경 쓰지 않으려고 하면서 살아왔지만, 그래도 당시에는 아직 젊은 나이라서 그런 비판을 들으면 '이건 너무나 공정성이 떨어지는 얘기 아닌가'라고 느끼는 일이 꽤 많았습니다. 사생활 부분까지 파고들어 가족을 포함해 사실이 아닌 일을 사실처럼 써내며 개인적인 공격을 가하는 경우도 있었습니다. 어떻게 저런 말까지 할 수 있나, 하고 (불쾌하게 생각했다기보다 오히려) 신기하게 느껴지기도 했지만.

그건 지금 돌아보면 동시대 일본 문학 관계자들(작가, 비평가, 편집자 등)이 느꼈던 욕구불만frustration의 발산 같은 게 아니었을까 하는 생각이 듭니다. 이른바 주류파 순문학이 그 존재감이나 영향력을 급속히 잃어가는 것에 대한 '문학계' 내부의 불만, 울결鬱結입니다. 즉 거기에서는 패러다임의 전환이 착착 진행되고 있었던 것입니다. 하지만 업계 관계자 입장에서는 그런 멜트다운적인 문화 상황이 통탄스럽고 또한 참을 수 없었겠지요. 그리고 그들 대부분은 내가 써내는 것을, 혹은 나라는 존재 자체를, '본연의 합당한 상황을 손상시키고 파괴해버린 원흉의 하나'로서 백혈구가 바이러스를 공격하듯이 배제하려고 했던 것이 아닌가, 하는 생각이 듭니다. 나로서는 '나 같은 사람이 써내는 작품으로 손상될 정도의 것이라면 손상당하는 쪽에 오히려 문제가 있는 거 아닌가'라고 생각했습니다만.

'무라카미 하루키의 글은 기껏해야 외국 문학의 재탕이다. 이런 건 기껏해야 일본 내에서나 통할 것이다'라는 말도 자주 들었습니다. 나는 내 글이 '외국 문학의 재탕'이라고는 눈곱만큼도 생각하지 않았고 오히려 일본어의 도구로서의 새로운 가능성을 적극적으로 추구하고 모색한다는 의도였기 때문에 '그렇게 말한다면 내 작품이 외국에서 통하는지 아닌지 어디 한번 시험해봅시다'라는 도전적인 마음이 솔직히 없지는 않았습니다. 나는 결코 승부욕이 강한 성품은 아니지만 납득할 수 없는 일은 납득이 될 때까지 철저히 확인해보려고 하는 면이 있습니다.

게다가 만일 외국을 중심으로 활동할 수 있다면 그런 일본 내의 번거롭기 짝이 없는 문학계와 연관될 필요도 조금은 줄어들겠지요. 어떤 말들을 하건 모른 척 흘려들으면 됩니다. 나로서는 그런 가능성도 '해외에 나가 한번 열심히 뛰어보자'라고 생각하는 요인이었습니다. 생각해보면 국내 비평계에서 실컷 두들겨 맞은 것이 해외 진출의 계기가 된 셈이니 오히려 욕을 먹은 게 행운이었다고나 할까요. 어떤 세계에서나 똑같지만, '사람 망치는 칭찬 세례'만큼 무서운 것도 없으니까요.

외국에서 책을 내면서 가장 흐뭇했던 것은 수많은 사람들(독자와 비평가)이 '무라카미의 작품은 어찌 됐든 오리지널이다. 다른 어떤 작가의 소설과도 다르다'고 말해준 것입니다. 작품 자체를 높이 평가해준 것이든 아니든 간에 '이 사람은 다른 작가와는 작풍이 전혀 다르다'라는 의견이 기본적으로 대세를 차지했습니다. 일본에서 받은 평가와는 사뭇 달랐기 때문에 그건 정말 기쁜 일이었습니다. 오리지널이라는 것, 나만의 스타일을 가졌다는 것, 그것은 나에게는 무엇보다 큰 찬사입니다.

하지만 해외에서 내 작품이 팔리기 시작하면서, 라고 할까, 팔린다는 게 알려지기 시작하면서 일본 내에서 이번에는 '무라카미 하루키의 책이 해외에서 잘 팔리는 것은 번역하기 쉬운 문장인 데다 외국인이 알아먹기 쉬운 이야기이기 때문이다'라는 얘기들이 나왔습니다. 나로서는 '그건 전과는 얘기가 완전히 반대잖아요' 하고 좀 어처구니없는 심정이었지만, 뭐 어쩌겠습니까. 돌아가는 형세를 계산해가며 자기 좋을 대로 확실한 근거도 없이 발언하는 사람들이 세상에는 항상 일정한 수만큼 있는 법이라고 생각하고 넘어갈 수밖에.

애초에 소설이란 어디까지나 신체의 내측에서 자연스럽게 솟아오르는 것이지 그렇게 전략적으로 퍀퀙 바꿀 수 있는 것이 아닙니다. 시장조사 같은 것을 해서 그 결과를 보고 의도적으로 내용을 분류해가며 써낼 수 있는 것도 아닙니다. 설령 그게 가능하다고 해도 그런 일천한 지점에서 태어난 작품은 수많은 독자의 지지를 얻을 수 없습니다. 일시적으로 지지를 얻는다 해도 그런 작품이나 작가는 오래갈 수도 없고 금세 잊힙니다. 에이브러햄 링컨은 이런 말을 남겼습니다. '많은 사람을 짧은 기간 동안 속이는 건 가능하다. 몇몇 사람을 오랜 기간 속이는 것도 가능하다. 하지만 많은 사람을 오랜 기간 속일 수는 없다'라고. 소설에 대해서도 똑같은 말을 할 수 있다고 나는 생각합니다. 시간에 의해 증명되는 것, 시간에 의해서만 증명되는 것이 이 세상에는 아주 많습니다.

다시 하던 이야기로 돌아갈까요.

대형 출판사 크노프에서 단행본을 출간하고, 계열사 빈티지에서 페이퍼백을 발매하고, 그렇게 오랜 시간에 걸쳐 작품군이 줄줄이 갖춰지면서 미국에서 내 책의 매출도 서서히, 하지만 꾸준히 증가했습니다. 신간이 나오면 보스턴이나 샌프란시스코 같은 도시 지역신문의 베스트셀러 목록에서 항상 상위에 올랐습니다. 내 책이 출간되면 사서 읽어주는 독자층이―일본의 경우와 거의 똑같은 양상으로―미국에서도 형성된 것입니다.

그리고 2000년으로 넘어오면서 작품으로 치면 『해변의 카프카』(미국에서는 2005년에 출간) 때쯤부터 내 신간은 《뉴욕 타임스》 신문의 전미全美 베스트셀러 목록에 말석이기는 해도 얼굴을 내밀었습니다. 즉 동해안과 서해안의 리버럴한 경향이 강한 대도시 지역뿐만 아니라 내륙에서도 내 소설 스타일이 전국적인 지지를 받았다는 얘기입니다. 『1Q84』(2011년 출간)가 베스트셀러 (픽션 하드커버 부문) 2위에 오르고, 『색채가 없는 다자키 쓰쿠루와 그가 순례를 떠난 해』(2014년 출간)는 1위에 올랐습니다. 하지만 거기에 이르기까지 상당히 긴 세월이 필요했습니다. 단번에 팡 터진 게 아니에요. 하나하나 작품을 꾸준히 쌓아 올리며 가까스로 토대를 마련하는 식이었습니다. 또한 그에 따라 예전에 간행한 페이퍼백 작품도 활발히 움직였습니다. 바람직한 흐름이 만들어진 것입니다.

그런데 초기 단계에서 무엇보다 눈에 띈 것은 미국 내에서의 동향보다 오히려 유럽 시장에서 내 소설의 발행 부수가 증가했다는 점이었습니다. 뉴욕을 해외 출판의 허브(주축)로 삼은 것이 유럽에서의 매출 신장으로까지 이어진 모양입니다. 이건 나도 미처 예측하지 못한 일이었습니다. 솔직히 말해서, 뉴욕이라는 허브가 가진 의미가 그토록 클 줄은 생각하지 못했습니다. 나로서는 단지 '영어로 된 원고라면 읽을 수 있다'는 이유만으로, 그리고 우연히 미국에서 머물고 있었다는 이유만으로 우선 미국 쪽을 홈그라운드로 설정했을 뿐입니다.

아시아 이외 지역에서 일단 불이 붙은 곳은 러시아와 동유럽이고 그것이 서서히 서진해서 서유럽으로 옮겨 갔다는 느낌이 듭니다. 1990년대 중반의 일입니다. 실로 깜짝 놀랄 일인데, 러시아의 베스트셀러 10위 목록의 절반 정도가 내 책으로 채워진

적도 있다고 들었습니다.

이건 어디까지나 내 개인적인 느낌이라서 확실한 근거나 예증을 제시하기는 좀 어렵지만, 역사적인 연표와 대조해가며 살펴보면 세계적으로 각 나라의 사회 기반에 뭔가 큰 동요(혹은 변용)가 일어난 뒤에 내 책이 널리 읽히는 경향을 보였던 것 같습니다. 이를테면 러시아와 동유럽에서 내 책이 급속히 팔리기 시작한 것은 공산주의 체제의 붕괴라는 거대한 지반 변혁이 일어난 뒤였습니다. 흔들림 없이 공고할 것으로 보였던 공산당 독재 시스템이 맥없이 무너지고, 거기에 희망과 불안이 뒤섞인 '부드러운 카오스'가 넘실넘실 밀려듭니다. 그렇게 가치관이 급격히 교체되는 상황에서 내가 제공한 스토리가 갑작스럽게 새롭고 자연스러운 리얼리티를 갖게 된 것이 아닌가, 라고 생각합니다.

또한 베를린의 동서를 가르는 장벽이 극적으로 붕괴하면서 독일이 통합 국가가 된 얼마 뒤부터 내 소설이 독일에서도 서서히 읽히기 시작했습니다. 이건 물론 단순한 우연의 일치에 지나지 않는지도 모릅니다. 하지만 생각건대, 사회 기반·구조의 급격한 변동이 사람들이 일상적으로 품고 있던 리얼리티에 강력한 영향을 끼치고 나아가 개변을 요구한다는 건 당연한 일이며 자연스러운 현상입니다. 현실 사회의 리얼리티와 스토리의 리얼리티는 인간의 영혼 속에서(혹은 무의식 속에서) 피할 수 없이 그 근저에서 상통하는 것입니다. 어떤 시대에도 대변혁이 일어나 사회의 리얼리티가 크게 교체될 때, 그것은 스토리의 리얼리티의 교체를, 마치 반증이라도 하려는 것처럼, 요구합니다.

스토리란 본래 현실에 대한 메타포로서 존재하는 것이고, 사람들은 변동하는 주변 현실의 시스템을 따라잡기 위해, 혹은 거기서 밀려나지 않기 위해 자신의 내적인 장소에 앉혀야 할 새로운 스토리＝새로운 메타포 시스템을 필요로 합니다. 그 두 가지 시스템(현실 사회의 시스템과 메타포 시스템)을 제대로 연결하는 것에 의해, 다시 말해 주관 세계와 객관 세계를 오고 가면서 상호 간에 제대로 적응하도록 하는 것에 의해, 사람들은 불확실한 현실을 겨우겨우 받아들이고 평정심을 유지해나갈 수 있습니다. 내 소설이 제공하는 스토리의 리얼리티는 그러한 적응의 톱니바퀴로서 우연히 글로벌한 기능을 수행했던 것이 아닌가―그런 느낌이 없잖아 있습니다. 되풀이하는 것 같지만, 물론 이건 내 개인적인 실감에 지나지 않습니다. 그래도 완전히 잘못 짚은 얘기는 아니라고 생각합니다.

그렇게 생각해보면, 일본이라는 사회는 그런 총체적인 대변혁을 미국이나 유럽 사회보다 오히려 더 빠른 단계에, 어떤 의미에서는 자명한 일로서 자연스럽고도 유연하게 찰지察知했던 것이 아닌가 하는 마음이 듭니다. 내 소설은 미국과 유럽보다 더 일찍부터 일본에서―최소한 일본의 일반 독자들에게는―적극적으로 받아들여졌으니까. 그런 점에서는 중국과 한국, 대만 등의 동아시아 인접 국가도 똑같다고 할 수 있습니다. 일본 이외에도 중국, 한국, 대만의 독자들은 상당히 이른 단계에서부터(미국이나 유럽에서 인정받기 전부터) 내 작품을 적극적으로 받아들이고 읽어주었습니다.

그런 동아시아 국가들에서는 서구에 앞서서 사회적 대변혁이 사람들 사이에 이미 리얼한 의미를 가졌던 것인지도 모릅니다. 그것도 서구에서처럼 '어떤 사건'에 의해 급격한 사회적 변혁이 일어난 게 아니라 시간을 두고 좀 더 부드러운 형태의 변혁으로서. 즉 경제적으로 급성장한 아시아 지역에서는 사회적 대변혁은 돌발적인 사건이 아니라, 지난 이십오 년 정도에 관해서 말하자면, 오히려 항상적인 지속 상태였다는 얘기입니다.

물론 그런 식으로 간단히 단언하기에는 좀 무리한 얘기일 수 있고, 거기에는 또 다른 다양한 요인도 있을 것입니다. 그러나 내 소설에 대한 아시아 각국 독자들의 반응과 서구 각국 독자들의 반응 사이에 상당한 차이점이 있다는 것 또한 분명한 일입니다. 그리고 그것은 '대변혁'에 대한 인식이나 대응의 차이에서 나온 게 아닌가 싶습니다. 나아가 좀 더 말하자면, 일본이나 동아시아 각국에서는 포스트모던에 앞서서 있었어야 할 '모던'이 정확한 의미에서는 존재하지 않았던 게 아닌가 싶습니다. 즉 주관 세계와 객관 세계의 분리가 서구 사회만큼 논리적으로 명확하지 않았던 게 아닌가 싶습니다. 하지만 거기까지 나가면 얘기가 너무 커져버릴 것 같아서 그에 대한 논의는 다시 다음 기회로 넘기고자 합니다.

또한 서구 각국에서 약진할 수 있었던 큰 요인 중의 하나는, 다행스럽게도 몇 명의 훌륭한 번역자를 만난 것이었습니다. 우선 1980년대 중반에 앨프리드 번바움이라는 수줍어하는 인상의 미국인 청년이 내게 찾아와, 작품이 마음에 들어서 짧은 것을 몇 개 선정해 번역하고 있는데 괜찮겠느냐고 물었습니다. 그래서 "좋지요, 꼭 번역해주세요"라고 얘기가 되었고 그 번역 원고가 점점 쌓이면서, 시간이 좀 걸리기는 했지만 몇 년 뒤에 《뉴요커》 진출의 계기가 됐습니다. 『양을 둘러싼 모험』과 『댄스 댄스 댄스』를 '고단샤 인터내셔널'에서 출간할 때도 앨프리드가 번역해주었습니다. 앨프리드는 대단히 유능하고 의욕이 넘치는 번역자였습니다. 만일 그가 내게로 그런 얘기를 들고 찾아오지 않았다면 내 작품을 영어로 번역한다는 생각은 그 시점에는 아마 못 했을 것입니다. 나로서는 아직 그런 수준은 아니라고 생각했었으니까.

그 뒤 프린스턴 대학 초청으로 미국에 체재하게 되었을 때, 제이 루빈을 만났습니다. 그는 당시 워싱턴 주립대학 교수였고 나중에 하버드 대학으로 옮겼습니다. 매우 우수한 일본 문학 연구자여서 나쓰메 소세키의 몇몇 작품을 번역한 것으로 이름이 알려졌습니다. 그 역시 내 작품에 깊은 관심을 갖고 "가능하면 뭔가 번역해보고 싶다. 만일 기회가 닿는다면 연락해달라"라고 말했습니다. 나는 "우선 마음에 드는 단편소설을 몇 편 번역해주시겠습니까"라고 답했습니다. 그가 몇 개의 작품을 선정해 번역했는데 무척 훌륭한 번역이었습니다. 무엇보다 재미있었던 것은 제이와 앨프리드가 선정한 작품이 전혀 달랐다는 점입니다. 두 사람은 신기할 만큼 마주치지 않았습니다. 여러 명의 번역자를 가진다는 건 중요한 일이구나, 하고 그때 통감했습니다.

제이 루빈은 번역자로서 그야말로 뛰어난 실력을 가진 사람이어서 그런 그가 새 장편소설 『태엽 감는 새』를 번역해준 덕분에 미국에서의 내 포지션이 더욱 확고해졌다고 생각합니다. 간단히 말하자면, 앨프리드의 번역은 자유분방하고 제이의 번역은 견실합니다. 둘 다 자신만의 색깔이 있었던 것인데 그 무렵에 앨프리드는 자신의 일이 바빠져서 장편소설 번역까지는 손이 미치지 못하는 상황이었기 때문에 제이가 나타난 것은 나로서는 정말 고마운 일이었습니다. 게다가 『태엽 감는 새』처럼 (초기 작품에 비해) 구조가 비교적 치밀한 소설은 제이처럼 첫머리부터 정확하게 단어 하나하나의 뜻을 충실히 옮겨주는 번역자가 아무래도 더 잘 맞는다고 생각합니다. 그리고 그의 번역에서 특히 마음에 든 것은 의도치 않은 유머 감각이 있다는 점이었습니다. 결코 정확하고 견실한 것만이 아니었습니다.

그리고 필립 게이브리얼이 있고, 테드 구센이 있습니다. 그들은 능력 있는 번역자로서 역시 내 소설에 큰 관심이 있었습니다. 두 사람 다 젊은 시절부터 상당히 오랜 동안의 지인입니다. 그들은 처음에 "당신 작품을 번역하고 싶은데요"라든가 "이미 번역을 해봤는데요"라고 하면서 나를 찾아왔습니다. 그건 내게는 참으로 감사한 일이었습니다. 그들을 만나고 사적인 인연을 맺으면서 나는 웬만해서는 얻기 힘든 아군을 얻은 것처럼 든든했습니다. 나 역시 번역자(영어→일본어)이기도 해서 번역자가 맛보는 고생이나 기쁨은 내 일처럼 이해할 수 있습니다. 그래서 그들과는 가능한 한 자주 연락하고 혹시 번역에 관한 의문 같은 게 있다면 기꺼이 답합니다. 조건 면에서도 편의를 봐줄 수 있도록 가능한 한 신경을 씁니다.

해보면 알겠지만 번역이란 참으로 힘겨운 작업입니다. 하지만 그저 일방적으로 힘들기만 한 작업이어서는 안 되겠지요. 서로 '기브 앤드 테이크' 하는 부분이 있어야 합니다. 외국에 진출하려는 작가에게 번역자는 누구보다 중요한 파트너입니다. 특히 자신과 마음이 통하는 번역자를 찾는 게 중요합니다. 뛰어난 능력을 가진 번역자라도 텍스트나 작가 본인과 마음이 통하지 않으면 혹은 색깔이 어울리지 않으면 좋은 결과는 나오지 않습니다. 서로 스트레스가 쌓일 뿐이지요. 무엇보다 텍스트에 대한 애정이 없어서는 번역은 그저 성가신 '일거리'가 될 뿐입니다.

또 한 가지, 굳이 이런 얘기는 할 것도 없지만 해외에서는, 특히 서구에서는 개인이 무엇보다 큰 의미가 있습니다. 어떤 일이든 다른 사람에게 적당히 맡겨놓고 "그러면 나중 일은 잘 부탁합니다"라고 해서는 일이 잘 풀리지 않습니다. 한 단계 한 단계 자신이 책임지고 결단을 내려야 합니다. 이건 시간도 노력도 많이 들고 어학 능력도 어느 정도 필요한 일입니다. 물론 문예 에이전트에서 기본적인 사항은 처리해주지만 그들도 일이 바쁘고, 솔직히 말해 아직 무명의 작가, 그다지 이익이 되지 않는 작가까지 챙겨주지는 못합니다. 그래서 자기 일은 어느 정도 자신이 직접 챙겨야 합니다. 나도 일본에서는 나름대로 이름이 알려졌었지만 해외시장에서는 처음에 전혀 이름 없는 존재였습니다. 출판업계나 일부 독서인을 제외하고 미국의 일반인은 내 이름 따위는 알지 못했고, 정확하게 발음조차 하지 못했습니다. '뮤라카미'라고들 했어요. 하지만 그게 오히려 의욕을 불러일으킨 면도 있습니다. 아직 미개척지인 이 시장에서, 그야말로 백지상태에서, 과연 얼마나 성과를 낼 수 있을지 한번 내 몸으로 부딪쳐보자, 하고.

조금 전에 말씀드렸듯이 호경기로 들썽거리던 일본에 그대로 머물렀다면 『노르웨이의 숲』을 출간한 베스트셀러 작가(라고 내 입으로 말하기는 좀 거북하지만)라고 원고 청탁이 줄줄이 들어와서 마음만 먹는다면 높은 수입을 얻는 것도 어렵지 않았습니다. 하지만 나로서는 그런 환경을 벗어나 일개 (거의) 무명작가로서, 신참자로서, 일본 이외의 시장에서 내가 얼마나 통하는지 확인하고 싶었습니다. 그게 개인적인 테마이자 목표였습니다. 그리고 지금 다시 돌이켜보면 그런 목표를 기치로 내걸었던 것이 나에게 바람직한 결과를 낳았다고 생각합니다. 새로운 프런티어에 도전하는 의욕을 항상 간직한다는 것은 창작에 종사하는 사람에게는 매우 중요한 일이기 때문입니다. 하나의 포지션, 하나의 장소(비유적인 의미에서의 장소)에 안주해서는 창작 의욕의 신선도는 감퇴하고 이윽고 상실됩니다. 나는 다행히 마침 적당한 때에 바람직한 목표, 건전한 야심을 손에 넣을 수 있었다는 얘기인지도 모릅니다.

나는 성격적으로 남들 앞에 나서는 건 별로 잘하지 못하지만 외국에서는 나름대로 인터뷰도 하고 뭔가 상을 주면 식장에 참석해 연설문도 읽습니다. 낭독회나 강연 등도 어느 정도는 받아들입니다. 그리 자주는 아니지만―해외에서도 '별로 사람들 앞에 나서지 않는 작가'라는 평판이 정착된 모양입니다―나름대로 나 자신의 틀을 조금이라도 넓혀 밖으로 얼굴을 향하도록 하고 있습니다. 회화 실력도 변변치 않지만 가능한 한 통역 없이 나 자신의 의견을 나 자신의 언어로 말하려고 노력합니다. 하지만 일본에서는 특별한 경우를 제외하고는 일단 그런 일은 하지 않습니다. 그래서 '외국에만 서비스를 한다' '더블 스탠더드―이중 잣대'라는 비난을 받기도 합니다.

그런데, 변명을 하자는 건 아니지만, 내가 해외에서 가능한 한 사람들 앞에 나서려고 노력하는 것은 '일본인 작가로서의 책임'을 어느 정도 감수해야 한다는 자각을 내 나름대로 갖고 있기 때문입니다. 앞에서도 말씀드렸듯이 거품 경기 시절에 해외에 머물렀을 때, 일본인의 '존재감이 희박한' 것 때문에 자주 섭섭하고 재미없는 기분을 경험했습니다. 그런 일이 쌓이면 해외에서 살아가는 일본인을 위해서도, 또한 나 자신을 위해서도 이런 상황은 조금씩 바뀌나가야 한다는 생각이 저절로 들게 됩니다. 딱히 애국적인 사람은 아니지만(오히려 코즈모폴리턴 경향이 강하다고 생각합니다) 외국에 살다 보면 좋든 싫든 나 자신이 '일본인 작가'라는 것을 의식할 수밖에 없습니다. 주위에서 모두 그런 시선으로 나를 인식하고, 나 자신도 그런 시선으로 스스로를 보게 됩니다. 또한 '동포'라는 의식이 자기도 모르는 사이에 생겨납니다. 생각해보면 이상한 일이지요. 일본이라는 토양에서, 그 딱딱한 틀에서 도망치고 싶어 이른바 '국외 유출자expatriate'로서 해외에 나갔는데 그 결과 원래 있던 토양과의 관계성으로 돌아가지 않을 수 없었던 셈이니까요.

자칫 오해를 하시면 난처한데, 토양 그 자체로 돌아간다는 뜻이 아닙니다. 어디까지나 그 토양과의 '관계성'으로 돌아간다는 얘기지요. 거기에는 큰 차이가 있습니다. 해외에서 살다가 일본으로 돌아오면 일종의 반동이라고 할까 묘하게 애국적(어떤 경우에는 국수적)이 되는 사람들이 이따금 눈에 띄지만, 내 경우는 그런 것은 아닙니다. 나 자신이 일본인 작가라는 것의 의미에 대해서, 그 아이덴티티의 소재所在에 대해서, 좀 더 깊이 생각해보게 되었다는 것뿐입니다.

내 작품은 현재 50개 이상의 언어로 번역되었습니다. 나름대로 크나큰 달성이라고 자부합니다. 이건 바꿔 말하면 다양한 문화의 다양한 좌표축 위에서 내 작품이 평가된다는 뜻이니까. 나는 한 사람의 작가로서 기쁘게 생각하고 또한 자랑스럽게 느낍니다. 하지만 '그러므로 내가 해온 일은 옳다'라는 식으로 생각하는 것도 아니고 그런 말을 입에 올릴 생각도 없습니다. 그건 그거고 이건 또 이것이지요. 나는 아직 발전 도상의 작가고, 나의 여지라고 할까 '발전 가능성'은 아직 (거의) 무한하게 남겨져 있다고 생각하기 때문입니다.

그렇다면 어디에 그런 여지가 있다고 생각하는가.

그 여지는 내 안에 있다고 생각합니다. 일단 일본에서 작가로서의 토대를 구축하고 그다음에는 해외로 눈을 돌려 독자층을 넓혔습니다. 그리고 아마 앞으로 나의 내부로 내려가 그곳을 좀 더 깊숙이, 좀 더 멀리까지 파고 들어갈 것이라고 생각합니다. 그것이 나에게는 새로운 미지의 땅이고, 아마도 마지막 프런티어가 되겠지요.

그 프런티어가 제대로 유효하게 개척될지 어떨지, 나도 알지 못합니다. 하지만, 되풀이하는 것 같지만, 어떤 기치를 목표로 내건다는 것은 멋진 일입니다. 몇 살이 되더라도, 어떤 곳에 있더라도.

이야기가 있는 곳
·
가와이 하야오 선생님의 추억

내가 누군가를 '＊＊ 선생님'이라고 부르는 일은 거의 없습니다만, 가와이 하야오 씨에게는 항상 나도 모르게 '가와이 선생님'이라고 하게 됩니다. '가와이 씨'라고는 거의 하지 않습니다. 왜 그럴까 하고 매번 신기하게 생각하는데 아직도 '가와이 선생님'이라는 호칭이 저절로 튀어나옵니다.

생각해보면 가와이 선생님은 '가와이 하야오'라는 자연인과 '가와이 선생님'이라는 사회적 역할을 가진 인물을 매우 능숙하게 분리하고 잘 구분해서 쓰셨다는 인상이 있습니다. 나는 가와이 선생님과는 여러 번 만났고 친하게 대화도 나눴지만 그래도 나에게 가와이 하야오 씨는 어디까지나 '가와이 선생님'이고 마지막까지 그런 스탠스는 무너지지 않았습니다. 일단 집에 돌아가면 역할 같은 건 벗어던지고 그냥 가와이 하야오라는 이웃 아저씨로 지내셨는지도 모르지만 그건 나로서는 잘 알지 못하는 모습입니다.

단지 나와 가와이 선생님이 만날 때는 아무리 개인적으로 친해졌어도 역시 '소설가'와 '심리요법가'라는 각자의 코스튬을 벗어던지는 일은 없었다, 라는 생각이 듭니다. 형식적인 예의를 차리는 사이였다는 뜻이 아니라 서로 각자 처한 입장에서 사회적 역할을 어떻든 치러나가는 수밖에 없었다는 얘기라고 생각합니다. 거기에는 어떤 의미에서는 항상 프로로서의 긴장감 같은 게 있었습니다. 그건 말하자면 상쾌한 긴장감이고 결실結實 있는 긴장감이었습니다.

그래서 이 자리에서도 나는 그런 기분 좋은 긴장감을 유지하며 가와이 하야오 씨를 '가와이 선생님'이라고 칭하도록 하겠습니다. 그냥 이웃 아저씨인 가와이 씨의 모습에도 흥미가 있기는 하지만, 일단은.

가와이 선생님을 처음 만난 것은 이십여 년 전입니다. 그때 가와이 선생님은 프린스턴 대학 객원 연구원으로 나와 계셨습니다. 마침 내가 그 전 학기까지 프린스턴 대학에 있었는데 나

318

와 자리를 바꾸듯이 가와이 선생님이 오신 것입니다. 나는 그때는 보스턴 근교 터프츠 대학으로 옮겨 거기서 일본 문학 강의를 하고 있었습니다.

프린스턴에서 이 년 반 정도 체재하는 동안 친한 친구도 많이 생겼기 때문에 이따금 차를 운전해 그쪽을 방문하는 길에 가와이 선생님을 뵐 기회를 가졌습니다. 단지 죄송스러웠던 것은 나는 그때만 해도 가와이 선생님이 어떤 분이신지 잘 알지 못했습니다. 당시에는 심리요법이나 정신분석 쪽으로 거의 관심이 없어서 가와이 선생님의 저서를 한 권도 읽지 못했습니다. 아내가 가와이 선생님 팬이라서 선생님이 쓰신 책을 비교적 열심히 읽었던 모양인데, 우리 부부는 책장이 정확히 두 개로 갈라져 옛 동서 베를린처럼 전혀 왕래가 없습니다. 그래서 그녀가 가와이 선생님의 책을 읽는다는 건 전혀 알지 못했습니다.

하지만 아내가 '책은 읽지 않더라도 선생님은 만나보는 게 좋다. 틀림없이 좋은 결과가 있을 것이다'라고 강력히 주장하는지라 나도 '그렇다면 한번'이라는 정도의 기분으로 만나 뵙게 되었습니다.

아내가 내게 '책은 읽지 않더라도'라고 말한 것은 아마 소설가·실제 작자는 분석적인 종류의 책은 되도록 읽지 않는 게 좋다고 생각했기 때문일 겁니다. 나도 그 의견에 기본적으로 찬성입니다. 우리끼리 하는 얘기지만, 나는 아직도 가와이 선생님의 책을 거의 읽지 못했습니다. 내가 읽은 것은 선생님이 쓰신 카를 융의 평전, 딱 한 권입니다. 참고로, 카를 융의 저서 역시 아직 한 권도 제대로 읽어본 적이 없습니다.

내가 생각하기에 소설가의 역할은 단 한 가지, 조금이라도 뛰어난 텍스트를 대중에게 제공하는 것입니다. 텍스트라는 것은 하나의 '총체', 영어로 말하면 whole입니다. 말하자면 '블랙박스'입니다. 그것은 어디까지나 한 덩어리의 텍스트로서 기능합니다. 텍스트의 역할은 각각의 독자에게 저작咀嚼되는 데 있습니다. 독사는 그것을 원하는 대로 마음껏 풀어서 저작할 권리가 있습니다. 그것이 만일 독자의 손에 건너가기 전에 저자에 의해 풀리고 저작된다면 텍스트로서의 의미나 유효성이 대폭적으로 손상됩니다. 그래서 아마 나는 카를 융을, 가와이 선생님의 저서를, 의식적으로 멀리해온 것이라고 생각합니다. 어떤 의미에서는 감각적으로 '너무 가깝다'고 느껴지는 면이 있기 때문에 더더욱 멀리해왔는지도 모릅니다. 소설가에게는 자신이 자신을 분석하기 시작하는 것만큼 부적절한 일도 없으니까요.

그건 그렇고, 아무튼 프린스턴 대학에서 나는 처음 가와이 선생님을 만났습니다. 둘이서 30분쯤 이야기를 나눴는데 첫인상은 '말수가 적고 뭔가 음울한 느낌'이라는 것이었습니다. 가장 놀란 것은 그 눈이었습니다. 눈이 멍하니 한곳만 바라본다고 할까, 어쩐지 게슴츠레한 거예요. 안이 보이지 않아요. 이건 그리 좋은 말투는 아니지만, 심상치 않은 인물, 이라고 감지했습니다. 뭔가 묵직한 함축성含蓄性이 있는 눈입니다.

나는 소설가라서 사람을 관찰하는 게 일입니다. 세밀히 관찰해서 대략적인 프로세스는 거치지만 판단은 하지 않습니다. 판단은 정말로 그것이 필요할 때까지 보류해둡니다. 그래서 그때도 딱히 가와이 선생님이라는 인물에 대해서 어떠한 판단도 내리지 않았습니다. 그 신기한 눈의 모습을 그대로 하나의 정보로서 기억에 담아두었을 뿐입니다.

그리고 그때 가와이 선생님은 당신 쪽에서는 거의 아무 발언도 없으셨습니다. 단지 내 말을 지긋이 들어주고 그 나름의 맞장구를 치고, 그러면서 눈 속에서 뭔가 생각하시는 것 같았습니다. 나 역시 그리 적극적으로 말을 하는 편이 아니라서 대화라기보다 전체적으로 침묵 쪽이 더 많은 부분을 차지했었는데 가와이 선생님은 그런 것에도 별로 신경 쓰시지 않는 기색이었습니다. 아무튼 좀 괴상한 면담이랄까 회견이었습니다. 그 일은 또렷이 기억이 납니다. 특히 내가 또렷이 기억하는 것은 그 신기한 눈빛입니다. 이건 좀 잊을 수가 없어요.

그런데 그다음 날 두 번째로 만났을 때, 모든 것이 변해버렸습니다. 가와이 선생님은 마치 딴사람이 된 것처럼 쾌활하고 기분이 좋아서 쉴 새 없이 농담을 하고 얼굴 표정도 완전히 환해져 있었습니다. 그 눈에는 마치 어린아이의 눈빛처럼 맑고 깨끗한 깊이가 있었습니다. 사람이 하룻밤 사이에 이렇게 달라질 수 있는가, 하고 어리둥절했을 정도입니다. 그래서 나도 '아, 어제는 이분이 의식적으로 자신을 수동 태세로 맞춰두셨구나' 하고 깨달았습니다. 아마도 자기 자신을 죽이고, 라고 할까, 자기 자신을 무無에 가깝게 해두고, 상대의 '본모습'을 조금이라도 자연스럽게, 이른바 텍스트로서, 있는 그대로 흡수하려고 하셨구나, 라고.

내가 그걸 알아본 것은 나 역시 때때로 그렇게 하기 때문입니다. 최대한 내 쪽의 기척을 아래로 아래로 가라앉히고 상대의 존재를 있는 그대로의 모습으로 수용하려고 합니다. 특히 인터뷰를 할 때가 그렇습니다. 철저히 집중해서 상대의 말에 귀를 기울이고 나 자신의 의식의 흐름 같은 건 죽여버립니다. 그런 전환이 되지 않으면 정말로 진지하게 남의 이야기를 들어줄 수 없습니다. 그 몇 년 뒤에 '지하철 사린 가스 사건'을 다룬 『언더그라운드』라는 책을 쓸 때, 그런 작업을 일 년여 동안 했었지만, 그때 '아, 이건 가와이 선생님이 그날 하셨던 것과 똑같은 일이구나' 하고 새삼 느꼈습니다. 그런 의미에서는 가와이 선생님이 하시는 일과 우리가 하는 일은 서로 닮은 부분이 상당히 많은지도 모릅니다.

또한 두 번째 만났을 때, 가와이 선생님은 내 이야기에 적극적으로 반응하고 질문에도 명쾌하게 답해주셨습니다. 함께 이야기를 나누면서 무척 재미있었습니다. 아마 '수용reception'에서 '교환interchange'으로 가와이 선생님 쪽에서 모드를 전환하셨던 것이겠지요. 그다음부터 우리는 극히 평범하고 자유롭게 다양한 이야기를 나누었습니다. 그건 내가 가와이 선생님의 '기준'을 일단 통과했다는 뜻이라고(황송한 얘기지만) 나는 해석하고 있습니다. 그 이래로 이따금 가와이 선생님은 내게 연락해서 "어때요, 밥이나 먹을까요?"라고 청해주고 여기저기에서 친밀한 대화를 하게 해주셨습니다. 항상 화기애애하고 유쾌한 대화였기 때문에 물론 크게 배운 것도 많았지만 실은 어떤 이야기를 했었는지 구체적인 내용은 거의 기억나지 않습니다. 기록이라도 해뒀더라면 좋았을 텐데, 그게 술을 마셔가며 기분 좋게 이야기하는 자리라 말하는 족족 자꾸 잊어버려요. 어쩔 수 없더라고요. 내가 지금도 기억하는 건 선생님이 항상 들려주시는 썰렁한 우스갯소리뿐입니다. 예를 들면 이런 것입니다.

"내가 「21세기 일본 구상」 간담회의 회장을 맡았을 때, 그게 오부치 총리 시절인데요, 각의라는 것에 한 번 참석한 적이 있어요. 그때 뭔가 다른 용무가 있었던 모양이지요, 오부치 씨가 좀 늦게 왔어요. 회의실에서 여러 각료들이 모여서 기다리는 자리에, 늦어서 죄송합니다, 죄송합니다, 하고 공손히 사과하면서 들어오셨죠. 근데 말이에요, 총리라는 게 참 대단하더라니까. 내가 아주 감탄해버렸는데, 영어로 사과하면서 들어오시더라고. 아임 소리, 아임 소리, 하고.*"

가와이 선생님의 우스갯소리라는 건, 이렇게 말씀드리면 좀 그렇지만, 위에서 보듯이 실로 썰렁하기 짝이 없다는 게 특징입니다. 요즘 말로 하자면 '아저씨 농담'입니다. 하지만 내가 생각하기에, 그건 원래부터 최대한 썰렁하지 않으면 안 되는 것이었습니다. 그렇지 않고서는 의미가 없었어요. 그건 가와이 선생님에게는 말하자면 '푸닥거리' 같은 게 아니었는가 하고 나는 생각합니다. 가와이 선생님은 임상가로서 클라이언트를 마주하며 대부분의 경우, 영혼의 어두컴컴한 밑바닥까지 그 사람과 함께 내려갑니다. 그것은 때때로 위험을 동반하는 작업입니다. 자칫

---

* '총리'의 일본어 발음 '소리(そうり)'가 영어의 'sorry'와 흡사한 데서 나온 우스갯소리.

하면 돌아오는 길을 잃고 그대로 어두운 장소에 가라앉은 채 나오지 못할지도 모릅니다. 그런 힘든 작업을 날마다 직업으로서 하셨습니다. 그런 장소에서 실밥처럼 엉겨 붙어 따라오는 '음陰'의 기척, 악의 기척을 떨어내기 위해서는 최대한 썰렁한, 난센스한 우스갯소리를 입에 올리지 않을 수 없었다. 나는 선생님의 밍밍한 우스갯소리를 들을 때마다 그런 감촉을 느꼈습니다. 어쩌면 좀 지나치게 호의적인지도 모르지만.

참고로 내 경우의 '푸닥거리'는 달리기입니다. 그럭저럭 벌써 삼십여 년을 계속 달렸지만, 소설을 쓰면서 내게 엉겨 붙어 따라오는 '음의 기척'을 나는 날마다 밖에 나가 달리는 것으로 떨어내고 있다는 생각이 듭니다. 밍밍한 '아저씨 농담'보다는 주위 사람들을 탈력시키지 않는 만큼 해가 덜한 게 아닌가, 나 혼자 생각하곤 합니다.

우리는 자주 만나서 대화를 나눴고, 하지만 무슨 얘기를 했는지 거의 기억나지 않는다, 라고 앞에서 말씀드렸는데, 실은 그건 아무래도 상관없는 일이라고 생각합니다. 그곳에 있었던 가장 중요한 것은 이야기 내용보다는 오히려 우리가 그곳에서 뭔가를 공유했다는 '물리적인 실감'이라고 생각하기 때문입니다. 우리는 무엇을 공유했었는가. 한마디로 말하면, 아마도 이야기라는 개념이었다고 생각합니다. 이야기=스토리라는 것은 인간의 영혼 밑바닥에 있는 것입니다. 인간의 영혼 밑바닥에 있어야 하는 것입니다. 그것은 영혼의 가장 깊은 곳에 있기 때문에 더더욱 사람과 사람을 근간에서부터 서로 이어줍니다. 나는 소설을 쓰면서 일상적으로 그 장소에 내려갑니다. 가와이 선생님은 임상가로서 클라이언트와 마주하면서 일상적으로 그곳에 내려갑니다. 혹은 내려가지 않으면 안 됩니다. 가와이 선생님과 나는 아마도 그것을 '임상적으로' 서로 이해했었다, 라고 생각합니다. 굳이 입 밖에 내지는 않았지만 서로 그것을 잘 알고 있었습니다. 마치 냄새로 서로를 알아보는 것처럼. 물론 이건 나 혼자만의 생각인지도 모릅니다. 하지만 그것에 가까운 어떤 공감이 있었다고 나는 지금도 분명하게 느끼고 있습니다.

그런 공감을 나눌 수 있었던 분은 나에게는 그때까지 가와이 선생님 외에는 한 사람도 없었고, 실은 지금까지도 한 사람도 없습니다. '스토리'라는 단어는 최근에 자주 언급하게 되었습니다. 하지만 내가 '스토리'라는 단어를 말할 때, 그것을 그대로의 정확한 형태로―내가 생각하는 바로 그 형태로―물리적이고 종합적으로 받아들여준 사람은 가와이 선생님 외에는 없었습니다. 그리고 중요한 것은, 내가 던진 공을 상대가 양손으로 단단히 받아주었다, 속속들이 이해해주었다, 라는 감촉이, 설명이고 이론이고 없이, 내 쪽에 생생하게 피드백이 되었다는 것입니다. 그런 감촉은 나에게는 무엇보다 큰 기쁨이고 격려였습니다. 내가 하는 일이 결코 잘못되지 않았구나, 라고 실감할 수 있었던 것입니다.

이런 말을 하면 좀 문제가 될 것 같기는 한데, 나는 지금까지 그것에 필적할 만한 확실한 격려의 감촉을 문학계에서는 한 번도 느껴본 적이 없습니다. 이건 나로서는 적잖이 유감스러운 일이고 신기한 일이기도 하고, 물론 슬픈 일이기도 합니다. 그만큼 가와이 선생님이 전문 분야를 뛰어넘어 특별하게 도량이 넓은 분이었다는 얘기이기도 합니다만.

마지막으로 가와이 선생님의 명복을 빕니다. 정말 조금이라도 더 오래, 하루라도 더 오래 살아 계셨으면 했습니다만.

후기

    이 책에 담긴 일련의 원고를 언제쯤부터 쓰기 시작했는지 확실하게는 기억하지 못하지만, 아마도 오륙 년 전이었을 것이다. 내가 소설을 쓰는 것에 대해, 이렇게 소설가로서 소설을 써나가는 상황에 대해, 한자리에 정리해서 말하고 싶은 마음이 예전부터 있어서 일하는 틈틈이 시간을 내 그런 글을 조금씩 단편적으로 테마별로 써서 모아두었다. 즉 이건 출판사에서 의뢰를 받아 쓴 글이 아니라 처음부터 자발적으로, 말하자면 나 자신을 위해 쓰기 시작한 글이다.

    처음 몇 개의 장章은 통상적인 문체로—이를테면 지금 쓰는 이 문체로—썼었지만, 모아둔 글을 다시 읽어보니 문장 흐름이 약간 생경하다고 할까 부루퉁하다고 할까, 뭔가 좀 마음에 들지 않았다. 그래서 시험 삼아 사람들 앞에서 말을 건네는 듯한 문체로 써봤더니 비교적 술술 편하게 쓸 수 있다는(말할 수 있다는) 감촉이 있어서 그렇다면, 하고 강연 원고를 쓴다는 생각으로 전체 문장을 통일하기로 했다. 작은 홀에서 서른 명에서 마흔 명 정도의 사람들이 내 앞에 앉아 있다고 가정하고 그 사람들에게 가능한 한 친밀한 말투로 이야기한다는 설정으로 다시 쓴 것이다. 하지만 실제로는 이런 강연 원고를 사람들 앞에서 소리 내어 말할 기회는 없었다(단 맨 끝의 가와이 하야오 선생님에 관한 장은 실제로 교토 대학교 강당에서 천 명 정도의 사람을 마주하고 이야기했지만).

왜 강연을 하지 않았는가. 우선 첫째로 나 자신에 대해, 또한 내가 소설을 쓴다는 작업에 대해 이런 식으로 정면에서 당당하게 말해버리는 것이 좀 멋쩍었기 때문이다. 나는 내가 쓰는 소설에 대해 별로 설명하고 싶지 않다는 마음이 비교적 강하다. 자작自作에 대해 말하다 보면 아무래도 변명하거나 자랑하거나 자기변호를 하게 되기가 쉽다. 그럴 생각이 없었더라도 결과적으로 그렇게 '보여버리는' 면이 있다.

언젠가는 세상을 향해 말할 기회도 있을 테지만 아직은 시기적으로 약간 이른지도 모른다. 아마 좀 더 나이가 든 뒤에 해도 괜찮을 것이다. 그렇게 생각하고 서랍에 그대로 넣어두었다. 그리고 이따금 꺼내 여기저기 세세하게 고쳐 썼다. 나를 둘러싼 상황—개인적인 상황, 사회적인 상황—도 조금씩 바뀌어가고, 거기에 맞춰 내 사고방식이나 감응하는 방식도 바뀌었다. 그런 의미에서는 처음에 썼던 원고와 지금 이 책의 원고는 분위기나 톤이 상당히 달라졌는지도 모른다. 하지만 그렇다고 해도 내 기본적인 자세나 사고방식은 거의 완전히 변함이 없다. 생각해보니 나는 등단한 당시부터 거의 똑같은 말을 되풀이해온 듯한 기분이 든다. 삼십여 년 전의 내 발언을 보고 '뭐야, 지금 말하는 것과 완전히 똑같잖아'라고 나 스스로도 놀랐다.

그래서 이 책은 지금까지 내가 다양한 형태로 글로 쓰거나 말로 해온 것들을 (조금씩 그 모양새는 바뀌었다고 해도) 다시 한 번 밝히는 내용일 것이다. '이거, 전에 어디선가 읽었는데?'라고 생각하는 독자도 많으시겠지만, 그 점은 부디 양해를 구하고자 한다. 이렇게 이번에 '발표되지 못한 강연록'을 문장이라는 형태로 내놓는 것은 지금까지 여기저기서 말해온 것들을 계통적으로 한자리에 담는다는 의미가 있기 때문이다. 소설을 쓰는 것에 관한 내 생각의 (현재로서의) 집대성으로 봐주셨으면 한다.

이 책의 전반부는 잡지《Monkey》에 연재되었다. 마침 시바타 모토유키 씨가 새 잡지《Monkey》를 창간하고(신감각의 퍼스널한 문예지다) 뭔가 좀 써달라고 의뢰해주었다. 거기에 응해서 단편소설 한 편을 건넸는데(마침 방금 완성한 작품이 있어서), 그 참에 문득 생각이 나서 "그러고 보니 사적인 강연록 같은 것도 있는데, 혹시 공간이 비면 연재해줄래요?"라고 제안했다.

그렇게 처음 6장까지를《Monkey》의 매호에 게재했다. 책상 서랍 속에 잠들어 있던 원고를 건네주기만 하는 것이라 이건 실제로는 아주 편한 일이었다. 모두 열한 장분이 있어서 앞의 6장까지는 잡지에 싣고 뒷부분의 11장까지는 바로 단행본에 수록하기로 했다. 거기에 가와이 하야오 선생님에 대한 강연 원고를 더해 전부 열두 장으로 구성했다.

이 책은 결과적으로 '자전적 에세이'로 분류될 듯한데, 처음부터 그렇게 의식하고 쓴 것은 아니다. 나로서는 내가 소설가로서 지금까지 어떤 길을 어떤 생각으로 걸어왔는지, 가능한 한 구체적이고 실제적으로 적어두고 싶었을 뿐이다. 하지만 소설을 지속적으로 써낸다는 것은 곧 나 자신을 지속적으로 표현한다는 것이라서 글쓰기 작업에 대해 말을 하다 보니 아무래도 나 자신에 대해 언급하지 않을 수 없었다.

이 책이 소설가를 지망하는 사람들을 위한 가이드북이 될 수 있을지 어떨지, 솔직히 나도 그것까지는 잘 알지 못한다. 왜냐하면 나는 너무도 개인적인 사고방식을 가진 사람이라서 내 글쓰기 방식이나 삶의 방식에 과연 어느 정도나 일반성 · 범용성이 있는지 나 스스로도 잘 파악할 수 없기 때문이다. 소설가들 간의 교제도 거의 없어서 다른 작가들이 어떤 방식으로 글을 쓰는지도 잘 알지 못하고, 따라서 비교하는 것도 불가능하다. 나는 이런 방식이 아니면 글을 쓸 수 없어서 아무튼 이렇게 쓰고 있노라고 말하는 것일 뿐, 이것이 소설을 쓰기 위한 가장 올바른 방식이라고 주장하는 건 결코 아니다. 내 방식 중에는 일반화할 수 있는 것도, 일반화하기는 좀 어려운 것도 있을 것이다. 당연한 일이지만 100명의 작가가 있다면 100가지의 글쓰기 방식이 있다. 그런 면은 여러분이 각자 잘 살펴보고 적정하게 판단해주셨으면 한다.

다만 한 가지 이해해주기를 바라는 것은 나는 기본적으로는 '지극히 평범한 인간'이라는 점이다. 분명 소설을 쓰는 자질 같은 건 원래부터 약간은 있었을 것이라고 생각한다(전혀 없었다면 이만큼 오랜 동안 소설을 쓸 수 없었을 테니까). 하지만 그 점을 별도로 한다면, 내 입으로 이런 말을 하기도 좀 그렇지만, 나는 어디서나 흔히 볼 수 있는 보통 사람이다. 길을 돌아다녀도 눈에 띄지 않고 레스토랑에 가면 대체로 지독한 자리로 안내해준다. 만일 소설을 쓰지 않았다면 딱히 주목받을 일도 없었을 것이다. 지극히 당연하게 지극히 당연한 인생을 살았을 것이다. 우선 나부터 일상생활 속에서 내가 작가라는 사실을 의식하는 일은 거의 없다.

그런데 어쩌다 소설을 쓰기 위한 자질을 마침 약간 갖고 있었고, 행운의 덕도 있었고, 또한 약간 고집스러운(좋게 말하면 일관된) 성품 덕도 있어서 삼십오 년여를 이렇게 직업적인 소설가로서 글을 쓰고 있다. 그리고 그 사실은 아직도 나를 놀라게 한다. 매우 크게 놀란다. 내가 이 책에서 말하고 싶었던 것은 요컨대 그 놀람에 대한 것이고, 그 놀람을 최대한 순수한 그대로 유지하고 싶다는 강한 마음(아마 의지라고 칭해도 좋으리라)에 대한 것이다. 나의 삼십오 년 동안의 인생은 결국 그 놀람을 지속시키기 위한 간절한 업業이었는지도 모른다. 그런 마음이 든다.

끝으로 양해를 구하고자 하는 것은, 나는 순전히 머리만으로 뭔가를 생각하는 건 잘 못하는 사람이다. 논리적 고찰이나 추상적 사고에 별로 적합하지 않다. 글을 쓰는 것에 의해서가 아니면 순서 있게 뭔가를 생각하지 못한다. 피지컬하게 내 손을 움직여 글을 쓰고 그것을 몇 번이고 되짚어 읽어보고 세밀하게 고쳐 쓰는 것에 의해 겨우 나 자신의 머릿속에 있는 것을 남들과 비슷한 만큼 정리하고 파악할 수 있다. 그런 까닭에 나는 긴 시간을 들여 이 책에 담긴 글을 써서 모아두는 것으로, 또한 그것을 수없이 손보는 것으로, 소설가인 나 자신에 대해서 그리고 나 자신이 소설가라는 것에 대해서, 다시금 계통적으로 사고하고 나름대로 부감할 수 있었다고 생각한다.

어떤 의미에서는 일방적이고 개인적인 이 글—메시지라기보다 오히려 사유思惟의 사적인 프로세스 같은 것—이 독자 여러분에게 어느 정도나 도움이 될지, 나도 잘 모르겠다. 아주 조금이나마 뭔가 현실적인 도움이 된다면 참으로 기쁘겠지만.

2015년 6월
무라카미 하루키

옮긴이 **양윤옥**

일본 문학 전문 번역가. 2005년 히라노 게이치로의 『일식』으로 일본 고단
샤에서 수여하는 노마문예번역상을 수상했다. 무라카미 하루키의 『1Q84』
『여자 없는 남자들』, 오쿠다 히데오의 『남쪽으로 튀어』『올림픽의 몸값』, 사
쿠라기 시노의 『호텔 로열』『굽이치는 달』, 히가시노 게이고의 『나미야 잡
화점의 기적』『악의』『라플라스의 마녀』 등 다수의 작품을 우리말로 옮겼다.

직업으로서의
소설가

초판 1쇄 펴낸날   2016년 4월 25일
초판 12쇄 펴낸날   2024년 8월 5일

지은이 무라카미 하루키
옮긴이 양윤옥
펴낸이 김영정

펴낸곳 (주)**현대문학**
등록번호 제1-452호
주소 06532 서울시 서초구 신반포로 321(잠원동, 미래엔)
전화 02-2017-0280
팩스 02-516-5433
홈페이지 www.hdmh.co.kr

ⓒ 2016, 현대문학

ISBN 978-89-7275-771-9 03830

* 책값은 뒤표지에 있습니다.
* 파본은 구입처에서 교환해드립니다.